Vorwort

Auch in meinem zweiten Kriminalroman sind die Protagonisten keine unfehlbaren Helden, sondern Menschen mit Charakter, Emotionen und alltäglichen Problemen.

Ich habe mich wieder von wahren Begebenheiten aus meinem Dienstleben oder, wie am Beispiel der Betonleiche, von recherchierten Fällen inspirieren lassen.
Bei dem beschriebenen Buntsandsteinfelsen im Rurtal musste ich allerdings auf meine Phantasie zurückgreifen. Trotz mehrstündiger Wanderungen habe ich diesen Platz, an dem ich vor Jahren einmal gewesen war, nicht wiedergefunden.

Fehler im Buch stammen auch diesmal von mir. Es liegt jetzt an Ihnen, sie großherzig zu überlesen.

Danksagung

Viele Kollegen haben dazu beigetragen, dass ich die kriminalpolizeilichen Ermittlungen in diesem Roman realistisch wiedergeben konnte. Ihnen allen gebührt Dank, zum Beispiel den Mordermittlern vom KK 11, den Brandermittlern vom KK 13, den Sachbearbeitern vom Glücksspiel oder den Kollegen von der Vermisstenstelle.

Meine Recherchen führten mich zwangsläufig in das Kölner Institut für Rechtsmedizin. Hier möchte ich mich bei Herrn Dr. med. K.-H. Schiwy-Bochat für seine freundliche Unterstützung bedanken. Ich wüsste nicht, wer mir sonst hätte sagen können, wie eine einbetonierte Leiche nach acht Monaten aussieht.

Ania, dein Beitrag ist nicht in Worte zu fassen – danke ♥

Über das Buch:

Nach einer Gasexplosion in der Severinstraße stoßen Arbeiter bei der Räumung auf einen unerwarteten Fund: In einem Schacht entdecken sie eine einbetonierte Leiche. Fisch und Kid von der Mordkommission Köln stehen vor einem Rätsel. Die Spur führt in die Eifel, wo sich vor mehr als 15 Jahren ein unfassbares Familiendrama abspielte...

Andreas Schnurbusch
wurde 1960 in Herzberg am Harz geboren. Nach dem Abitur ließ er sich zum Schutzpolizisten ausbilden und arbeitete bis 1986 im Streifendienst der Kölner Polizei. Nach seinem Fachhochschulstudium mit Schwerpunkt Kriminalistik und Kriminologie wechselte er zur Kriminalpolizei, arbeitete zehn Jahre als Rauschgiftfahnder und sporadisch in Mordkommissionen. Seit 1999 ist er Kommissionsleiter für den Bereich gewerbs- und bandenmäßige Schleusungsdelikte, Falschgeld, Glücksspiel und Urkundsdelikte.

Andreas Schnurbusch

Mordkommission Köln

Schachtleichen

EDITION
LEMPERTZ

Jeder von uns hat nur ein Leben.

Marcus Aurelius

Prolog

Das Heulen eines Fuchses ließ sie aufschrecken. Die Laute klangen unheimlich. Nachts erwachte das Leben im Wald und die schauerlichen Schreie der Tiere wirkten beklemmend. Vorsichtig schritten die zwei Jugendlichen im Halbdunkel durch das Gehölz und versuchten, so behutsam wie möglich aufzutreten. Sie wollten die tierischen Waldbewohner nicht unnötig aufbringen; zu groß war ihre Angst vor plötzlich angreifenden Wildschweinen oder anderen gefährlichen Kreaturen des Waldes.

Paul ging zielstrebig vorweg. Er kannte den Weg – er war ihn am Vortag alleine gegangen und würde heute auch in der Dämmerung den Zielort finden. Felix war nicht wohl bei dem Gedanken, was ihnen gleich bevorstand. Sein bester Freund hatte ihn um einen Gefallen gebeten, den er eigentlich hätte ablehnen müssen. Er konnte aber nicht nein sagen. Paul war sein Vorbild, sein Idol. Er liebte ihn wie einen Bruder und hätte ihm niemals eine Bitte abschlagen können.

Sie gingen dicht hintereinander und drangen immer tiefer in den Wald hinein. Das Laub in den Baumkronen ließ das Mondlicht kaum bis auf den Waldboden durchdringen. Felix erschrak jedes Mal, wenn Paul auf herumliegendes Geäst trat.

Mit einem Mal blieb Paul abrupt stehen, drehte sich zu Felix um und legte einen Zeigefinger an seine Lippen. Felix verstand. Er verharrte auf der Stelle und verhielt sich so lautlos wie möglich. Sein Herz schlug vor Aufregung schneller und er hielt instinktiv den Atem an.

Paul drehte sich langsam um seine eigene Achse und sah mit zusammengekniffenen Augen konzentriert in alle Richtungen. Bei diesen diffusen Lichtverhältnissen konnte er höchstens zehn Meter weit sehen. Er lauschte angespannt und hörte nach einer Weile wieder den Laut, der ihn zum Anhalten bewegt hatte. Er atmete erleichtert aus, als er jetzt wieder dieses tiefe, nicht besonders laute „Buhuu“ hörte. Es war ein Uhu – der Ruf eines Männchens. Der Ruf eines Weibchens wäre höher. Paul war sehr naturverbunden. Schon als kleines Kind hatte er im Garten Tiere beobachtet und versucht, sie an ihren Lauten zu erkennen.

„Puh, ich dachte schon, ich hätte jemanden gehört. Es war aber nur ein Uhu. Komm, lass uns weitergehen."
„Mir ist nicht ganz wohl bei dem Gedanken, was wir gleich vorhaben. Können wir ihn nicht einfach liegenlassen?", fragte Felix flehentlich.
„Auf keinen Fall! Wir müssen es diese Nacht machen, morgen sind die Waldarbeiter hier. Die dürfen ihn nicht finden!"
„Wie weit ist es denn noch?"
„Im Dunkeln ist es schwer, die Stelle zu finden. Er liegt hier in der Nähe, pass also auf, wohin du trittst!"
Paul machte eine winzige Taschenlampe von seinem Schlüsselbund ab und sah sich die Markierungen an einigen Bäumen an. Anschließend knickte er einen Ast von einem Baum ab und ging vorausblickend nach links weiter. Nach wenigen Metern stocherte er mit dem Ast in dem Unterholz herum. Felix stand nah bei ihm und schaute sich ständig ängstlich um. Sie mussten dicht an ihrem Ziel sein, denn Paul suchte jetzt Schritt für Schritt den Unterboden ab.
„Felix, klammer dich nicht so an mich! Geh neben mir und such mit, dann finden wir ihn schneller."
Liebend gerne wäre Felix so schnell er konnte aus dem Wald gelaufen. Aber sie waren jetzt so tief eingedrungen, dass er befürchtete, alleine den Weg nicht mehr zurück zu finden. So tat er, wozu sein Freund ihn aufforderte. Er nahm sich ebenfalls einen herumliegenden Ast und hielt sich an Baumstämmen oder Ästen fest, da er in der Hanglage keinen festen Tritt unter seinen Füßen hatte. Mit der anderen Hand stocherte er am Boden herum. Plötzlich zerbrach sein Ast und Felix geriet ins Straucheln. Er fiel, rutschte einige Meter hinunter und stieß gegen einen mit Laub bedeckten Gegenstand. Beim Aufstützen packte er in eine offene, menschliche Hand. Zu Tode erschrocken rollte er sich zur Seite und schrie seine Angst heraus.
Paul eilte sofort zu ihm und sah den ausgestreckten Arm aus dem Laubhaufen ragen. Er setzte sich neben seinen Freund und beruhigte ihn.
„Der Mann ist doch tot, der kann uns nichts mehr antun. Wir müssen ihn jetzt aber wegschaffen."
„Ich kann das nicht! Ich will weg von hier!"
„Alles wird gut. Vertrau mir!"
„Ich hab noch nie eine Leiche gesehen, das ist ja Horror in diesem dunklen Wald. Hast du denn gar keine Angst?"

„Mir ist auch mulmig. Ich will es aber jetzt schnell hinter mich bringen."
Nachdem Felix sich wieder beruhigt hatte, gab Paul ihm ein Zeichen, die Füße zu nehmen, während er selbst den Leichnam an den Armen packte. Gemeinsam trugen sie die Leiche durch den Wald. Alle zwei bis drei Minuten hielten sie an, legten den circa 70 kg schweren Körper ab und verschnauften. Eine halben Stunde später blieben sie an einer riesigen Eiche stehen und sanken zwischen den über der Erdoberfläche liegenden Wurzeln erschöpft zu Boden. Paul hatte sich schnell von dem Kraftakt erholt und ging um den Baumstamm herum. Auf der anderen Seite räumte er Geäst, Moos und Sträucher beiseite und legte eine Öffnung frei. Hier befand sich sein Geheimversteck, ein alter Lichtschacht des Erzbergwerkes, der offensichtlich in Vergessenheit geraten war. Der Durchlass war relativ schmal – ein erwachsener Mann würde gerade so durchpassen.

***

Paul hatte diesen Ort vor zwei Jahren entdeckt, als er durch die Wälder zog und zwischen den Baumwurzeln auf eine moosbedeckte Fläche trat, die unter seinem Gewicht zusammenbrach und eine Aushöhlung freilegte. Neugierig hatte er Gehölz, Laub und Steine aus dem Loch geholt und dann den Schacht gefunden. Er warf Steine in die Öffnung und hörte nach kurzer Zeit den Aufprall. Zehn Meter, viel tiefer dürfte der Schacht nicht sein. Er zwängte sich hinein, stützte sich mit Händen und Schuhen an der Wand ab und kletterte langsam hinunter. Nach wenigen Metern verbreiterte sich der Schacht und er konnte sich nur an einer Wandseite am Wurzelwerk der Eiche festhalten. Ungefähr auf der Hälfte des Schachtes erreichte er eine natürliche Aushöhlung, in die er gebückt kriechen konnte. Obwohl es sehr finster war, blieb er hier einen Moment und ließ seine Gedanken schweifen. Er stellte sich vor, wie er in dieser Höhle auf der Flucht vor Menschenjägern Schutz suchte.
Enge Räume wirkten auf ihn beruhigend. Die Dunkelheit schützte ihn davor, entdeckt zu werden. Hier konnte ihn keiner finden – hier wurde er nicht geschlagen und angeschrien.
Anschließend kletterte er die restlichen Meter bis zum felsigen Boden hinab. An dieser Stelle war Schluss. Er kraxelte an den Wurzeln empor, die in der Tiefe zwar dünner, aber immer noch stabil waren, und be-

deckte den Eingang wieder sorgfältig mit Geäst, Laub und Moos. Dieses geheime Versteck wollte er für sich behalten.

***

Felix staunte, als Paul ihm den Schacht zeigte. Er wurde zwar vorher eingeweiht, hatte aber nicht mit einem so gut getarnten Einstieg gerechnet.
Sie hatten vereinbart, dass Paul zuerst in das Loch steigen und Felix die Leiche dann mit den Füßen vorweg bis auf Pauls Schultern herunter gleiten lassen würde. Paul hatte die Verbreiterung erreicht und hielt sich an den Wurzeln fest. Seine Mini-Taschenlampe klemmte er ins Erdreich, so dass er den Eingang der kleinen Höhle sehen konnte.
„Du kannst ihn runterlassen, ich hab einen festen Halt."
Felix schob den Körper zur Hälfte in das Loch, nahm dann die Hände und ließ ihn herunter, so weit er konnte. Er spürte keinen Widerstand. Paul musste noch tiefer geklettert sein. Mühsam versuchte Felix, den leblosen Körper weiter zu halten.
„Ich kann nicht mehr lange", stöhnte er und stemmte sich gegen das Gewicht, damit er nicht mit in die Tiefe gezogen wurde.
Paul sah die Füße der Leiche kurz über seinem Kopf und hangelte sich wieder ein Stück höher.
„Ich habe ihn jetzt auf den Schultern. Verdammt, ist der schwer!"
Da die natürliche Höhle sich noch etwa einen Meter unter ihm befand, hatte er keinen Boden unter seinen Füßen und musste das gesamte Gewicht mit seinen Händen halten.
„Ich schaffe es nicht! Wir müssen versuchen, ihn wieder hochzuziehen."
Mit vereinten Kräften schafften sie den Leichnam wieder an die Oberfläche. Schweißgebadet saßen sie an der Eiche gelehnt und überlegten, wie sie ihr Problem lösen konnten.
„Ich hab 'ne Idee! Ich werde ein paar dicke Äste mit nach unten nehmen und die vom Boden des Versteckes aus an der gegenüberliegenden Schachtwand befestigen. Wenn die Leiche erstmal dort ist, kann ich sie mühelos in die Höhle ziehen."
„Okay. Wenn das nicht klappt, hauen wir aber ab!", entgegnete Felix, dem die Anstrengung immer noch im Gesicht geschrieben stand.

Schnell fanden sie kräftige Äste, die Paul in den Hohlraum brachte. Von dort verkeilte er sie mit den Wurzeln an der gegenüberliegenden Schachtwand. Anschließend ließen beide den toten Körper erneut hinunter – diesmal, ohne ihn festzuhalten. Gebremst durch das Wurzelwerk schlug die Leiche auf Pauls Barriere und blieb dort liegen. Der Rest war ein Kinderspiel. Paul zog die Leiche in die hinterste Ecke seines Versteckes, nahm die dicken Äste ebenfalls hinein und formte daraus ein Kreuz, welches er auf die Leiche legte.

I

Vor vielen Jahren…

Trude hatte gerade die Hauptschule beendet, als ihre Eltern bei einem Verkehrsunfall ums Leben kamen. Sie hatten ihr nur Schulden hinterlassen. Trude hatte keine andere Wahl, als ihr Elternhaus zu verkaufen und zu ihrer 83-jährigen Großmutter nach Reifferscheid, einem historischen Burgort im Kreis Hellenthal, zu ziehen. Bis auf eine Tante in Australien hatte sie keine weiteren Verwandten. Von einem Tag auf den anderen musste sie nun ihr Leben selbst meistern. Als sorgfältige Putzfrau in verschiedenen Haushalten verdiente sie sich schnell einen guten Ruf; als 20-jährige wurde sie mit dieser Reputation von dem bereits betagten Herrn Johann von Arnheim-Reifferscheidt eingestellt; ein Nachfahre aus dem Fürstenhaus gleichen Namens, der in einem alten Fachwerkhaus am Ortsrand lebte. Das mittlerweile arg heruntergekommene Gebäude mit dem verwilderten Garten war einst ein repräsentatives Herrenhaus mit zwei Hektar gepflegtem Grundstück gewesen. Trude kümmerte sich gewissenhaft um den Haushalt und umsorgte zudem ihren senilen Arbeitgeber. Als dieser drei Jahre später verstarb, vererbte er seiner Haushälterin das Gebäude nebst Anwesen.

Die Einwohner von Reifferscheid betrachteten diese Hinterlassenschaft mit Neid und Argwohn. Schnell kamen Gerüchte auf, Trude hätte schon lange ein Verhältnis mit ihrem Chef gehabt; manche sprachen ganz offen von einer Erbschleicherin. Es war leeres Gerede, verbreitete sich aber wie ein Lauffeuer. Die alleinstehende Trude zog sich immer mehr zurück und vermied jeglichen Kontakt zu ihren Mitbürgern. Anfangs spielte sie mit dem Gedanken, ihren neuen Besitz zu verkaufen, legte diesen jedoch schnell beiseite. Dafür hatte sie doch zuviel Stolz. Sollten die anderen doch neidisch und gehässig sein – sie würde ihr Ding durchziehen! Da sie jedoch nie eine Ausbildung genossen hatte, standen ihr auf dem Arbeitsmarkt nicht viele Jobs zur Auswahl und im Kreis Hellenthal und Schleiden wollte sie niemand mehr einstellen. Ihren Lebensunterhalt finanzierte sie daher mit ihrem Arbeitslosengeld, später mit dem bescheidenen Hartz IV-Satz.

Im ersten Jahr war sie meist mit Haus- und Gartenarbeit beschäftigt; in ihrer Feizeit las sie oder ging spazieren. Allmählich wurde sie aber zunehmend antriebsloser. Das ständige Nichtstun führte zu einer depressiven Verstimmung, die Trude verstärkt mit Alkohol bekämpfte. Von ihrer Umgebung fühlte sie sich bald noch isolierter als zuvor. Ihre letzten Freunde litten unter ihren extremen Stimmungsschwankungen und wandten sich von ihr ab.

Haus und Grundstück verkamen zusehends. Die hohe Buchenhecke um das Anwesen ließ kaum einen Blick auf das mit Efeu überwachsene Haus zu. Die Kinder im Ort sprachen hinter vorgehaltener Hand von einem verwunschenen Häuschen und bezeichneten Trude, die mit ihren langen schwarzen Locken und dem Höcker am Nasenbein inzwischen sehr verwegen aussah, als Kräuterhexe.

Trude hatte ein Schild mit dem Hinweis „Zimmer frei“ am Eingangstor aufgestellt, doch von diesem Angebot machte spätestens nach dem Anblick der ungepflegten Zimmer keiner Gebrauch. Eines kalten Wintertages klopfte jedoch ein durchreisender Vagabund an ihre Tür, den Trude aus Mitgefühl in ihrem Haus übernachten ließ. Sie konnte den frierenden Mann nicht einfach fortschicken und war zudem für jede Abwechslung dankbar.

Nach einer Dusche und Rasur fand sie ihren Gast noch nicht einmal unattraktiv. Abends tranken sie Wein und unterhielten sich angeregt. Sie genoss seine Nähe und überredete ihn deshalb, länger zu bleiben. Nun hatte sie endlich keine Langeweile mehr und er hatte bei dieser Kälte ein Dach über dem Kopf; aus dieser Zweckgemeinschaft entwickelte sich eine Bettgeschichte.

Der Landstreicher blieb bis zum nächsten Frühjahr und verließ dann sang- und klanglos ihr Haus. Trude blieb schwanger zurück.

***

In der Schwangerschaft fasste sie den Entschluss, ihr Leben zu ändern. Wenn sie in den Spiegel schaute, sah sie, die gerade einmal 26 war, das vom Alkohol gezeichnete Gesicht einer Mittvierzigerin. Entschlossen ging sie in die Küche, fand inmitten der am Boden verbreiteten Schmutzwäsche die letzten vollen Weinflaschen und goss sie wütend in den Ausguss. Der Anfang war gemacht. Beginnend mit der Küche putzte sie Zimmer für Zimmer und merkte, wie ihre alte Routine beim Reinemachen allmählich zurückkehrte. Nach einem Monat konnte sie mit ihrer Arbeit im Haus sehr zufrieden sein. Es war noch nicht das Herrenhaus von einst, dafür fehlten ihr die finanziellen Mittel und handwerklichen Fähigkeiten. Ihr Kind würde nun aber in einem sauberen, ordentlichen Heim aufwachsen.

***

Sturzgeburten sind bei Erstgebärenden äußerst selten. Trude war zwar von den plötzlich einsetzenden Presswehen überrascht, nachträglich aber sehr dankbar, dass ihr Kind innerhalb weniger Minuten zur Welt kam. Wie die Schwangerschaft, so hatte Trude auch die Geburt geheim gehalten. Sie schämte sich, dass ihr Sohn die Folge eines Abenteuers mit einem Landstreicher war und dieser sie hatte sitzen lassen. Sie kannte noch nicht einmal seine vollständigen Personalien.

Abgeschottet von der Außenwelt kümmerte sie sich liebevoll um ihren Sohn. Sie war ständig an seiner Seite, beschäftige ihn oder sah ihm einfach nur zu, wie er spielte. Leidenschaftlich spielte er Verstecken, kroch in Kleiderschränke, Kommoden oder in leere Kartons und wartete gespannt, bis seine Mutter ihn fand. Wenn sie ihn aber zu früh entdeckte, reagierte er cholerisch, schrie und warf die nächstbesten Gegenstände nach ihr.

Trotz seines aggressiven Verhaltens blieb Trude eine einfühlsame Mutter. Sie nahm ihre Rolle als Beschützerin so ernst, dass ihr Sohn das Anwesen gar nicht mehr verlassen durfte. Ständig bläute Trude ihm ein, welche Gefahren außerhalb der Buchenhecke auf ihn lauerten. Sie schickte ihn weder in den Kindergarten noch in die Schule und brachte ihm stattdessen selbst schreiben und lesen bei. Körperlich entwickelte ihr Sohn sich prächtig, doch seine kognitiven Fähigkeiten blieben beschränkt. Sein Sozialverhalten war gestört, da ihm der Umgang mit an-

deren Kindern verwehrt blieb. Er stand im Mittelpunkt und so funktionierte seine Welt. Seine Mutter umsorgte ihn fortwährend und er bekam grundsätzlich alles, was er verlangte.
An seinem achten Geburtstag schenkte Trude ihm einen Fußball. Während sie im Haus Kuchen backte, beschäftigte sich ihr Junge draußen mit seinem neuen Spielzeug. Schnell wurde es ihm jedoch langweilig und er rief laut nach seiner Mutter. Als diese nicht schnell genug kam, schoss Paul den Ball wütend über die Buchenhecke. Gedankenlos rannte er zur Einfahrt, kletterte über das Tor und wollte gerade seinen Ball vom Rande eines Getreidefeldes holen, als ein Bauer mit seinem Trecker um die Ecke gefahren kam. So ein Gefährt hatte Paul sein Lebtag noch nicht gesehen. Wie angewurzelt blieb er stehen und wachte erst durch die Worte des Bauern aus seiner Trance auf.
„Dich hab ich ja noch nie hier gesehen! Wer bist du denn?"
„Paul."
„Und wo wohnst du?"
„Äh...hier", stammelte der Junge.
„Aha. Du bist bei Trude zu Besuch?"
„Wieso Besuch? Was meinst du?"
„Na, hör mal, willst du mich auf den Arm nehmen?"
„Wie, auf den Arm nehmen? Ich bin doch noch ein Kind."
„Hör mal zu, du Rotzlöffel! Ein bisschen Respekt erwarte ich schon. In deinem Alter sollte man Erwachsene auch siezen. Du gehst doch bestimmt schon in die dritte Klasse. Wieso bist du also nicht in der Schule? Sag mir mal, wer deine Mama ist."
„Trude ist meine Mama."

Die Geschichte des Bauern hatte sofort die Runden gemacht. Noch am gleichen Tag wurde die Gemeinde Hellenthal über diesen Skandal in Kenntnis gesetzt.
Tags darauf kamen Sachbearbeiter vom Jugendamt und trafen Trude bei der Gartenarbeit an. Sie schnitt gerade die zugewachsene Einfahrt zum Haus frei, als der PKW mit dem städtischen Kennzeichen vor dem Eingangstor parkte. Innerlich bebte sie vor Anspannung, wusste sie doch von ihrem Sohn, was gestern passiert war. Sie rieb sich den gröbsten Dreck von den Händen und ging dann ihren Besuchern entgegen, um sie freundlich zu begrüßen.

Die Sachbearbeiter traten sehr förmlich auf, konnten ihr Entsetzen jedoch nur schwer verbergen, als Trude schluchzend und heulend erzählte, wie sehr sie sich schämte, von einem Landstreicher ein Kind bekommen zu haben. Nach einem langen Vortrag über Fürsorge und Elternpflichten schauten sie sich gründlich im Haus um und stellten erleichtert fest, dass zumindest alle Zimmer sauber und aufgeräumt waren. In den weiteren Gesprächen verhielt sich Trude sehr kooperativ und war mit allen Maßnahmen zum Wohle ihres Kindes einverstanden.

***

Nach mehreren psychologischen Tests wurde Paul zur Förderung seiner emotionalen und sozialen Entwicklung in eine Sonderschule geschickt. Am Tage seiner Einschulung hatte Paul zum ersten Mal in seinem Leben Kontakt zu Gleichaltrigen. Verwundert nahm er die tobenden und schreienden Kinder um sich herum wahr. Als sie ihn in ihr wildes Treiben einbeziehen wollten, wandte er sich ab. Mit diesen andersartigen Altersgenossen konnte er absolut nichts anfangen!

Verstandesmäßig war Paul ihnen unterlegen, aber er hatte ein bedeutendes Plus: Er war groß und stark. Schnell lernte Paul, seine körperlichen Vorzüge zu seinem Nutzen einzusetzen. Sein Verhalten gegenüber Mitmenschen änderte sich zusehends: War er anfangs ein zurückhaltender Sonderling, der jedem Gespräch aus dem Weg ging, lernte er jetzt zum ersten Mal, sich auseinanderzusetzen.

Trude sah die Entwicklung ihres geliebten Sohnes mit Missbehagen. Aber sie konnte nichts dagegen tun. Ständig war er in Schlägereien verwickelt; sein Klassenlehrer rief wiederholt an, weil er häufig den Unterricht stören und seine Mitschüler bedrohen würde. Trude spürte, wie das Band zwischen ihr und ihrem Sohn immer weiter riss. Die täglichen Streitgespräche belasteten sie zusehends; Verspannungen, Kopfschmerzen und Erschöpfung waren die Folgen. Hilfesuchend wandte sich Trude schließlich an das Jugendamt. Letztendlich riet man ihr, eine Kur zu beantragen und ihren Sohn vorübergehend in eine Pflegefamilie zu geben.

Trude bekam aufgrund ihrer körperlichen und emotionalen Erschöpfung einen fünfwöchigen Aufenthalt in St. Peter Ording an der Nordseeküste verschrieben. Sie hatte mit ihren 34 Lebensjahren die Eifel

noch nie verlassen und war völlig aufgeregt, als die Abreise bevorstand. Einen Tag vorher ging sie nach vielen Jahren mal wieder zum Friseur und gönnte sich eine Kurzhaarfrisur.
Das Kurhaus war neu und modern eingerichtet. So luxuriös hatte Trude noch nie gelebt! Entgegen ihrer sonstigen Gewohnheiten, Jeans und weitgeschnittene T-Shirts oder Pullis zu tragen, wollte sie mal wieder Frau sein und zog figurbetonte Kleider oder Hosen an. Schnell vergaß sie ihre Probleme in der Heimat. Sie wurde immer geselliger und lernte nach zweieinhalb Wochen auf dem „Bergfest" Heinrich kennen.
Heinrich, ein 45-jähriger Junggeselle, wohnte in Düsseldorf und arbeitete im allgemeinen Außendienst der Verkehrsüberwachung des Ordnungsamtes. Trotz des Altersunterschiedes von elf Jahren verstanden Trude und er sich auf Anhieb und verbrachten soviel Zeit wie möglich gemeinsam. Schnell war Trude von seinem ungeheuren Charme und seiner aufgeweckten, freundlichen Art fasziniert. Sie blühte auf an seiner Seite und genoss nach langer Zeit wieder ihre Weiblichkeit in vollen Zügen. Eine Liebesaffäre begann.

Paul war froh, nicht mehr bei der strengen Pflegefamilie wohnen zu müssen. Doch als seine Mutter aus der Kur kam, wunderte er sich über ihre neue Frisur und die komischen Klamotten, die sie jetzt trug. Auch sonst schien sie nach der Kur komplett verändert. Sie führte jeden Tag lange Telefongespräche mit einem Heinrich; schon bald kam dieser Mann am Wochenende regelmäßig zu Besuch.
Paul wollte das nicht. Er reagierte bei allen Gesprächen bockig und aggressiv. Anfangs war Heinrich noch sehr freundlich zu ihm, doch später wies er den Jungen immer schärfer zurecht. Trude ließ ihren neuen Freund walten. Sie war nun überzeugt, dass ihr Sohn eine harte Hand durchaus mal gebrauchen könnte. Paul wiederum hatte das Gefühl, Heinrich würde ihm seine Mutter wegnehmen. Auch, wenn er sie eigentlich nicht mehr benötigte, sie gehörte zu ihm! Er verabscheute Heinrich und ließ nichts unversucht, ihm das zu zeigen.

Doch es nutzte alles nichts. Nach einem Jahr heirateten Trude und Heinrich.

II

Heinrich hatte seinen Job in Düsseldorf gekündigt und einen neuen bei der Kreis-Energie-Versorgung in Kall angetreten. Trude war glücklich, einen fröhlichen und ausgelassenen Ehemann an ihrer Seite zu haben, mit dem sie viele Interessensgebiete teilte.

Paul war anderer Meinung. Er war fest davon überzeugt, dass seine Mutter auf einen arroganten, großspurigen Prahler reingefallen war. Auch Heinrich schien Paul gegenüber nun oft gereizt und aggressiv. Paul distanzierte sich von den beiden, schwänzte häufig die Schule und ließ sich von keinem Erwachsenen mehr etwas vorschreiben. Als sein Stiefvater ihn einmal schlagen wollte, wehrte er dessen Hand kraftvoll ab und warnte ihn mit angriffslustigem Blick davor, das noch einmal zu versuchen.

Mit 16 Jahren wurde Paul wegen Ladendiebstählen und Körperverletzungen angezeigt. Trude gab als Erziehungsberechtigte gegenüber dem Jugendamt an, sie habe keinen Einfluss mehr auf ihren Sohn und fühle sich mit allem überfordert. Die Beamten führten mit Trude, Heinrich und Paul ausführliche Gespräche, stellten aber alsbald fest, dass ein Familienleben unter diesen Umständen nicht möglich war. Zu tief war der Hass von Paul auf seinen Stiefvater, zudem waren beide streitsüchtig und uneinsichtig. Trude wiederum war viel zu schwach, um den beiden etwas entgegenzusetzen.

Daraufhin nahmen die Mühlen der Verwaltung ihren Lauf. Ein sozialpädagogischer Familienhelfer kam nicht in Frage, daher wurden die Möglichkeiten einer Fremdunterbringung geprüft. Trude war bereit, ihr Sorgerecht abzutreten. Paul war alles recht, solange er nicht mehr mit seinem Stiefvater unter einem Dach leben musste.

Er kam in eine Wohngruppe mit neun weiteren Jugendlichen, deren Eltern ebenfalls von ihrem Erziehungsauftrag überfordert waren.

***

Abgeschieden in einem Wald zwischen den Ortschaften Reifferscheid und Rescheid lag das alte Forsthaus, das zum „Jugendwohnheim Sankt Nikolaus“ umgebaut worden war. Namensgeber war Nikolaus von

Myra, ein Bischof aus dem vierten Jahrhundert, der als Schutzpatron der Kinder verehrt wurde.
In dem Heim wohnten vorwiegend hochaggressive Jugendliche, die zuvor größtenteils erfolglos in psychotherapeutischen Behandlungen waren. Auch im Heim verweigerten sie strikt ihre Mitarbeit. Die meisten Pädagogen versuchten es mit Disziplin. Während die Jüngeren sich durchaus anpassten und gehorchten, ernteten die Pädagogen bei den Älteren noch mehr Aggression.
Fast jeder Jugendliche war schon einmal aus dem Heim geflüchtet. Die meisten kamen mit der Abgeschiedenheit nicht zurecht und versuchten, nach Köln oder Aachen zu trampen. Dort fielen sie aber ohne Erziehungsberechtigte und mit nur wenig Geld schnell auf und wurden zurückgebracht. Nach und nach fanden sich die meisten Bewohner mit ihrem neuen Heim ab.
Paul war nie geflüchtet. Die Eifel war sein Zuhause. Er liebte die Abgeschiedenheit und streifte in seiner Freizeit gerne alleine durch die Wälder. Manchmal beobachtete er die Waldarbeiter aus seinem Versteck, um dann in einem günstigen Moment aus ihren abgestellten Taschen die Geldbörsen zu entwenden.
Auf einem seiner Streifzüge entdeckte er zufällig den alten Lichtschacht des stillgelegten Erzbergwerkes „Grube Wohlfahrt“.

Die Heimbewohner hatten eine schwere Kindheit und viele legten ein gestörtes Sozialverhalten an den Tag. Paul, mit 17 Jahren der Älteste, musste häufig eingreifen und die Jüngeren auseinander reißen, um ein Blutvergießen zu verhindern. Da er der Stärkste war, genoss er bei vielen Jüngeren Respekt. Einen Jugendlichen hatte er im ersten Jahr besonders ins Herz geschlossen, den 14-jährigen Felix. Bald stand Felix unter Pauls persönlichem Schutz. Felix vergötterte Paul und suchte ständig seine Nähe. Sein größter Wunsch war, Paul auf seinen Streifzügen durch die Wälder zu begleiten. Irgendwann wollte er ihn auch mal mitnehmen.

***

An einem Samstag war Paul wieder auf Tour, doch diesmal traf er auf keine Waldarbeiter. Enttäuscht schlenderte er durch das Dickicht und hing seinen Gedanken nach. Er überlegte, sein Versteck im alten Lichtschacht aufzusuchen, entschied sich dann aber, in die andere Richtung zu gehen. Überrascht blieb er stehen, als er in der Ferne durch die dicht bewachsenen Fichten einen Mann mit einem Korb entdeckte. Paul pirschte weiter durch das Unterholz, bis er wenige Meter hinter ihm stand und sah, dass der Mann sich nach Pilzen bückte.

Er musste Paul gehört haben, jedenfalls drehte er sich plötzlich um. Beide erschraken, als sie ihr Gegenüber erkannten.

Paul hätte nie gedacht, hier mal auf seinen Stiefvater zu treffen. Heinrich war ebenso überrascht.

„Was machst du denn hier?", fragte Heinrich betont freundlich. Er hatte seinen Stiefsohn schon einige Wochen nicht mehr gesehen.

„Das geht dich einen Scheißdreck an!"

„Oh, schlechte Laune?"

„Verpiss dich! Geh wieder nach Düsseldorf!"

„Ich lebe mit deiner Mutter zusammen. Finde dich damit endlich ab!"

„Du hast sie mir weggenommen, das wird dir noch leid tun! Sie kannst du mit deiner schmierigen Art täuschen, mich nicht!"

„Deine Mutter liebt mich."

„Verpiss dich!"

„Jetzt aber mal halblang! Was fällt dir eigentlich ein? Was glaubst du denn, wer du bist? Ein Versager, sonst nichts! Große Klappe und nichts dahinter." Heinrich redete sich nun regelrecht in Rage. „Glaubst du eigentlich ernsthaft, dass du jemals einen Ausbildungsplatz kriegst? Schau dich doch mal an! Man sieht dir doch schon im Gesicht an, dass du nicht ganz dicht bist! Du bist das Ebenbild deines Vaters – ein stinkender Penner!"

Das war zuviel! Paul kochte vor Wut und stürzte sich auf seinen Stiefvater.

„Ich werde dich platt machen, du Arschloch!", rief er und riss ihn zu Boden. Sie rollten den Abhang hinunter bis in den Bereich, wo der Nadel- in einen Laubwald wechselte. Paul lag unten und Heinrich drosch ihm mit der Faust ins Gesicht. Paul drehte sich ein Stück zur Seite, griff nach einem großen Stein und schlug damit zurück. Blutüberströmt sackte Heinrich zur Seite und drückte mit einer Handfläche auf die Platzwunde an seinem Kopf.

„Ich werde dich anzeigen, du Miststück."

Paul grinste, als er ausholte und noch einmal mit dem Stein zuschlug.

III

16 Jahre später…

Kid hatte nach den acht Jahren beim Kriminalkommissariat 34 eine neue Herausforderung gesucht. Sein Dienststellenleiter Berndt Scheuser gab seinen Experten für banden- und gewerbsmäßige Schleusungsdelikte äußerst ungern an eine andere Dienststelle ab, insbesondere da er aufgrund der Personalknappheit im Polizeipräsidium Köln nicht sofort ersetzt werden konnte. Schweren Herzens akzeptierte er jedoch Kids Entscheidung, zum Kriminalkommissariat 11 zu wechseln. Er wünschte Kid viel Erfolg bei seinen neuen Aufgaben.

Kids richtiger Name lautete André Moritz. Nachdem er aber vor einigen Jahren bei einer Hüftschussübung im Zuge des Schießtrainings eine Trefferquote von 100 Prozent erhalten hatte, wurde er überall *Billy the Kid* genannt. Bis heute hatte sich *Kid* als sein Rufname gehalten.

Wahrscheinlich wäre Kid dennoch Kommissionsleiter bei seiner alten Dienststelle geblieben, wenn sein alter Freund Hubert Makele ihn nicht zu dem Wechsel überredet hätte.
Wie in Polizeikreisen üblich, wurde auch Hubert nicht bei seinem richtigen Namen genannt. Seit ihn vor Jahren ein Praktikant bei einer Dienstbesprechung versehentlich mit „Herr Makrele" ansprach, hieß er nur noch Fisch.
Fisch war 48 Jahre alt und bereits sein halbes Leben lang Todesermittler beim Kriminalkommissariat 11. Kid mochte seine ruhige, besonnene Art und seinen trockenen Humor. Sie kannten sich seit fast zwanzig Jahren und hatten auch schon einmal zusammen auf der Kriminalwache Dienst versehen. Seitdem standen sie regelmäßig in Kontakt.
Nach ihrer Zusammenarbeit bei der letzten gemeinsamen Mordkommission „MK Mama" hatte Fisch ihn ständig bedrängt, doch in sein Kommissariat zu wechseln. Die Arbeit im Team hatte Kid sehr gefallen und als Fisch ihm jetzt auch noch einen Arbeitsplatz in seinem Büro anbot, stimmte er nach langen Diskussionen mit seiner Ehefrau dem Wechsel zu.
Senna hätte er bei dieser Entscheidung nicht außen vor lassen können. Die vielen Überstunden, die die Arbeit in Mordkommissionen mit sich

brachte, waren ohnehin das Reizthema in ihrer Ehe. Senna hatte ihn für verrückt erklärt, als er ihr von seiner Idee erzählte, ins KK 11 zu wechseln. Er sei doch so schon jeden Tag über zwölf Stunden aus dem Haus und habe bereits über tausend Überstunden! In diesen Streitgesprächen drängte sie ihn immer, er solle sich nach Euskirchen versetzen lassen, dann könnte er sich eine Stunde Fahrzeit sparen und entspannter nach Hause kommen. Kid entgegnete jedes Mal, dass ihm die Fahrzeit überhaupt nichts ausmache. Aber sie könnten ja stattdessen einfach nach Köln umziehen? Nein, das kam widerum für Senna überhaupt nicht in Frage.
Letztendlich hatte sie eingelenkt und gesagt, er solle selbst entscheiden. Sie wolle auf keinen Fall einen unzufriedenen Mann.

IV
Montag

Eine Brandleiche nach einer Gasexplosion in der Severinstraße. Die Feuerwehr und ein Brandermittler vom KK 13 sind noch vor Ort", sagte Fisch, nachdem er den Hörer aufgelegt hatte.
„Wer ist denn jetzt zuständig, das KK 13 oder wir als Todesermittler?", fragte Kid.
„Bei den Ermittlungen nach Explosionen oder Bränden ist zuerst einmal das KK 13 federführend. Wenn die aber feststellen, dass durch menschliches Verhalten der Brand initiiert bzw. die Explosion ausgelöst wurde, kommen wir ins Spiel."
„Und? Hat jemand die Explosion ausgelöst?"
„Weiß man noch nicht, aber unser Chef hatte mich angerufen und gebeten, wir sollten auch hinfahren. Nach dem Einsturz des Stadtarchivs sind die da oben etwas empfindlicher geworden. Der Brandort liegt unmittelbar neben der Baugrube der U-Bahn und manche vermuten schon wieder einen Zusammenhang mit den Baumaßnahmen. Wir sollen die Kollegen vor Ort erstmal unterstützen und wenn es sich doch nur um einen Unfall handeln sollte, wären wir wieder raus aus dem Rennen."

Die Beamten beim KK 13 im Polizeipräsidium Köln bearbeiten Erpressungen, Waffen- und Branddelikte. Fünf Sachbearbeiter wurden gezielt zu Brandermittlern ausgebildet. Leiter dieser Sachrate war Jens Korschenbroich, der früher mal auf Feiern Heinz Erhard parodierte hatte und infolgedessen von den meisten Kollegen Heinz genannt wurde.

Kid ärgerte sich, weil er wieder den Weg über die Severinsbrücke gewählt hatte, obwohl er wusste, dass sich hier der Verkehr morgens immer staute. Fisch griente nur, als er sah, wie Kid ungeduldig mit den Fingern das Lenkrad bearbeitete.
„Ruhig, die Leiche läuft uns nicht weg."
„Ich hasse Staus! Wäre ich doch nur über die Deutzer Brücke gefahren."
„Dann hättest du auch im Stau gestanden. Schau mal nach rechts! Es ist Messe, die ganze Stadt ist dicht. Außerdem sind unsere Fachleute doch längst vor Ort. Wir sehen uns nur mal kurz den Brandort und die Leiche an und fahren zurück."

Fisch und Kid standen vor der dreigeschossigen Bauruine, während zahlreiche Feuerwehrleute die letzten Brandherde löschten. Heinz kam ihnen entgegen. Seine Anspannung war ihm deutlich anzusehen.
„Wurde die Leiche schon geborgen?", fragte Fisch.
„Ja. Sie ist total verkohlt. Befindet sich bereits auf dem Weg in die Gerichtsmedizin." Heinz wischte sich mit dem Handrücken den Schweiß von der Stirn. Anschließend knöpfte er sich die oberen Knöpfe seines Overalls auf.
„Kannst du schon sagen, was passiert ist?"
„Der Brandort ist noch nicht erkaltet, der genaue Brandausgangsort kann daher noch nicht festgestellt werden. Derzeit spricht vieles für eine Gasexplosion im Keller. Durch die Detonation wurden bis in die zweite Etage die Türen aus ihren Verankerungen gerissen. Ihr könnt euch nicht vorstellen, was für eine gewaltige Trümmerspur die Druckwelle im gesamten Treppenhaus hinterlassen hat. Verzeiht die Nachfrage, aber warum seid ihr überhaupt hier?"
„Anordnung von oben. Die wollen auf Nummer sicher gehen, wenn wenige Meter vom eingestürzten Stadtarchiv ein Haus explodiert und eine Leiche gefunden wird. Wo lag sie denn eigentlich?", fragte Fisch.
„In dem Kellerraum, wo wir auch den Brandausgangsort vermuten. Ich zeig euch nachher die Bilder."

„Schon 'ne Ahnung, um wen es sich handelt?"
„Wir müssen warten, bis alle Hausbewohner ermittelt sind. Man kann die Leiche sowieso nur über das Zahnschema oder die Knochen identifizieren und das dauert. Bis jetzt ist noch nicht mal klar, ob es sich um einen Mann oder eine Frau handelt."
„Gibt es Hinweise auf ein schuldhaftes Verhalten?"
„Der Einsatzleiter der Feuerwehr vermutet ein Unglück, da die Leitungsrohre im gesamten Haus sehr marode sind und sie auch in den Nachbarhäusern schon Einsätze wegen defekten Gasleitungen hatten."
„Können wir uns mal im Keller umsehen?"
„Nein, das Haus ist einsturzgefährdet – die Feuerwehr installiert gerade Stützpfeiler, damit die Kellerdecke nicht einbricht. Wie es aussieht, muss das Haus komplett abgerissen werden."
„War sonst noch jemand im Haus?", fragte Kid.
„Die Feuerwehr hat eine junge Studentin aus der Dachgeschosswohnung mit der Drehleiter gerettet."
„Und die anderen Bewohner?"
„Waren zum Glück nicht da."
„Hat die Studentin schon ausgesagt?"
„Wir können auch nicht zaubern!", entgegnete Heinz ungewohnt gereizt. „Ich habe aber ihre Erreichbarkeit. Sie wollte vorübergehend bei einer Kommilitonin in der Mathiasstrasse wohnen."
„Gib uns Namen und Adresse, wir gehen mal hin und hören, was sie zu sagen hat."

***

Die Mathiasstraße lag nur wenige Gehminuten vom Unglücksort entfernt. Fisch und Kid standen vor der Klingelleiste und suchten vergeblich den Namen der Kommilitonin. Sie klingelten überall mehrfach, bis ihnen endlich die Tür geöffnet wurde. Im Hausflur war es still.
„Hallo", rief Kid in der Hoffnung, der Türöffner würde zu erkennen geben, in welcher Etage er sich aufhielt. Es kam jedoch keine Antwort. *Ein Einbrecher hätte hier leichtes Spiel*, dachte Kid, während sie die Treppen hochgingen und noch einmal an jeder Wohnungstür klingelten. In der Dachgeschosswohnung wurde ihnen schließlich geöffnet. Fisch stellte sich und seinen Kollegen vor.

„Ach, Sie kommen wegen der Explosion in der Severinstraße? Kommen Sie rein, meine Freundin ist hier."
Das Einzimmerappartement war überwiegend zweckmäßig mit Kiefernmöbeln eingerichtet. Die Freundin saß auf einer Couch und rieb sich mit den Fingerspitzen die Stirn. Sie war noch sichtlich aufgewühlt, als sie von ihrem Erlebnis am frühen Morgen erzählte.
„Sie können sich gar nicht vorstellen, was das für ein Knall war! Ich dachte, das Haus würde einstürzen! Ich hab am ganzen Leib gezittert und eine Zeit lang wie erstarrt im Türrahmen gestanden. Das ganze Treppenhaus war voller Rauch. Bis zur zweiten Etage bin ich dann die Treppe runter, danach wurde der Qualm unerträglich und ich bin voller Panik zurück in meine Wohnung gelaufen. Ich dachte, ich würde ersticken! Auf meinem Balkon konnte ich wieder richtig durchatmen und zum Glück kam dann auch schon die Feuerwehr."
„War außer Ihnen zu diesem Zeitpunkt noch jemand im Haus?", fragte Fisch, der auf einem alten Ohrensessel links neben ihr Platz genommen hatte.
„Ich glaube nicht."
„Sie sind sich aber nicht sicher?"
„Der Postbote klingelt immer bei mir, weil ihm sonst keiner die Haustür öffnet. Wahrscheinlich sind die alle arbeiten."
„Wer könnte morgens bei Ihnen im Keller gewesen sein?"
„Wieso soll jemand im Keller gewesen sein?"
„Die Feuerwehr hat eine Leiche im Keller gefunden."
„Oh Gott, das ist ja furchtbar! Wissen Sie, wer das war?"
„Wir hatten gehofft, Sie könnten uns da weiterhelfen."
„Tut mir leid, ich... Ich habe echt keine Ahnung!"
„Kennen Sie Ihre Nachbarn?"
„Nur flüchtig. Unter mir wohnt Herr Müller, der geht morgens immer sehr früh zum Blaubach, weil er dort beim Finanzamt arbeitet. Daneben wohnen Italiener – die sind, glaube ich, im Urlaub. Im zweiten Obergeschoss wohnen zwei Familien. Auf der ersten Etage steht eine Wohnung leer und in der anderen wohnt eine alleinstehende ältere Frau. Das Ladenlokal im Erdgeschoss wird zurzeit umgebaut, das steht leer. Ich weiß gar nicht, was für ein Gewerbe da reinkommen soll."
„Gab es im Haus schon mal Probleme mit der Gasleitung?"

„Keine Ahnung, da fragen Sie besser unseren Hausmeister. Ich schreibe Ihnen mal seine Adresse auf."
„Danke, wenn Ihnen noch etwas einfällt, können Sie uns hier erreichen."
Fisch reichte der Studentin seine Visitenkarte. Kid musste schmunzeln, als er sah, wie schwerfällig Fisch sich aus dem weichen Sessel erhob.

V

Seine Atmung passte sich seinem Herzschlag an. Es waren schnelle kurze Atemzüge. Schweißperlen standen ihm auf der Stirn, als er sich hektisch nach allen Seiten umsah.
Wo bin ich? Habe ich ihn abgeschüttelt? In dieser Brühe konnte man kaum seine eigene Hand vor den Augen sehen. Ist es Tag oder Nacht? Der dichte Nebel raubte einem jegliche Orientierung; man fühlte sich wie in einem anderen Universum.
Paul sprang in die Luft und schwebte einige Meter über dem Boden. Der dickflüssige Nebel trug ihn mehrere Minuten, bis die Schwerkraft einsetzte und er langsam nach unten sank. *Warum kann ich schweben?* Irritiert sprang er noch mal hoch und drückte sich diesmal kräftiger ab. Meter für Meter ging es höher und es schien, als könnte er den Nebelschleier durchdringen, doch als die Trübung um ihn herum nachließ, hatte er den Scheitelpunkt seines Sprunges erreicht und es ging erneut abwärts.
Er versuchte es ein drittes Mal, jetzt aber mit aller Energie, die sein geschundener Körper ihm noch zur Verfügung stellte. Anfangs kam er zügiger voran, doch dann bremste ihn die dicke Brühe. Auch diesmal schaffte er es nicht, den Dunst zu durchstoßen.
Erschöpft setzte er sich und betrachtete die Schnittwunden an seinen Armen und auf der Brust. Wieso war er überhaupt nackt? Da fiel ihm ein, dass ein Mann mit einer Lederpeitsche ihn verfolgte. Er war auf der Flucht! Aber woher kamen diese Verletzungen? Eine Peitsche hätte Striemen hinterlassen, aber auf seiner Haut befanden sich eindeutig tiefe Einschnitte.
Da war es wieder, dieses schallende Gejammer. Es hörte sich an wie eine Gruppe heulender Hyänen. Das Geräusch kam näher. Er musste

wegrennen. Wie in Zeitlupe bewegte er sich durch die zähflüssige Suppe. Die Sicht wurde etwas besser – links und rechts konnte man Bäume erkennen. Mit schwebendem Gang durchschritt er eine Allee. Sein Verfolger kam näher. Panik erfüllte ihn und er bemühte sich krampfhaft, schneller zu laufen. Es ging nicht. Vielleicht konnte er sich in dem Wald verstecken? Er versuchte die Allee zu verlassen, doch irgendetwas drückte ihn immer wieder zurück. Er konnte sich nur in eine Richtung bewegen. Als er sich an einem Baum festhalten wollte, riss er ihn mit Wurzelwerk aus der Erde. Dann riss er einen Baum nach dem anderen heraus und warf sie hinter sich. Vielleicht ließe sich sein Verfolger dadurch aufhalten.

Abrupt endeten die Geräusche. Absolute Stille.

Wo bin ich? Er traute dieser Ruhe nicht. Langsam bewegte er sich vorwärts. Seine Gedanken überschlugen sich. *Wie bin ich in diesen Nebel gekommen? Wo komme ich her? Wer bin ich überhaupt? Ich kann mich nicht erinnern.*

***

Der Nebel war verschwunden. Er hatte es gar nicht bemerkt. Plötzlich lag er am helllichten Tag nackt im Wald und hörte das Gezwitscher der Vögel. Die Schnittwunden an seinem Körper waren noch da.

Wo bin ich denn jetzt? Befinde ich mich noch an der gleichen Stelle? Wo ist der Dunst geblieben?

Er schritt den leichten Abhang hinunter und hoffte, sich orientieren zu können. Der Geruch von Moos und frisch geschlagenem Holz stieg ihm in die Nase. Er liebte diesen Duft. Bei jedem Schritt sanken seine nackten Füße tief in den Moosboden ein. Er würde sicher ganz einsinken, wenn er auf einer Stelle stehen blieb. In diesem Wald verspürte er ein unerklärliches Wohlbehagen. Ihm kam alles seltsam vertraut vor.

Er schritt weiter durch den Laubwald, als ihm wie aus heiterem Himmel die Beine weggerissen wurden. Urplötzlich fiel er in ein tiefes, dunkles Loch. Er streckte verzweifelt die Arme zur Seite – Gott sei Dank, da war etwas, ein Seil oder eine Wurzel. Er griff beherzt zu und konnte seinen Fall abrupt stoppen. Jetzt merkte er aber, dass es sich weder um ein Seil noch um eine Wurzel handelte. Es fühlte sich glatt an, wie Leder. Stück für Stück zog er sich an der Schnur nach oben. Es wurde immer heller in dem Schacht; wenn er seinen Kopf in den Nacken legte, blendete ihn die strahlende Sonne. Die letzten Meter überbrückte er immer hastiger. Jetzt wollte er nur noch schnell aus diesem Loch heraus. Als er den Rand der Öffnung mit einer Hand fassen konnte, schob sich ein Schatten zwischen ihn und die Sonne. Er richtete sich auf und sah in das hasserfüllte Gesicht eines Mannes, der eine Lederpeitsche festhielt. An den Riemen dieser Peitsche hatte er sich geklammert! Erschrocken löste er den Griff und fiel wieder in den Schacht zurück. Die Schnur glitt durch seine Hand. Plötzlich durchzuckte ein heftiger Schmerz seinen Körper und er griff ins Leere. Am Ende dieser langen Peitsche war eine scharfe Klinge befestigt, an der er sich die Handfläche aufgeschnitten hatte. Er schrie aus Leibeskräften. Während des freien Falles sah er, wie das Blut aus seiner Hand spritzte. Diesmal konnte er sich nirgendwo mehr festhalten. Immer schneller ging es abwärts. In Fallrichtung sah er ein mit weißen Steinen umgebenes schwarzes Loch. Dann wurden aus den Steinen plötzlich Zähne, aus dem dunklen Loch streckte sich ihm eine rote Zunge entgegen. Das Gesicht des Mannes mit der Peitsche erschien überdimensional vor seinen Augen. In Höllenangst schrie er sich die Seele aus dem Leib.

Schweißgebadet und zitternd schrak er auf. Wie viel länger könnte er das noch ertragen? Dieser Alptraum mit dem Peitschenmann verfolgte ihn seit seinem siebzehnten Lebensjahr.

VI

Glück gehabt, dass wir nicht in den verrußten Keller mussten. Anschließend hätten wir direkt duschen können."
„Ich hätte auch gar keine Wechselklamotten auf der Dienststelle gehabt", entgegnete Kid.
„Die würde ich dir aber dringend empfehlen! Es gibt Tatorte, da siehst du anschließend aus wie 'ne Sau, die sich im Schlamm gesuhlt hat und du fühlst dich auch so."
„Schweine fühlen sich im Schlamm aber sauwohl."
„Ach komm, du weiß genau, was ich meine!" Dann wechselte Fisch elegant das Thema. „Apropos Sau, wenn ich an Schweine denke, bekomme ich Hunger. Was hältst du von einem Halven Hahn?"

„Da bin ich dabei! Hier im Reissdorf Brauhaus auf der Severinstraße gibt es sowieso die besten Halven Hähne der Stadt.“
„Was du als Eifler alles weißt! Respekt!“

Sie aßen genüsslich ihr Röggelchen mit Käse, tranken ein frischgezapftes Kölsch und beobachteten das Treiben auf der Severinstraße. Gerade bei schönem Wetter konnte man hier besonders angenehm sitzen und die Leute beobachten, wie sie von Geschäft zu Geschäft hetzten oder gemütlich an den Schaufenstern entlang bummelten.
Die entspannte Atmosphäre wurde jedoch urplötzlich von einem ohrenbetäubenden Krachen unterbrochen. Die Leute auf der Straße blieben abrupt stehen und sahen in Richtung Waidmarkt. Offensichtlich kam der gewaltige Donner von dort.
„Was war das denn? Ist das Haus von eben jetzt komplett eingestürzt?“ Kid winkte hastig die Kellnerin herbei.
„Lass uns mal sofort nachsehen!“, entgegnete Fisch, während Kid der Kellnerin zehn Euro in die Hand drückte.
Als sie auf die Straße traten, hörten sie bereits die Polizei- und Feuerwehrsirenen. Sie liefen zu dem Brandort, trafen aufgeregt herumlaufende Feuerwehrmänner und konnten weiter hinten Heinz erkennen, der wild gestikulierte. Kid lag richtig mit seiner Vermutung: Eine gigantische Staubwolke verflüchtigte sich allmählich und gab den Blick auf einen riesigen Schutthaufen frei. Wo vorher ein dreigeschossiges, beidseitig angebautes Haus gestanden hatte, befand sich jetzt nur noch eine riesige Lücke.
Fisch bekam einen heftigen Hustenanfall. Kid kramte ein Tempo-Taschentuch aus seiner Hosentasche.
„Hier, bevor du mir erstickst, halt dir das vor den Mund.“
Als sie bei Heinz ankamen, hörten sie, wie er gerade über Funk eine Lagemeldung durchgab.
„Dreigeschossiges Haus eingestürzt. Wir benötigen Rettungs- und Notarztwagen für verletzte Feuerwehrmänner.“
„Wie viele Verletzte und wie schwer sind die Verletzungen?“, kam sofort die Frage von dem Beamten der Einsatzleitstelle.
„Weiß nicht, vielleicht vier oder fünf – wie schwer, kann man noch nicht sagen. Ich brauche auch dringend Einsatzkräfte für eine großräumige Absperrung und Evakuierung der angrenzenden Häuser.“

„Was ist mit den Hausbewohnern?"
„Die wurden zum Glück schon vorher evakuiert."
Als Heinz seine Meldung beendete, hatte Fisch sich langsam von seinem Hustenanfall erholt.
„Wie genau kam es denn zum Einsturz?", fragte Kid.
„Kann ich nicht sagen. Das Gebäude fiel jedenfalls wie ein Kartenhaus zusammen. Mann, war das ein Krach! Ich habe jetzt aber keine Zeit, ich muss zum Einsatzleiter der Feuerwehr und mich nach den Verletzten erkundigen." Er drehte sich um und lief zu den vor der Bauruine geparkten Feuerwehrfahrzeugen.
„Können wir helfen?", rief Kid ihm hinterher.
„Kümmert euch um die Schaulustigen, damit…" Das Ende des Satzes verstand Kid nicht mehr, da die ersten Rettungsfahrzeuge mit Blaulicht und Martinshorn eintrafen.
Fisch und Kid zogen sich eine Armbinde mit der Aufschrift „Polizei" an und drängten die Schaulustigen zurück, um eine Gasse für die Rettungsfahrzeuge frei zu halten. Sie winkten die nach und nach eintreffenden uniformierten Kräfte zu sich und wiesen sie an, den Unglücksort weiträumig abzusperren. Die Kollegen hatten alle Hände voll zu tun, weil die Sensationslustigen immer wieder nach vorne drängten; jeder wollte möglichst nahe am Geschehen sein.
Als Fisch und Kid anschließend wieder zur Unglücksstelle zurückkehrten, ließ sich dort gerade Polizeihauptkommissar Grebein, Dienstgruppenleiter der Polizeiinspektion 1, von Heinz und einem Feuerwehrmann in die Lage einweisen. Anschließend übernahm er das Kommando. Er legte den unmittelbaren Gefahrenbereich im Umkreis von 30 Meter um die Einsturzstelle fest und ordnete an, die Absperrung entsprechend auszudehnen. Die Severinstraße ließ er im gesamten Verlauf sperren. Er verständigte die Verkehrsleitzentrale der Stadt Köln, Warnhinweise für die Severinstraße herauszugeben. Über Funk forderte er dann weitere Kräfte zur Evakuierung der angrenzenden Häuser an und legte als Sammelstelle für weitere Kräfte die Örtlichkeit Blaubach / Nord-Süd-Fahrt fest.
Durch seine präzisen Anweisungen, die er in einer ruhigen und sachlichen Art weitergab, wirkte er sehr souverän.
Der versteht sein Handwerk, dachte Fisch, als er ihn ansprach:
„Werden noch Feuerwehrleute vermisst?"

„Zwei Männer waren zum Zeitpunkt des Einsturzes im Keller und wollten mit Stützpfeilern die Decke abstützen. Die Feuerwehr hat schon Räumungsfahrzeuge vom Technischen Hilfswerk und deren Spürhunde angefordert."
„Können wir helfen?"
„Ja, es besteht die Gefahr, dass weitere benachbarte Gebäude einstürzen könnten. Einer von Ihnen könnte die Evakuierung der unmittelbar angrenzenden Häuser übernehmen. Die beiden geparkten Fahrzeuge hier müssen auch weg – wir brauchen Platz für die Räumungsfahrzeuge. Zudem benötigen wir eine Anlaufstelle für die Anwohner. Es gehen ständig besorgte Anrufe bei der Leitstelle ein."
„Ich koordiniere die Evakuierung", entgegnete Kid.
„Okay, die Bereitschaftspolizei müsste jeden Moment eintreffen. Nehmen Sie sich zwei Gruppen und evakuieren Sie die drei angrenzenden Gebäude."
„Ich lasse die beiden Fahrzeuge abschleppen", sagte Heinz.
„Dann werde ich in der Schule Georgstraße eine Anlaufstelle für die Nachbarn und die Evakuierten einrichten", ergänzte Fisch.
„Okay. Falls Sie von Medienvertretern angesprochen werden, verweisen Sie diese an die Pressestelle, die senden einen Kollegen hierhin."

Die Firma Maldivus kam mit zwei Abschleppfahrzeugen. Heinz leitete sie durch die Absperrung und innerhalb von zehn Minuten wurden die Fahrzeuge aufgeladen.
Mittlerweile hatte sich die Lage zumindest soweit beruhigt, dass die Anwohner und Zuschauer in einem sicheren Abstand zum Unglücksort standen. An der Bauruine herrschte immer noch Betriebsamkeit. Rettungswagen und Notärzte trafen ein, verletzte Feuerwehrleute wurden auf Bahren getragen.

Die Evakuierung der Häuser verlief reibungslos. Die meisten Bewohner, die um diese Tageszeit zuhause waren, hatten ihre Wohnungen verlassen und sich unter die Schaulustigen gemischt.
Kid hatte die wenigen angetroffenen Bewohner befragt, ob noch Kranke, Schwerhörige oder Bettlägerige in einer der anderen Wohnungen sein könnten. Als er dies ausschließen konnte, meldete er Polizeihauptkommissar Grebein den Vollzug.

Auf dem Rückweg zur Unglücksstelle bekam Kid im Vorbeigehen mit, wie der Pressesprecher des Polizeipräsidiums Köln zwei Reportern erzählte, vier Verletzte seien geborgen worden und zwei Feuerwehrmänner würden immer noch vermisst.

An der Unglücksstelle standen die ersten Räumungsfahrzeuge. Grebein war mit dem Leiter der Feuerwehr und zwei Männern vom Technischen Hilfswerk im Gespräch. Er sah Kid kommen und unterbrach seine Unterhaltung.
„Gut, dass Sie zurück sind. Ein Anwohner meldete Gasgeruch in seinem Hausflur und vermutet einen Zusammenhang mit diesem Hauseinsturz. Begleiten Sie bitte ein Team der Feuerwehr zu dem Gebäude dahinten neben dem Kiosk. Vielleicht muss das Gebäude ja auch noch evakuiert werden."
Wenige Minuten später kam Fisch zurück.
„In der Schule wird meine Hilfe nicht mehr benötigt. Wie ist die Lage hier?"
„Die Suche nach den verschütteten Feuerwehrmännern hat jetzt Priorität." Grebein nickte den Diensthundeführern als Zeichen zu, ihre Arbeit jetzt zu beginnen.
„Was ist eigentlich mit dem U-Bahn-Tunnel? Nicht, dass wir auf einem Pulverfass stehen und es stürzt hier alles zusammen!", bemerkte Fisch besorgt.
„Spezialisten der Feuerwehr und der KVB sind bereits in der U-Bahn und prüfen, ob der Tunnel Schaden genommen hat."

In der Hoffnung auf einen schnellen Erfolg wurden zwei Spürhunde gleichzeitig eingesetzt. Schnuppernd folgten sie den Anweisungen ihrer Führer, die am Rande der Bauruine standen. Das Betreten des Schutthaufens war zu gefährlich, da das Geröll jederzeit in Bewegung geraten und Menschen erneut unter sich begraben könnte. Die Hunde aber waren für solche Einsätze trainiert. Vorsichtig setzten sie eine Pfote nach der anderen auf und liefen schnüffelnd im Zickzack über das Geröll. Nach wenigen Minuten zeigte ein Hund durch Verbellen an, dass er eine verschüttete Person geortet hatte. Er verharrte an der Stelle und versuchte, mit seiner Nase tiefer in eine Lücke zu stoßen.

Die Führer pfiffen ihre Hunde zurück. Andere Kollegen bauten aus Leitern einen Hilfssteg, damit sie die angezeigte Stelle mit einem akustischen Ortungsgerät relativ gefahrlos erreichen konnten. Sie legten einen Sensor auf die Trümmer, der Geräusche wie Klopfen oder Scharren in Form von Schwingungen an ein Suchgerät weiterleitete. Das Suchgerät wandelte die Schwingungen zu einem akustischen Signal um und gab sie über Kopfhörer weiter. Es wurden jedoch keine Zeichen der Verschütteten empfangen.
Der Einsatzleiter des Technischen Hilfswerkes stand neben den Hundeführern und ordnete mit besorgter Miene an, zunächst den Schutt weiter vorsichtig abzutragen und dann die Sensoren neu zu positionieren. Seine Sorgenfalten wurden auch nicht geringer, als er von der Feuerwehr erfuhr, dass der U-Bahn-Tunnel keinen Schaden genommen hatte.
Kid rief Grebein an und gab Entwarnung wegen des Gasgeruches. Ein im Dachgeschoss lebender Syrer hatte arabisch gekocht, es habe sich lediglich um die exotischen Dünste von seinem Auberginenmus gehandelt.

Es war schon später Nachmittag, als die Räumungsfahrzeuge ihre Arbeit einstellten. Große Betonblöcke waren beiseite geräumt worden und man erhoffte sich, nun näher an die verschütteten Feuerwehrmänner herangekommen zu sein. Wieder wurden die Spürhunde eingesetzt, die auch diesmal eindeutig an einer bestimmten Stelle anschlugen.
Grebein, Heinz und Fisch starrten angespannt auf den Mann, der über eine Leiter dorthin robbte und erneut einen Sensor platzierte. Nach wenigen Minuten hob er seine Hand und bat um Ruhe. Er lag bäuchlings auf der Leiter und drückte mit beiden Händen die Kopfhörer fester an seine Ohren.
Dann kam der erlösende Ausruf: „Ich höre Klopfzeichen."

***

Von den Ereignissen sichtlich gezeichnet fuhren Fisch und Kid zur Dienststelle zurück. Ihre Gedanken waren bei den beiden Feuerwehrmännern, die in den nächsten Stunden geborgen werden sollten. Bei solchen Unglücken wurde ihnen wieder bewusst, welchen Gefahren Feuerwehrleute, aber auch Polizeibeamte ausgesetzt waren.
„Was für ein Glück, dass Heinz uns nicht in den Keller gelassen hat."

„Das kannst du aber laut sagen. Stell dir vor, du stehst im Keller und plötzlich fällt über dir das ganze Haus zusammen."

Die Feuerwehrmänner wurden am späten Abend geborgen und mit Rettungswagen ins Krankenhaus „Severinsklösterchen" gebracht. Sie hatten das unglaubliche Glück gehabt, dass zwei einstürzende Betonplatten der Decke sich mit den Eisenträgern verkeilt hatten und sie in einem Hohlraum darunter geschützt waren. Bis auf einige Schürfwunden blieben sie unverletzt.

VII
Dienstag

Kid hatte bis spät in die Nacht die Nachrichten über die Bergungsarbeiten am Fernsehen verfolgt.

Als er heute Morgen ins Parkhaus des Polizeipräsidiums fuhr, sah er nervös auf die Uhr. Er war spät dran und schlecht gelaunt, weil er verschlafen und anschließend eine halbe Stunde auf der Autobahn 1 im Stau gestanden hatte.

Es war 07:54 Uhr und um 08:00 Uhr fand die allmorgendliche Frühbesprechung statt. Sein Chef hasste es, wenn er durch hereinplatzende Mitarbeiter in seinem Vortrag unterbrochen wurde. Kid hetzte die Treppen des Parkhauses hinunter. Mit etwas Glück würde er es noch rechtzeitig schaffen.

Eine Minute vor 08:00 Uhr betrat er völlig außer Atem den Besprechungsraum des Kriminalkommissariats 11. Lautes Stimmengewirr und vergnügtes Lachen einzelner Kollegen schallte ihm entgegen. Sein Chef Arndt Siebert war noch nicht anwesend.

Puh, gerade noch geschafft, dachte er erleichtert. In der hintersten Reihe entdeckte er einen freien Platz neben Fisch, der mit verschränkten Armen am Fenster saß und schweigend den Kommentaren seiner Kollegen lauschte.

„Wo bleibst du?", fragte Fisch und tippte mit seinem Zeigefinger auf seine Armbanduhr.

„Verpennt, weil die Batterie an meinem Wecker das Zeitliche gesegnet hat und dann kam ich auch noch in einen Stau, weil auf der A1 ein Unfall..."

Weiter kam er nicht, weil Arndt Siebert mit einer jungen Frau den Raum betrat. Sofort verstummte das Geraune im Saal.
Wer war denn diese Frau? Dieses markante, längliche Gesicht mit den ausgeprägten Wangenknochen und den tiefen Augenhöhlen hatte Kid noch nie gesehen. Wie eine Kollegin sah sie mit ihrer akkurat gescheitelten, schwarzen Kurzhaarfrisur nicht aus, vielmehr erinnerte sie ihn an eine russische Agentin aus einem James Bond-Film. Sie trug einen engen, dunkelgrünen Rock und eine weiße, hochgeschlossene Bluse aus festem Material. Unter dem dünnen, schwarzen Lidstrich sah Kid ihre dunklen Augen, mit denen sie interessiert die einzelnen Kollegen musterte. Als sich ihre Blicke kreuzten, glaubte Kid, ein dezentes Lächeln zu erkennen.
„Darf ich euch vorstellen: Teresa Szymanski! Sie kommt vom Bundeskriminalamt und wird die nächsten vier Wochen bei uns hospitieren. Wer sie ist und was sie genau beim BKA bearbeitet, wird sie euch selbst erzählen."
„Guten Morgen, mein Name ist Teresa Szymanski", begann sie mit leiser Stimme, wobei ihr ausländischer Akzent nicht zu überhören war. „Ich bin 38 Jahre alt und komme aus Polen. Ich wohne noch in Frankfurt, ziehe demnächst aber nach Köln. Beim BKA arbeite ich im Referat IK 23 und bin dort für die Koordination von Auslandseinsätzen zuständig."
Sie machte eine kurze Pause, trank einen Schluck Wasser und wollte gerade fortfahren, als die erste Zwischenfrage gestellt wurde.
„Warum hospitieren Sie ausgerechnet in Köln?"
„Persönliche Gründe. Ich will die Behörde wechseln und gerne nach Köln kommen", antwortete sie in einem nun etwas bestimmter klingenden Tonfall. Der Kollege, der die Frage gestellt hatte, erkannte an ihrem strengen Blick, dass sie nicht bereit war, weitere Details aus ihrem Privatleben preiszugeben.
„Warum ausgerechnet zum KK 11? Ich kann mir Sie gar nicht bei der Untersuchung einer Leiche vorstellen", bemerkte Kalle, während er beiläufig Kreise auf einen Notizblock malte.
„Machen Sie sich da mal keine Sorgen, ich habe schon meine Erfahrungen auf diesem Gebiet. Mein Vater ist Pathologe in Polen und ich hatte bereits vor meiner Polizeiausbildung Leichen gesehen. Habe ich Ihre Frage damit beantwortet?" Teresa ließ sich auf Kalles Provokation nicht

ein und warf einen leicht missbilligenden Blick auf sein Gekritzel. Kalle legte den Stift beiseite und nickte.
Nachdem keine weiteren Fragen gestellt wurden, fuhr sie fort:
„Ich freue mich auf eine gute Zusammenarbeit. Wir werden uns in den nächsten Wochen sicherlich besser kennenlernen."
Kid hatte das Gefühl, dass sie bei diesem Satz gezielt in seine Richtung geguckt hatte. Er erwiderte ihren Blick. Wie sie die Wörter betonte! Irgendwie ungewöhnlich, aber charmant.
Arndt Siebert übernahm wieder das Wort und berichtete über die aktuelle Lage in der Severinstraße.

***

Wieder im Büro angekommen meldete sich Fisch sofort zu Wort.
„Kennst du diese Teresa?"
„Nein, woher denn?", antwortete Kid und schüttelte abwehrend den Kopf.
„Wie die dich angeguckt hat, das sah irgendwie vertraut aus. Außerdem hast du sie angelächelt."
„Hab ich nicht!" Kid kam sich vor wie ein Junge, der bei etwas Verbotenem erwischt wurde.
„Du brauchst dich nicht zu rechtfertigen. Sie ist schon ein Hingucker, das ist mir auch nicht entgangen."
„Ja, sie ist attraktiv. Und ich bin verheiratet. Also was soll das Gelaber?"
„Gelegenheit macht Liebe." Fisch genoss es, seinen Kumpel zu provozieren.
Kid, der an dem Gesprächsverlauf keinen Gefallen fand, wechselte einfach das Thema.
„Arndt hat in der Besprechung gesagt, ein Mitarbeiter von Köln-Energie sei gestern Morgen in der Severinstraße gewesen, um die Erdgasanschlüsse zu überprüfen. Es soll sich um das Brandopfer handeln. Der Fall bleibt jetzt also beim KK 13?"
Fisch hatte Erbarmen und verzichtete auf weitere Anspielungen.
„Ja, es sieht nach einem Unfall aus, also ist das KK 13 zuständig."
„Wie wollen die an diesem Brandort jetzt noch Spuren finden?"
„Erstmal muss der restliche Schutt weg. Die Spezialisten der Feuerwehr

haben dann mit ihren technischen Mitteln bestimmt Möglichkeiten, die Ursache festzustellen."

Auf dem Weg in die Kantine kam Kid erneut ins Grübeln.
Nein, das bildet Fisch sich nur ein, sie hat mich nicht besonderes gemustert. Vielleicht hatte ich sie zu sehr fixiert und sie hat diesen Blick nur erwidert. Sie wirkt aber sehr sympathisch! Ist es das charmante, dezente Lächeln oder sind es ihre dunklen Augen? Überhaupt ihre Augen, sind sie schwarz oder eher dunkelbraun? Ich werde es herausbekommen.
„Menü Eins, Zwei oder Drei, haben Sie sich endlich entschieden?"
„Äh, den Eintopf", antwortete Kid zerstreut. Er hatte gar nicht mitbekommen, dass er schon vor der Essensausgabe stand.

VIII
Mittwoch

Zwei Tage arbeiteten die Räumungsfahrzeuge bereits in der Severinstraße. Der letzte Bauschutt sollte heute aus der Grube gebaggert werden.
Die meisten Anwohner nahmen kaum noch Notiz von den Bauarbeiten. Nur einige Kinder standen an den Bauzäunen und beobachteten, wie die schwere Schaufel Trümmerstücke aus dem Keller baggerte und anschließend in einen riesigen LKW kippte. Ein Bauarbeiter stand mit einer Schippe in der Grube und gab Anweisungen an den Baggerführer. Plötzlich hob er energisch seine Hände.
„Stopp, Stopp! Das Baggern sofort einstellen!"
Neugierig rückten die Kinder näher an den Zaun, um besser in die Grube gucken zu können.
Während der Baggerführer die schwere Schaufel neben der Grube abstellte, ging der Arbeiter zu den Rissen, die sich in dem Betonboden des damaligen Kellers gebildet hatten. Hatte er sich getäuscht oder war da wirklich eine Hand?

Der Beton war auf einer Fläche von circa einem Quadratmeter zerbröckelt. Die Risse hatten sich nur in diesem Viereck gebildet. Skeptisch betrachtete der Bauarbeiter die weißgraue Hand zwischen den Bruch-

stücken. Spontan dachte er an ein Requisit aus einem Horrorfilm. Als er näher herantrat, glaubte er, ein leichtes Pulsieren in den aufgeblähten Fingern zu erkennen. Obwohl er sich ekelte, entfernte er weitere Betonstücke und legte seinen Fund mehr und mehr frei. Neben der Hand, die ihn eher an einen aufgeblasenen Gummihandschuh erinnerte, kamen schüttere Haare und eine fäulnisveränderte Gesichtshälfte zum Vorschein. Bei diesem Anblick ließ er kreidebleich das letzte Betonstück fallen und wich zurück. Er griff zum Telefon und wollte gerade den Polizei-Notruf wählen, als ein lautes Zischen einsetzte. Fassungslos starrte er auf die pulsierenden Körperteile. Was passierte da? In diesem Moment platzte die Haut der Hand und eine riesige Fontäne spritzte heraus. Geistesgegenwärtig sprang der Bauarbeiter zur Seite und konnte sich gerade noch vor der stinkenden Brühe retten.
Zehn Minuten später waren zwei Streifenwagenbesatzungen vor Ort, sperrten den Fundort ab und alarmierten die Mordkommission.

***

Arndt Siebert hatte Fisch und Kid mit den Ermittlungen zu diesem Leichenfund beauftragt. Während Fisch und die Beamten vom Erkennungsdienst die Spuren an den freigelegten Extremitäten des Leichnams sicherten, befragte Kid den Bauarbeiter. Dieser war immer noch gezeichnet von seinem grausigen Fund und dem bestialischen Gestank, der sich hier im Freien nur langsam verflüchtigt hatte. Immer wieder musste er sich ein Taschentuch vor den Mund halten, um aufkommende Würgereflexe zu unterdrücken.
Kid hatte sich Notizen gemacht und suchte anschließend Fisch auf, der gerade mit den Beamten der Spurensicherung Möglichkeiten diskutierte, wie sie die einbetonierte Leiche vollständig ausgraben konnten.

„Mit einem schweren Bohrhammer beschädigen wir die Leiche und vernichten möglicherweise Spuren. Hat jemand eine bessere Idee?“, fragte Fisch in die Runde.
„Lass uns das Technische Hilfswerk anfordern“, schlug Kid vor. „Die sollen den Beton großzügig um den Leichnam ausschneiden und den Klotz dann irgendwo hinbringen, wo man dann mit Hammer und Meißel vorsichtig den Beton vom Körper abschlagen könnte.“

Während die Kollegen anerkennend nickten, fügte Kid noch hinzu: „Außerdem hätten wir dort dann nicht mehr das Problem mit den Schaulustigen."
„Aber wohin?"
„Zum Technischen Hilfswerk, zum Präsidium oder in die Gerichtsmedizin. Ich telefoniere mal rum und frage, wer zuständig ist", antwortete Kid und suchte in seinem Handy nach den entsprechenden Rufnummern.
Mittlerweile standen mindestens zwanzig Kinder und fast ebenso viele Erwachsene an dem Bauzaun.
„So machen wir es. Wo bleibt eigentlich der Sichtschutz an dem Bauzaun? Sollte sich darum nicht eine Streifenwagenbesatzung kümmern?"
Fisch war etwas nervös. So einen Leichenfund hatte selbst ein alter Haudegen wie er noch nie erlebt.

***

Das Technische Hilfswerk kam mit Bohrhämmern, Betonsägen und einer Asphaltfräse zur Unglücksstelle. Der ehemalige Kellerboden wurde zunächst weiträumig um den Leichnam mit handlichen Bohrhämmern aufgebrochen. Man stieß nach wenigen Zentimetern auf Naturboden und arbeitete sich langsam an die Leiche heran, bis man auf eine durchgehende Betonschicht stieß. Sie legten das Erdreich ringsherum frei und analysierten dann mit einem Impuls-Radar die Struktur des Betons. Anhand der gemessenen Strukturveränderungen stellten sie fest, dass der Körper zusammengekrümmt in einem anderthalb Meter tiefen Schacht einbetoniert war.
Der Betonblock mit der Leiche sollte in den Hinterhof der Gerichtsmedizin gebracht werden. Dort würde man ungestört mit kleinen handlichen Werkzeugen den Leichnam freilegen.
Zum Transport wurden Eisenhaken mit einer schweren Eisenkette in dem Beton befestigt. Der LKW-Kran des Technischen Hilfswerkes zog den Klotz aus der Grube und lud ihn auf die Ladefläche.

Nach wenigen Stunden hatten sie den in schwarzer Folie eingewickelten Leichnam freigelegt und in einen auf 2 Grad gekühlten Raum der Gerichtsmedizin gebracht. Bei dieser Temperatur konnten sich die Maden

nicht mehr bewegen; so wurde die weitere Fäulnisbildung vorübergehend gestoppt.
Fisch und Kid erschraken beim Anblick des, wie sich inzwischen herausgestellt hatte, weiblichen Leichnams. Kopf und Körper waren deutlich fäulnisverändert. Fisch wandte sich an den Präparator der Gerichtsmedizin.
„Fingerabdrücke können wir vergessen, oder?"
„Das kommt darauf an. Bis zu einem gewissen Grad kann man mit Aufspritzen über präparierte Blutgefäße und Härten der Haut die Papillarleisten noch darstellen. Bei ihr hier scheint aber schon einiges weggefault zu sein, machen Sie sich also mal nicht zu große Hoffnungen."
„Wann wissen wir mehr?"
„Ich werde mich morgen früh darum kümmern. Die Obduktion wird gegen Mittag erfolgen."
„Danke, wir sehen uns dann morgen."

IX

Paul träumt…

Fußball war seine Leidenschaft. Der Ball klebte ihm regelrecht am Fuß, als er die gegnerischen Abwehrspieler umkurvte. *Nur noch die beiden Innenverteidiger, dann komme ich zum Torschuss.* Selbstbewusst rannte er in den Strafraum. Eine Körpertäuschung nach links und schon war er rechts an dem Ersten vorbei. Der letzte Abwehrspieler stellte sich ihm entgegen. Sein Gesicht war wutverzerrt. An seinen rot glühenden Augen war zu erkennen, dass er alles versuchen würde, um an den Ball zu kommen.
Diesmal wollte er seinen Gegner lächerlich machen. Er lupfte den Ball hoch und ließ ihn von einer Schulter zur anderen springen. Der Verteidiger sah dem Ball verdutzt hinterher. Er kostete diesen überraschten Blick aus und ließ den Ball noch höher springen. Sein Gegner folgte der immer schneller werdenden Bewegungskurve des Balles.
Jetzt setzte er noch einen drauf. Er ließ den Ball von seiner Schulter auf die Stirn des Verteidigers abprallen. Mit der Nummer hätte er im Zirkus auftreten können. Von der Schulter rechts auf die Stirn, dann von der Schulter links auf die Stirn und das alles auf drei Meter Entfernung.

Nach kurzer Zeit wurde ihm das Spiel langweilig. Jetzt wollte er nur noch ein Tor schießen. Er köpfte den Ball über seinen Gegenspieler und sprang hinterher. Der Abwehrspieler starrte ihn mit offenem Mund an. Jetzt hatte er den Ball wieder am Fuß und nur noch den Torhüter vor sich. Der Torwart kam mit ausgebreiteten Händen aus seinem Tor und stellte sich ihm entgegen. Seine Hände waren riesig und verdeckten ihm die Sicht. Diesmal wollte er nicht lange fackeln, da der Schiedsrichter jeden Moment abpfeifen konnte. Er schoss mit aller Wucht in Richtung oberer rechter Torwinkel. Der Torwart streckte sich, konnte aber nicht verhindern, dass der Ball mit voller Wucht im Winkel einschlug.
Frenetischer Jubel. Alle seine Mitspieler kamen auf ihn zu und umarmten ihn. Er hatte das entscheidende Tor geschossen. Er genoss es, wie sie ihn auf Händen trugen und er den Ball in die Höhe hielt.
Auf einmal erklang ein lautes Klatschen. Ein beklemmendes Geräusch, das immer näher kam. Seine Mannschaftskollegen schienen es nicht zu hören, sie jubelten ausgelassen weiter. In ihm aber breitete sich zunehmend blankes Entsetzen aus. Bald glaubte er gar, zu ersticken.
Dann sah er einen Schatten im Augenwinkel und hörte wieder diesen ohrenbetäubenden Knall. Es kam von schräg hinter ihm. Er versuchte krampfhaft seinen Kopf nach hinten zu drehen, doch es gelang ihm nicht. Wie aus heiterem Himmel schnellte die Klinge von oben herab. Sie bohrte sich in den Fußball und trennte ihn in zwei Hälften. Anschließend schnitt die Spitze des Messers ihm die Schädeldecke von der Nasenwurzel bis zum Hinterkopf auf. Vergeblich versuchte er, mit den beiden Fußballhälften sein herausquellendes Gehirn abzudecken. Die Gehirnmasse wurde immer größer und er wunderte sich, warum er noch klar denken konnte.
Urplötzlich erschien die Fratze des Peitschenmannes vor seinem Gesicht und er schrie sich die Seele aus dem Leib.

X
Donnerstag

Es war kurz nach 09:00 Uhr. Fisch und Kid studierten gerade den Spurensicherungsbericht des Erkennungsdienstes, als Arndt Siebert zusammen mit Teresa ihr Büro betrat.
„Und, wie kommt ihr in eurem Fall voran?“

„Mäßig. Bei der bescheidenen Spurenlage liegt jedenfalls noch viel Arbeit vor uns. Wir werden gleich zur Gerichtsmedizin fahren und an der Obduktion teilnehmen. Heute Nachmittag beginnen wir mit den Vernehmungen, zunächst die Hausbewohner und den Hausmeister, dann den Hausbesitzer. Mal sehen, wie weit wir kommen." Fisch stöhnte mit leidensvoller Miene und hoffte, dass Arndt ihnen nicht noch eine weitere Aufgabe aufhalsen würde.
„Dann könnt ihr ja Unterstützung gebrauchen. Ab heute arbeitet Teresa in eurer Kommission."
Teresa stand in ihrer schwarzen Jeans und dem grauen Kaschmirrolli zögerlich neben Arndt und schaute abwechselnd Fisch und Kid an.
Zumindest Fisch war erstmal alles andere als begeistert. *Das hat uns noch gefehlt! Die hat doch von Mordermittlungen keinen blassen Schimmer. Ich hätte es ahnen müssen, als er mit ihr in mein Büro kam. Und ich Blödmann erzähl noch von viel Arbeit!*
Ihm fiel keine vernünftige Ausrede ein und so erwiderte er stockend:
„Äh, wäre es nicht sinnvoller, wenn sie erstmal…? Ähm, ich meine, sie hat ja bisher noch nie auf einer Ermittlungsdienststelle gearbeitet. Sie sollte doch vielleicht erstmal Erfahrungen…"
Arndt hob die Hand und unterbrach ihn mitten im Satz.
„Genau, sie soll Erfahrungen sammeln, deshalb stecke ich sie in deine Kommission."
Hierauf konnte Fisch nichts mehr entgegnen. Er war der dienstälteste Mordermittler und hatte natürlich die meisten Mordkommissionen geleitet. Bevor er antwortete, blickte er noch einmal kurz hilfesuchend zu Kid, doch der wandte sich wieder dem Bericht zu und blätterte grübelnd eine Seite weiter.
„Okay, Chef. Ich werde sie direkt in die bisherigen Ermittlungen einweisen."
Arndt Siebert verließ mit einem zufriedenen Lächeln das Büro.

***

Sie fanden einen Parkplatz auf dem Melatengürtel, etwa 100 Meter von dem Gebäude der Gerichtsmedizin entfernt.
Während der Fahrt hatte Teresa kaum ein Wort gesprochen; meistens schaute sie nur gedankenverloren aus dem Beifahrerfenster. Kid konnte

ihr Verhalten nicht richtig einschätzen. Er hatte Teresa in den letzten drei Tagen zwar nur bei den Frühbesprechungen gesehen, dabei aber jedes Mal das Gefühl gehabt, von ihr besonders freundlich begrüßt zu werden. Ein Gespräch hatte sich aber bisher noch nicht ergeben. Und jetzt verhielt sie sich so reserviert, fast schon abweisend.

Kid wollte die Stimmung etwas auflockern und erzählte ihr deshalb einfach, was ihm im Vorbeifahren so in den Sinn kam. Aber sie interessierte sich weder für die Sankt Aposteln-Kirche am Neumarkt noch für die Hahnentorburg am Rudolfplatz. Sie nickte einfach nur gelangweilt.

Kid verlor allmählich die Lust, hier den Alleinunterhalter zu spielen, startete aber noch einen letzten Versuch.

„Das hier ist der Melatenfriedhof. Vor zwei Jahren haben wir mit unserer Dienststelle hier an einer Führung teilgenommen. Echt interessant!"

„Aha."

„Hier liegen viele prominente Kölner, Willi Millowitsch, Willi Ostermann…"

„Prominent sollen die sein? Noch nie gehört."

Na, das klappte ja hervorragend! Kid war froh, als sie das Gebäude der Gerichtsmedizin erreicht hatten. So locker ins Gespräch kam man mit Teresa wohl nicht.

***

Im Flur kam ihnen der Präparator entgegen und sprach sie ohne Begrüßung sofort an.

„Ich habe leider keine guten Nachrichten. Die Fäulnis an den Händen war schon zu weit fortgeschritten. Ich konnte die Papillarleisten nicht mehr ausreichend darstellen."

„Danke, dann müssen wir versuchen, die Frau über die Zähne oder die DNA zu identifizieren. In welchem Raum findet die Obduktion statt?", fragte Kid, der mit den Räumlichkeiten der Gerichtsmedizin noch nicht so vertraut war.

„Hier die Treppe runter, der erste Saal rechts."

Das Mikrofon hing über dem Seziertisch. Teresa und Kid beobachteten die Gerichtsmedizinerin bei der Leichenschau und hörten interessiert zu, als sie die Frauenleiche beschrieb.

„Weiblich, 25 bis 35 Jahre, 166 Zentimeter groß, Gewicht 59 kg, keine Tätowierungen oder andere besondere Auffälligkeiten, kein Schmuck, keine Armbanduhr. An den Innenseiten der Unterarme befinden sich oberflächliche Schnittverletzungen.
Die Frauenleiche ist bekleidet mit einem kurzärmligen Sweatshirt, dieses ist hochgeschoben bis zur Brust, darunter ein ärmelloses Unterhemd. Weiterhin dann noch eine Unterhose. Die Haut ist grauweiß-schmutzig. Es sind bereits fortgeschrittene späte Leichenveränderungen im Bereich des Kopfes ausgebildet, die Gesichtsweichteile sind nahezu vollständig aufgelöst bzw. durch ausgeprägten Madenbefall verlustig gegangen. Weiterhin starker Madenbefall an beiden Schultern und am Hals. Nach unten abnehmend Befall, auch abnehmende Fäulnisveränderungen."
Die Ärztin zerschnitt die Bekleidungsstücke mit einer Schere, nahm ein Lineal zur Hand und fuhr fort:
„In der Haut der linken Brustvorderseite mit Zentrum 6 Zentimeter nabelwärts der Drosselgrube klafft eine leicht schräg gestellte, 0,8 Zentimeter breite und bis zu 2,4 Zentimeter lange, glattrandige Hautdurchtrennung. Der nach brustwarzenwärts gewandte Wundwinkel ist gekerbt, der zum Schlüsselbein hin gewandte Wundwinkel spitz zulaufend. Das die Durchtrennung umgebende Hautgewebe ist frei von Unterblutungen, kein Schürfsaum."
Kid stieß Teresa leicht in die Seite und flüsterte ihr zu: „Sie wurde erstochen". Teresa deutete Kid an, ruhig zu sein; sie wollte weiter zuhören.
Die Rechtsmedizinerin begann damit, den leblosen Körper von beiden Schlüsselbeinen schräg zum Brustbein und von dort gerade bis zum Schambein aufzuschneiden, um die Brust- und Bauchhöhle der Verstorbenen zu öffnen. Kid warf einen kurzen Blick auf die freigelegten Organe und erschrak. Er hatte bisher an drei Obduktionen teilgenommen und wusste, wo die Bauchorgane sich befanden und wie sie aussahen. Doch diesmal konnte er weder Herz noch Magen und Nieren erkennen. Er sah eine völlig undefinierbare, in sich verlaufende Masse. Gott, war das ekelhaft! Und jetzt auch noch dieser strenge Verwesungsgeruch. Die aufsteigende Übelkeit kam wie aus heiterem Himmel. Kid konnte gerade noch ein Taschentuch vor seinen Mund halten und zum Ausgang sprinten. Mit einem Seitenblick nahm er noch Teresas verschmitztes Lächeln wahr.

Zehn Minuten später hatte er sich soweit erholt, dass er in den Sektionssaal zurückkehren konnte. Er hörte die Gerichtsmedizinerin noch sagen:
„Der Stichkanal weist insgesamt eine Länge von etwa 17 Zentimetern auf, mit leicht von kopf- nach fußwärts absteigendem Verlauf."
Anschließend schaltete sie das Mikrofon aus und wandte sich Kid zu.
„Ihre erste Fäulnisleiche?"
„Ja. Derartige Organveränderungen hatte ich nicht erwartet. Das war ja nur noch eine breiige Masse! Wie wollen Sie da noch was untersuchen?"
„Ich habe Proben genommen und die Veränderungen dokumentiert. Durch die fortschreitende Fäulnis zerfließen die Organe, das ist normal."
„Wenn ich Sie richtig verstanden habe, liegt hier eine Stichverletzung vor."
„Ja, der linke große Brustmuskel und die Zwischenrippenmuskulatur zwischen zweiter und dritter Rippe wurden glattrandig durchtrennt. Der Stich setzte sich dann bis in den linksseitigen Herzbeutel fort. Man muss davon ausgehen, dass die Herzarterie zerfetzt wurde."
„Von einem Rechts- oder Linkshänder?"
„Der Stich wurde mit der rechten Hand durchgeführt."

Auf der Rückfahrt ins Präsidium war Teresa viel gesprächiger. Detailliert berichtete sie über den Verlauf der Obduktion, den Kid aufgrund seiner Übelkeit verpasst hatte. Kid wunderte sich, woher sie die ganzen medizinischen Fachbegriffe kannte, erinnerte sich dann aber, dass ihr Vater ja Pathologe war. Die Obduktion hatte sie interessiert und aufmerksam verfolgt; mit dem Anblick geöffneter Leichen und dem strengen, unangenehmen Geruch im Saal schien sie keine Probleme gehabt zu haben. Bei diesem Gedanken war ihm sein eigenes Verhalten peinlich, wollte er doch gerade ihr gegenüber keine Schwäche zeigen. Das sie keine Bemerkung dazu machte, rechnete er ihr hoch an.

***

Auf der Dienststelle informierten sie Fisch über das Ergebnis der Obduktion. Der Hinweis auf die Stichverletzung hatte ihn nicht sonderlich überrascht. „Einbetonierte Leichen sterben halt keinen natürlichen Tod", hatte er süffisant geantwortet.

Anschließend bekamen Teresa und Kid den Auftrag, den Hausmeister, der bisher von den Brandermittlern nur zu der Gasexplosion befragt worden war, zu vernehmen.

Der Hausmeister hieß Marek und wohnte in der Severinstraße in unmittelbarer Nähe der Torburg. Kid musste bei dem Namen sofort an das Bläck Föös-Lied „Huusmeister Kaczmarek“ denken.
„Kommen Sie etwa wegen der Betonleiche? Ich habe in der Zeitung davon gelesen, ich kann es immer noch nicht fassen!“ Herr Marek, ein kleiner, kräftiger Mann mittleren Alters, setzte sich an seinen Küchentisch und gab den Beamten ein Zeichen, ebenfalls Platz zu nehmen.
„Können Sie was zu dem Schacht im Keller sagen?“, fragte Kid, während Teresa eine Kladde aus ihrer Umhängetasche nahm. Sie wollte die Antwort direkt mitschreiben.
„Das kann nur der alte Revisionsschacht gewesen sein.“
„Was für ein Revisionsschacht?“ Kid konnte mit diesem Begriff nichts anfangen.
„Man hatte früher solche Kontrollschächte in den Kellern, um den Grundwasserspiegel zu überprüfen. Heutzutage hat man diese Schächte vor dem Haus. Die Stadt überprüft und reinigt von dort die Rohrleitungen.“
„Wann wurde der Schacht denn zubetoniert?“
„Lassen Sie mich mal überlegen... Das muss so vor einem Jahr gewesen sein. Ja, so ziemlich genau vor einem Jahr wurde Estrich im Keller verlegt.“
„Wer hat das damals gemacht?“
„Da fragen Sie mich was! Ich bin nur der Hausmeister, ich kümmere mich um so Sachen wie Glühbirnen im Hausflur. Wenn Sie wüssten, wie oft die...“
„Okay, okay, wir verstehen schon! Wer ist denn der Hauseigentümer?“, unterbrach Kid ihn.
„Hennes Frings“, antwortete Marek leicht pikiert. Er hätte den Beamten gerne geschildert, wie viele verantwortungsvolle Aufgaben er für seinen Hungerlohn erledigen musste.
„Haben Sie seine Adresse oder seine Telefonnummer?“
Wortlos kramte Marek eine Visitenkarte aus einer Schublade im Küchenschrank und überreichte sie Kid.
Teresa hatte den Stimmungswechsel beim Hausmeister bemerkt. Sie gab

sich alle Mühe, die Befragung etwas versöhnlicher fortzusetzen.
„Hausmeister ist ein vielseitiger, nicht immer einfacher Job. Weiß Herr Frings, was er von Ihnen hat?", fragte Teresa, für die auch der Eigentümer ein potentieller Tatverdächtiger war.
„*An* Ihnen hat", ergänzte Kid.
„Bitte?" Teresa sah ihren Kollegen irritiert an.
„Weiß Herr Frings, was er *an Ihnen hat*?" wiederholte er den Satz in richtiger Grammatik.
Wenn Blicke töten könnten! Teresa hasste ihn für diese Bloßstellung.
Gott, bin ich blöd! Konnte ich das nicht für mich behalten?, dachte Kid, dem seine spontane Äußerung jetzt unheimlich peinlich war. Nachher würde er sich bei ihr entschuldigen.
Herr Marek, der sich nicht anmerken ließ, ob er die Spannung zwischen den Beamten bemerkt hatte, wandte sich von Kid ab und sah nun Teresa an. Sie schien mehr Verständnis für seinen nicht immer leichten Job zu haben.
„Der weiß schon, was er an mir hat. Dem gehören mehrere Häuser hier im Severinsviertel und ich bin überall sein Hausmeister. Der Hennes kommt aus dem Viertel oder, wie man hier sagt, der ist ne echte Kölsche. Wir duzen uns sogar. Die Bezahlung könnte allerdings besser sein."
„Da gebe ich Ihnen Recht, bei so vielen Häusern verdient er offensichtlich gut und sollte seine Angestellten gut bezahlen. Was macht er denn beruflich?"
„Er verwaltet seine Immobilien. Soweit ich weiß, hat er keinen anderen Job."
„Irgendwie muss er doch an die Immobilien gekommen sein?"
„Ich glaube, er hat sie geerbt. Seine Eltern sind vor ein paar Jahren kurz hintereinander gestorben."
Aus der weiteren Befragung ergaben sich keine Hinweise, aus denen Teresa und Kid Schlüsse zu einem möglichen Motiv des Hauseigentümers oder zur Identifizierung des Opfers hätten ziehen können.
Auf dem Weg zum Auto wollte Kid sich für seinen unangebrachten Einwand entschuldigen, doch Teresa ließ ihn gar nicht dazu kommen. Hin und wieder habe sie noch kleine Probleme mit der deutschen Grammatik, er solle das entweder akzeptieren oder sie zumindest nicht öffentlich bloßstellen. Als Kid etwas erwidern wollte, winkte sie einfach ab. Für sie

war das Thema erledigt. Obwohl sie sich jetzt entspannt und freundlich gab, konnte Kid diesen funkelnden Blick von vorhin nicht vergessen. *Hinter dieser ruhigen Fassade steckt richtig Temperament! Bin gespannt, was uns da noch erwartet. Zumindest kenne ich jetzt ihre Augenfarbe. Dunkelbraun.*

Teresa und Kid fuhren über den Ubierring hinunter zum Rhein. Ihr nächstes Ziel war das nördlichste der drei Kranhäuser. Hennes Frings wohnte in einem der Luxusappartements in der 15. Etage.
Kids Hoffnung, ihn direkt anzutreffen, erfüllte sich nicht. Über Handy war er auch nicht zu erreichen. Kid sprach auf seine Mailbox, er möge sich umgehend bei der Polizei melden.

Die ehemaligen Bewohner des eingestürzten Hauses wurden vorübergehend in einem Hotel am Mühlenbach untergebracht. Die Stadt Köln stellte finanzielle Mittel zur Verfügung und bemühte sich, ihnen schnellstmöglich einen adäquaten Wohnraum anbieten zu können. Insbesondere den beiden Familien sollte kurzerhand und unbürokratisch geholfen werden, damit die Kinder wieder einen geregelten Alltag hatten.
Am späten Nachmittag fuhren Kid und Teresa in das Hotel. Bis auf die Studentin, die bei ihrer Kommilitonin wohnen bleiben wollte und die italienische Familie, die sich noch im Urlaub befand, trafen sie jeden an. Die Anhörungen gestalteten sich äußerst schwierig, weil alle noch fassungslos von den Ereignissen waren. Viele, die erst jetzt begriffen, dass sie praktisch ihr gesamtes Hab und Gut verloren hatten, konnten ihre Tränen nicht unterdrücken. Nur die Kinder tollten durch das Hotelzimmer; sie fanden die neue Umgebung spannend.
Die Befragungen brachten allerdings kaum neue Erkenntnisse. Sie erfuhren lediglich, dass der Hauseigentümer derzeit auf einer Kreuzfahrt war. Verärgert rief Kid Herrn Marek an, der trotzig erwiderte, er sei danach ja nicht gefragt worden.

Die Mathiasstrasse befand sich eine Häuserecke weiter. Sie gingen das Stück zu Fuß und hatten Glück, da die Studentin gerade das Haus verlassen wollte. Sie unterhielten sich kurz im Hauseingang mit ihr und erfuhren lediglich, dass sie den Keller nicht nutzten würde. Den modrigen Geruch in diesen schlecht beleuchteten Gewölberäumen könne sie nicht vertragen, zudem habe sie eine starke Stauballergie. Von den Estricharbeiten im letzten Jahr habe sie daher nichts mitbekommen.

***

Vierzehn Stunden im Dienst! Kid spürte auf der Heimfahrt deutlich seine Müdigkeit. Es war wieder so ein Abend, an dem er sich ein Feldbett in seinem Büro wünschte. Dem Bedürfnis, sich im Büro mal kurz auszuruhen, konnte er aber unmöglich nachgehen. Den Kollegen, die ihn regelmäßig wegen seines langen Heimweges bemitleideten, hatte er immer stolz entgegnet, ihm würde das überhaupt nichts ausmachen. Er habe dafür ein Haus in idyllischer Lage. Auch Senna hatte er das gleiche Argument entgegengebracht, als sie ihm riet, er solle sich nach Euskirchen versetzen lassen.

Als er an diesem Abend zuhause ankam, machte er es sich erstmal auf der Couch bequem. Nach so einem langen Tag musste er seine Gedanken immer eine Zeitlang sacken lassen, bis er schlafen konnte. Senna setzte sich zu ihm und schenkte ihm und sich je ein Glas Rotwein ein.

„Na, wie war dein Tag?"

„Anstrengend! Viele Leute befragt und trotzdem keinen Schritt weitergekommen."

„Warst du mit Fisch unterwegs?"

„Nee, mit einer neuen Kollegin. Eine Polin mit charmantem Akzent."

„Aha? Davon hast du mir noch nichts erzählt. Ist sie jung, hübsch, alleinstehend?" Senna wurde hellhörig.

„Ach, Senna! Die kommt vom BKA und ist erst ein paar Tage auf unserer Dienststelle. Seit heute soll sie in unserer Mordkommission mitarbeiten. Das ist alles", antwortete Kid leicht genervt.

„Und weiter, wie sieht sie aus und warum findest du sie charmant?", hakte Senna argwöhnisch nach.

„Sie ist noch jung, so Mitte dreißig, hat dunkle, kurze Haare und ein nettes Gesicht. Ich hab auch übrigens nicht gesagt, dass sie charmant ist, sondern dass sie einen charmanten Akzent hat. Sie betont andere Silben als wir. Das hört sich irgendwie…" – Kid machte eine kurze Pause und suchte nach einem anderen Wort für *sexy* – „…äh, sympathisch an."

„Dann hattest du ja einen angenehmen Tag. Ist sie alleinstehend?"

„Weiß ich nicht, wir haben uns nicht über private Dinge unterhalten. Ich

möchte auch nicht weiter über den Dienst sprechen, ich will mich lieber mal entspannen."
„Verstanden", antwortete Senna leicht schnippisch und ging ins Bad. An ihrem Glas Rotwein hatte sie noch nicht einmal genippt.

XI
Freitag

Teresa hatte am Morgen alle beteiligten Personen in den polizeilichen Fahndungsdateien überprüft. Sie hatte schon halbwegs damit gerechnet, dass zumindest Frings oder Marek einmal kriminalpolizeilich in Erscheinung getreten wären, aber über beide lagen keine Erkenntnisse vor. Jetzt saß sie bei Fisch und Kid im Büro und diskutierte mit ihnen über die bisher dürftigen Ermittlungsergebnisse.
„Also, der Hauseigentümer hätte natürlich die Möglichkeit gehabt, die Leiche in dem Kellerschacht zu entsorgen, aber das hätten Marek und die Mieter auch. Wir brauchen das Motiv!" Fisch stand am Fenster und schaute gedankenverloren in Richtung Lanxess-Arena.
„Solange die Leiche nicht identifiziert ist, kommen wir nie auf das Motiv", entgegnete Kid frustriert.
„Gibt es denn keine Vermisste, auf die die Beschreibung unseres Opfers passt?", fragte Teresa zu Fisch gewandt.
„Die Vermisstenstelle ist seit gestern Nachmittag auf Betriebsausflug, ich muss am Montag noch mal mit denen reden. Es gibt aber noch andere wichtige Dinge zu tun. Dieser Frings müsste dringend vernommen werden; ich will wissen, welche Firma den Estrich verlegt hat. Wo ist der noch mal?"
„Auf Kreuzfahrt. Bin ich übrigens auch", antwortete Kid.
„Wie, du bist auf Kreuzfahrt?"
„Ja, jeden Morgen! Kreuz Bliesheim, Kreuz Köln-Süd, Kreuz..."
Fisch unterbrach ihn mit einer unmissverständlichen Handbewegung. Teresa konnte sich ein Grinsen nicht verkneifen.

Am späten Nachmittag rief Herr Frings an und teilte mit, dass er erst heute von den Ereignissen in der Severinstraße erfahren habe und unbedingt Einzelheiten wissen wolle.

Kid konnte und wollte ihm am Telefon keine Auskunft geben. Er drängte ihn, so schnell wie möglich wieder nach Deutschland zu kommen, da er als Hauseigentümer ein wichtiger Zeuge sei und dringend angehört werden müsse.
Nach kurzem Überlegen entgegnete Frings, das Kreuzfahrtschiff würde diese Nacht in den Hafen von Reykjavik einlaufen. Er könne versuchen, morgen einen Flug nach Deutschland zu bekommen.

***

Gegen Mittag landete Herr Frings am Düsseldorfer Flughafen und fuhr direkt mit dem Taxi zum Polizeipräsidium Köln. Nachdem er gestern Abend noch Marek angerufen und sich über die Gasexplosion und den Leichenfund in seinem Haus informiert hatte, wollte er heute von der Polizei Details wissen. Eine einbetonierte Leiche in seinem Keller! Er konnte es gar nicht glauben.
Kid holte Herrn Frings beim Pförtner ab und führte ihn in Teresas Büro. Auf dem Weg durch das Präsidium redete der Hauseigentümer ununterbrochen auf Kid ein. Er war sehr aufgewühlt und wollte sofort alle Umstände der Explosion wissen. Kid hielt ihm höflich entgegen, dass er sich gedulden möge; gleich im Büro werde er ihn zeugenschaftlich belehren und dann seine Fragen beantworten.
„So, Herr Frings, Sie haben jetzt einen Überblick über die Ereignisse in der Severinstraße. Als Zeuge müssen Sie die Wahrheit sagen. Ich erkläre Ihnen jetzt ihre Rechte. Sie brauchen sich nicht selbst belasten – das bedeutet…"
„Entschuldijen Se mol, Herr Kommessar, ävver wat soll dä janze Driss eijentlisch!? Ich han doch keen Jeheimnisse! Ich kenn ming Rääschte, schrieven Se dat op! Ich well doch selver wesse, wat da passeet is! Se künne froore, wat Se wolle!"[1]
„Was ist Ihnen durch den Kopf gegangen, als Sie von dem Unglück erfuhren?" Kid eröffnete Vernehmungen gerne mit einer allgemeinen Frage. Manchmal ergaben sich aus den Schilderungen der Zeugen neue Ansatzpunkte.
„Jetz zo däm Duude oder zo dä Explosion?"

---

1 Übersetzung ins Hochdeutsche befindet sich im Anhang.

„Beides. Erzählen Sie einfach, wir werden Ihnen anschließend detaillierte Fragen stellen."
„Also, wo fangen ich ahn...? Jetz mit der Jasleitung im Keller, do joov et schon länger e paar Problemsche. Da ben ich ävver weiß Jott nit dä einzije in dä Vringsstrooß! Der Jupp zwei Hüüser wigger zum Beispell, dä hätt vüür zwei Johr janz neue..."
„Herr Frings, beschränken Sie sich bitte auf Ihr Haus", wies Kid ihn zurecht, während Teresa vollkommen konzentriert neben ihm saß. Sie musste sehr aufmerksam zuhören, um zumindest einige kölsche Wörter zu verstehen.
„Is ja joot. Also, die Jasleitungen in däm Huus sin niemie janz neu, un da wohr uch schon ens ne Kääl vun dä Köln-Energie wejen nem Leck do jewesse. Dä hätt mer jesaat, ich sullt do besser mohl e paar neue Leitungen verlääje losse. Bis dahin sullt ich, wenn et noh Jas rüsch, sofort dä Entstördienst anroofe. Minge Huusmeister, mit däm hann Se at jeschwaad, stemp et? Jedenfalls, dä hätt do vüür e paar Daach Jas im Keller jeroche un hätt sofort bei dä Köln-Energie anjeroofe. Dä Rest kenne Se ja at. Nee, nee, wat ess dat all ene Driss!"
„Herr Marek wurde von unseren Brandermittlern vernommen", bestätigte Kid. Nach einer kurzen, nachdenklichen Pause fuhr er fort: „Ein wirklich tragischer Unfall. Wann wollten Sie denn neue Gasleitungen verlegen lassen?"
„Ach, Herr Kommessar, dat Problem mit dä Handwerker kenne Se ja, nit wohr? Ich han mer at vun vier Betriebe Vüüranschlääsch füür die Koste schicke losse. Nur drei han mer en Antwoot jejovve, einer hätt et wohl nit nüüdisch jehatt. Denne jeht et all ze joot, dat saaren ich Üsch! Jedenfalls, als ich mer dann dä Billigste eruss jesook hat, däät dä mer saare, dä künnt eetz in zwei Moohnd mem Arbeide anfange. Naja, dat hätt sisch ja jetz suwiesu erledisch." Ein Handy klingelte. Aufgeschreckt fischte Herr Frings es aus seiner Jackentasche und machte es aus.
„Dat janze Huus – nur noch Schutt un Dreck! Un dann uch noch ene Duude in mingem Keller! Dat sull einer ens verstonn!"
„Was machen Sie denn beruflich?", fragte Kid, der die Vernehmung erstmal in eine andere Richtung lenken wollte.
„Ich han Industriekaufmann jeliehrt, damet hann ich ävver jetz nix mie am Hoot. Ming Eltern han mir vüür sibbe Johr fünf Hüüser vermaat, die dunn ich jetz verwalte."

„Wie hoch ist Ihr Einkommen?"
„Wat hätt dat denn domet ze dunn? Muss ich do jet ze saare?"
„Herr Frings, wir ermitteln hier in einem Mordfall. Alles könnte unter Umständen von Bedeutung sein. Wenn Sie darauf nicht antworten wollen, notieren wir das, entscheiden Sie selbst!" Kid sah sein Gegenüber ernst an. Einkommensverhältnisse waren für die Ermittler wichtige Informationen, denn Schulden waren ständig ein Motiv für die Begehung von Verbrechen.
Herr Frings wirkte verunsichert.
„Wie jesaat, ich han keine Jeheimnisse! Ich levve vun däm Jeld, wat ich vun dä Mieter kräje. Op denne Hüüser sin wohl noch e paar Schulde, ävver dat muss esu sinn, wäjem däm Finanzamp. Da bliev jede Moohnd immer noch e fünfstellisch Sümmsche für misch."
„Was können Sie zu den Mietern in dem Haus in der Severinstraße sagen?"
„Nit vill. Ich maach mit denne nur die Verträsch. Jo, un dann sinn ich se aff un zo, wenn ich ens im Huus bin. Dat sin alles leeve Lück, soweit ich dat saare kann. Jrad in däm Huus han ich noch nie Probleme jehatt."
„Okay." Kid blätterte in der Akte bis an die Stelle, wo das in der Gerichtsmedizin aufgenommene Foto der Leiche abgeheftet war, und zeigte das Bild dem Zeugen.
„Kennen Sie diese Person?"
„Oh Jott! Is dat dä Duude uss mingem Keller?"
Kid ging auf die Gegenfrage nicht ein. „Haben Sie diese Person schon einmal gesehen?"
Herr Frings nahm die Akte in die Hand und studierte das Foto genauer.
„Nä! Dä kenne ich nit. Janz sischer nit!"
„Sie haben ja gehört, dass der Leichnam in Ihrem alten Revisionsschacht einbetoniert war. Was können Sie uns dazu sagen?"
„Dä ahle Schacht hätt misch at immer jestüürt. Da also han se de Duude jefunge!" Herr Frings fixierte bei diesen Worten das Strafgesetzbuch auf dem Regal hinter Kid. Plötzlich erhellte sich seine Miene schlagartig. „Ich jlööv, ich weeß, wer dä Käähl da erinn betoniert hätt. Ja, ich kenn dä Täter!"
Kid und Teresa sahen sich erstaunt an. Sollte der Fall so schnell geklärt sein? Herr Frings löste seinen Blick von dem Bücherregal und wandte sich wieder Kid zu.

„Herr Kommessar, da jitt et e klei Problemsche. Ich weeß ja nit, wie ich Ihne dat erkläre künnt..."
„Wo ist das Problem? Nennen Sie uns den Namen des Mörders! Oder ist der mit Ihnen verwandt oder verschwägert?"
„Nä, leeve Jott, wie kumme Se denn da drop? Ävver...künnt ich Se mal wat unger vier Aure froore? Also jet, wo Se nix opschrieve?"
Kid und Teresa wechselten einen kurzen Blick und schauten den Zeugen fragend an.
„Ich wullt ja nur wisse, weil ich misch domet vielleisch selvs... Also, Se meinten ja, ich brööt misch net selver belaste."
„Okay, wir schreiben jetzt nicht mit. Wo liegt das Problem?"
Herr Frings blickte verlegen auf seine Schuhe, als er kleinlaut antwortete:
„Schwatzarbeid."
„Wir suchen einen Mörder, Herr Frings. Wir sind hier nicht bei der Steuerfahndung oder bei der Finanzkontrolle für Schwarzarbeit. Verstehen Sie, es geht hier um Mord! Sie wollen sich doch nicht einer Strafvereitelung schuldig machen. Wer hat nun die Leiche in Ihrem Keller einbetoniert?" Kid war geladen.
„Ich saare ja schon alles... Ich han... Äh, will saare, ich hatt in däm Huus in dä Vringsstroß noch eine Kellerraum mit enem Naturboden, üvverall sons looch Estrisch. Ich weiß uch nit, wiesu ming Ahle dä Raum esu jelosse han. Vielleisch wejen däm blöde Schacht! Ejal, ich hatt hier jedenfalls e paar aahle Daachpanne un Bruchsteinsche jelagert. Als mich letz Johr e paar Mieter op ene jrößßere Kellerraum anjesprooche han, han ich üvverlaat, op ich dä Raum einfach renoviere un vermiete künnt.
Domohls leefen op dä Vringsstrooß wejen dem U-Bahn-Bau su vill Arbeider rum, da han ich mer einfach eine jeschnapp und ihn jefrooch, ob er mir in däm Raum Estrisch verlääje künnt. Freschheit siegt, han ich mer esu jedaach. Und ich han Jlöck jehatt! Er hätt sisch dä Raum anjesinn und jesaat, er künnt dat maache. Op dä Schacht hät er misch noch anjesproche, wo domohls en Betonplaat drüvver jelaat wohr. Da hann ich ihm erklärt, dat da nur noch ahle Rohre, die keiner mie bruch, durchleefe. ‚Sie künne den Estrisch üvver die Plaat lääje', han ich ihm jesaat. Da moot ja keiner mie rinn, in dä Schacht! Ein Woch späder hät er dann anjefange und wohr at am nächste Daach fäädisch."

„Haben Sie seinen Namen, Adresse oder Telefonnummer?"
„Jott, da frooren Se misch jet! Mer han uns jesiez. Singe Name hät er mir nie jenannt!"
„Haben Sie ihn nicht danach gefragt?"
„Dat is doch schon esu lang her... Ich weiß et nie mie! Der wullt kei Jeld im Voraus, ich moot uch kein Materialkoste vüürstrecke... Also, ich hatt mer nix dobei jedaach. Der wohr ja immerhin vun dä Baufirma un nit esu ein... Jott, Se wisse schon, wat ich mein! Ich hatt ihm sujar ene Schlüssel vun däm Huus jejovve, damit er jet unabhängiger wohr. Er wullt am Wocheneng arbeide und vüürher schon Werkzeusch, Zement un all dä Krohm in dä Keller bringe. Dat hätt uch wunderbar jeklapp. Der hätt sing Arbeit joot jemaat!"
„Sie haben also nichts? Noch nicht einmal einen Vornamen?"
„Nä. Deit mer leid!"
„Können Sie wenigstens das Datum eingrenzen?" Kid drehte sich zu Teresa und fragte sie nach einem Kalender vom Vorjahr.
„Is joot, ene Kalender bruche mer nit! Dat wohr am letzte Wocheneng im Februar, ein Woch noh Karneval. Diensdaachs hatt ich ihn anjesproche und Sambsdaach wohr schon alles fäädisch!"
„Ich gehe davon aus, dass Sie den Mann bar bezahlt haben."
Ein kurzes Nicken.
„Okay. Für welche Baufirma hat er gearbeitet?"
„Ach Jott, dat weiß ich doch nit mie! Se künne ja froore, wer die Baujrub für die U-Bahn ussjejraben hätt. Für die gleische Firma hätt dä jearbeit! Da fällt mer in, er hatt ene orangene Jack und ene jelbe Helm anjehatt. Un op dä Jack stund dä Name vun dä Firma."
„Immerhin etwas. Beschreiben Sie uns den Mann bitte."
„Kräftije Kähl. Ich saach mal, mindestens 1,80 m jroß."
„Das ist alles?" Kid sah den Zeugen verwundert an.
„Er hätt bei mir im Blaumann jearbeit und immer su e Käppi jedraare."
„Irgendwelche Auffälligkeiten? Brille, Bart oder eine Tätowierung? War es ein Deutscher? Wie alt schätzen Sie ihn? Sie müssen sich doch noch an irgendwas erinnern!"
„Op jeden Fall ne Deutsche, so öhm die drissisch Johr alt. Sproch mit enem Akzent, nit janz kölsch, ävver su ähnlich. Vielleisch Öcher Platt oder su? Kann sinn, dat er ne Schnäuzer jedraare hätt, ben mer da nit sischer."

„Würden Sie ihn auf einem Foto wieder erkennen?"
„Se meine, op su enem Verbrecherfoto? Vielleisch, ich han ihn ja fass nur met Helm oder Käppi jesinn. Wobei, ich jläuv, ne Kääl op enem Foto zu erkenne, dat kann ich bestemp besser, als ihn einfach esu ze beschrieve. Wissen Se, wat ich mein?"
„Ich verstehe. Wir versuchen es einfach, vielleicht haben wir ja Glück. Ich bringe Sie zu einem Kollegen, der Ihnen einige Ordner mit Lichtbildern vorlegen wird."

Sie hatten kein Glück.
Es wäre zu schön gewesen, dachte Kid enttäuscht, als er den Zeugen wieder zum Ausgang brachte. Eigentlich wollte er noch ein Phantombild erstellen lassen, aber mit dieser knappen Beschreibung hatte das keinen Sinn.
Auf der Heimfahrt ließ Kid den Tag noch einmal Revue passieren.
Wenn wir am Montag über die Baufirma die Arbeiter ermitteln, die an den fraglichen Tagen in der Severinstraße gearbeitet haben, sind wir einen gehörigen Schritt weiter. Dann ist es nur noch eine Frage der Zeit, bis wir den Tatverdächtigen haben. Es wäre schon ungewöhnlich, wenn wir erst den Täter und dann das Opfer identifizieren würden. Ich hätte aber nichts gegen einen schnellen Ermittlungserfolg. Senna scheint sowieso in letzter Zeit äußerst genervt von meinen Überstunden. Und dann waren da noch diese eifersüchtigen Sticheleien auf Teresa. Irgendetwas an meiner Stimme oder Mimik muss sie alarmiert haben. Ich muss allerdings zugeben, Teresa geht mir nicht aus dem Kopf. Vielleicht täusche ich mich, aber manchmal mustert sie mich mit so einem verführerischen Blick. Andererseits, wenn ich versuche, über private Dinge mit ihr zu reden, dann blockt sie. Warum reagiere ich überhaupt auf solche äußerlichen Reize? Ob das die Midlife Crisis ist?

XII
Montag

Um 07:15 Uhr schloss Teresa ihre Bürotür auf, drückte den Lichtschalter und wollte gerade ihren graumelierten Wollmantel an dem Türhaken aufhängen, als sie im Augenwinkel auf ihrem Schreibtisch etwas Ungewöhnliches wahrnahm. Sie stockte und drehte sich dem Raum zu. Was lag denn da auf ihrer Computer-Tastatur? Lächelnd nahm sie

die langstielige rote Rose in die Hand, atmete den Duft der Blüte ein und suchte auf ihrem Schreibtisch nach einem Hinweis auf den Absender. Nichts – keine Karte, kein Zettel. Da will wohl einer anonym bleiben oder ein Spiel mit mir spielen. Okay, ich spiele das Spiel mit, dachte sie und suchte nach einem geeigneten Gefäß. Da sie nichts Besseres fand, füllte sie eine leere Orangensaftflasche mit Wasser und stellte diese samt Rose mitten auf ihren Schreibtisch.
Um 07:30 Uhr kam Fisch in ihr Büro, begrüßte sie und hielt einen kurzen Smalltalk. Auf die Rose ging er nicht ein.
Komisch, dachte Teresa, entweder ist ihm die Blume nicht aufgefallen oder er hat bewusst nichts dazu gesagt. Wer könnte sie auf ihren Schreibtisch gelegt haben? Kid kam theoretisch in Frage, der war immer früh im Dienst und hatte, wie jeder von der Dienststelle, mit seinem Schlüssel Zugang zu ihrem Büro. Aber warum sollte er mir eine Rose schenken, wo er doch glücklich verheiratet sein soll? Die Blume könnte auch gestern Abend hinterlegt worden sein. Als sie ging, waren noch Kollegen aus anderen Kommissionen im Dienst. Irgendwann würde sich schon jemand outen, den sie dann leider enttäuschen müsste. Sie würde jetzt bestimmt keine neue Beziehung eingehen, schon gar nicht mit einem Kollegen.

Kid wählte sich die Finger wund. Eine ganze Stunde hatte er jetzt schon versucht, die verantwortliche Firma für den U-Bahnbau zu ermitteln. Ständig hing er in Warteschleifen und musste sich am Ende immer „Leider sind alle unsere Mitarbeiter im Gespräch – versuchen Sie es bitte später noch einmal“ anhören. Bei seinem letzten Versuch war er schon so gereizt, dass er laut fluchend den Hörer auflegte.
Im Internet stand etwas über ein Konsortium zum Bau der Kölner U-Bahn und dass die Firma Stabau federführend sei. Während er erneut die Rufnummer der Firmenzentrale wählte, überlegte er, der Firma ein Fax mit der Bitte um Rückruf zu schicken.
Doch diesmal hatte er Glück. Eine hörbar gestresste Telefonistin stellte ihn in die Personalabteilung durch, wo er dann von einer wesentlich freundlicheren Dame erfuhr, dass zu dem Konsortium noch eine niederländische Tochtergesellschaft der Firma Stabau sowie zwei regionale Baufirmen gehörten. Mit den Angaben zu Zeitpunkt und Örtlichkeit der Baumaßnahme konnte sie ihren Unterlagen entnehmen, dass Mit-

arbeiter der Firma Tiefbau Mohr dort gearbeitet hatten. Kid ließ sich Adresse und Telefonnummer geben. Bevor er auflegte, konnte er sich den Hinweis nicht verkneifen, man möge doch mal überlegen, das Personal in der Zentrale zu verstärken.
Anschließend recherchierte er noch mal im Internet und sah auf einem Firmenfoto von Tiefbau Mohr Arbeiter in orangefarbenen Jacken und gelben Helmen.

Sie hatten um 13:30 Uhr einen Termin mit der Personalchefin der Tiefbaufirma. Pünktlich fuhren Teresa und Kid auf den Firmenparkplatz vor dem viergeschossigen Verwaltungsgebäude in der Rheinaustraße in Bonn-Beuel. Während Teresa sich schweigsam neben Kid setzte, fing dieser sofort mit der Befragung an.
„Ich hatte Ihnen am Telefon ja bereits erläutert, worum es geht. Haben Sie die Unterlagen zusammen?"
Die Personalchefin musterte flüchtig Teresas schwarze Lederstiefel, die gestrickte Strumpfhose und den dunkelblauen Wollrock. Anschließend wandte sie sich charmant lächelnd Kid zu, ohne ihre Unsicherheit komplett verbergen zu können.
„Ja, Sie wollten eine Auflistung von allen Mitarbeitern, die in der letzten Februarwoche im vergangenen Jahr im U-Bahn-Schacht in der Severinstraße gearbeitet haben. Hier ist die Liste; es sind achtzehn Personen. Drei davon arbeiten nicht mehr in unserer Firma, deren Namen habe ich unterstrichen. Die letzten beiden Namen sind Lehrlinge, die sind jetzt im dritten Lehrjahr. Ich habe Ihnen die uns bekannten Adressen der Mitarbeiter ebenfalls herausgesucht und dahinter geheftet."
„Danke. Ist die Aufstellung abschließend?"
„Ja, hier in diesen Ordnern werden alle Arbeitsnachweise zu der Baumaßnahme *U-Bahn Severinstraße* abgeheftet." Sie zeigte hinter sich auf einen Regalboden mit fünf Ordnern.
„Ich bin jeden Ordner durchgegangen, das dürften alle Arbeiter sein."
„Das hat ja schnell und reibungslos geklappt."
„Darf ich Sie mal was fragen?"
„Ja, bitte."
„Ist das alles wegen dieser einbetonierten Leiche in dem explodierten Haus? Ich habe das im Radio gehört. Das war ja eine schreckliche Sache!"

„Ich darf Ihnen natürlich zu einem laufenden Ermittlungsverfahren keine Angaben machen. Nur soviel: Wir sind an jedem Zeugen interessiert, der irgendwelche verdächtigen Beobachtungen im Zusammenhang mit diesem Haus gemacht haben könnte. Die U-Bahn-Baustelle lag in unmittelbarer Nähe, eventuell können die Bauarbeiter sachdienliche Angaben machen." Die Personalchefin durfte selbstverständlich nicht erfahren, dass sie den Tatverdächtigen in diesem Personenkreis vermuteten.
„Aber warum wollen Sie dann nur die Namen der Arbeiter, die in dieser einen Woche dort gearbeitet haben?"
Kid wollte diese Unterhaltung so schnell wie möglich beenden. Er blickte zu Teresa rüber, die ihn schmunzelnd ansah, als wollte sie sagen: *Jetzt sieh mal zu, wie du aus dieser Nummer rauskommst!*
„Äh, haben Sie bitte Verständnis, ich kann Ihnen nicht mehr sagen. Zunächst ist erstmal dieser Zeitraum für uns relevant. Sollten wir mehr Informationen von Ihnen benötigen, werden wir Sie sofort kontaktieren."

Im Präsidium informierten sie Fisch sofort und begaben sich anschließend in Teresas Büro, um gemeinsam die achtzehn Personen auf der Liste durchzugehen. Sie sortierten zunächst die Arbeiter aus, die als Tatverdächtige nicht in Frage kamen. Die beiden Lehrlinge waren neunzehn und zwanzig Jahre alt, also zu jung. Sechs Arbeiter, die bereits über fünfzig waren, sowie eine Arbeiterin strichen sie ebenfalls von der Liste. Es blieben noch neun Personen im Alter zwischen 25 und 45 Jahren übrig. Vier von ihnen waren Ausländer: zwei Bulgaren, ein Türke und ein Österreicher. Kid ließ sie zunächst auf der Liste; er wollte erst Bilder von ihnen sehen und dann entscheiden.
Teresa überprüfte die Arbeiter sowohl polizeilich als auch melderechtlich und die Ausländer zusätzlich im Ausländerzentralregister. Nur einer von ihnen hatte eine Kriminalakte bei der Polizei. Er war vor zwei Jahren an einer Schlägerei in einer Gaststätte beteiligt gewesen.
Währenddessen rief Kid in den einzelnen Meldehallen an und ließ sich die entsprechenden Fotos der Personen zusenden. Als er das Bild des Türken sah, strich er den Namen sofort von der Liste. Durch seine stark vernarbte Gesichtshaut sah er mindestens zehn Jahre älter aus; Kid hätte ihn locker auf Mitte fünfzig geschätzt. Außerdem war er nur 1,60 Meter groß.

Als Kid die Aufnahmen der verbliebenen acht Männer vor sich auf dem Schreibtisch ausbreitete, störte ihn die Flasche mit der Rose. Er stellte sie ein Stück zur Seite.
Teresa musterte ihn und hatte schon die ganze Zeit irgendeine Bemerkung zu der Rose erwartet, doch es kam nichts. Kid tat so, als ob er der Blume keine besondere Bedeutung beimessen würde.

Gegen 18:00 Uhr kam Fisch zu ihnen ins Büro, um sich zu verabschieden. Interessiert warf er noch schnell einen Blick auf die Fotos auf dem Schreibtisch. Als er das letzte Bild betrachtete, stellte auch er gedankenverloren die Flasche mit der Rose noch ein Stück weiter bis an die Schreibtischkante.
„Einer von denen ist also unser Mörder?"
„Wir werden die Lichtbilder morgen dem Hauseigentümer vorlegen, dann wissen wir mehr. Vielleicht haben wir den Täter schneller als das Opfer identifiziert. Hast du schon Infos von der Vermisstenstelle?"
„Nichts, die haben keine Langzeitvermisste, die der Beschreibung entsprechen würde. Uns bleibt noch die Möglichkeit der Gesichtsrekonstruktion, um dadurch geeignete Lichtbilder zu Identifizierungszwecken fertigen zu können. Ich werde mich mal beim Landeskriminalamt schlau machen. So, ich bin jetzt weg, wir werden uns morgen zum Brainstorming zusammensetzen."

XIII

Senna war nicht zu Hause. Auf dem Küchentisch lag ein Zettel mit dem Hinweis, sie sei bei Luzie. Sie habe ihm sein Abendessen vorbereitet, er solle es sich selbst warm machen.
Auf dem Herd stand nichts. Kid schlenderte zum Kühlschrank und hoffte, dort ein großes Stück Fleisch vorzufinden. Vielleicht ein Rindersteak? Doch stattdessen sprangen ihm zwei Wörter ins Auge, von denen der Kühlschrank nur so wimmelte: *Du darfst!* Das durfte doch nicht wahr sein – alle Fächer waren voll gestopft mit Diätprodukten! Wo war denn sein Essen!? Er riss jeden Küchenschrank auf, schaute im Backofen nach, sogar in der Tiefkühltruhe – nichts! *Spielen wir hier Verstecken!?*, dachte er und wurde allmählich ernsthaft sauer. Er griff zum Telefon und wählte ihre Handynummer. Als er es im Nebenraum

klingeln hörte, legte er wütend auf. Warum hatte die nie ihr Telefon dabei? Wenn er solchen Hunger hatte, durfte man ihn nicht ansprechen; insofern war es gut, dass Senna nicht im Haus war. Er suchte im Schreibtisch nach der Telefonnummer von Luzie und ärgerte sich jetzt, dass er sie nicht gespeichert hatte.
Je mehr er darüber nachdachte, umso hungriger wurde er. Irgendwann war er es leid und rief einen Pizzadienst an.
Er hatte gerade das letzte Stück seiner Pizza Rustica verschlungen, als Senna nach Hause kam.
„Hallo, Schatz! Habe mich etwas verquatscht. Du kennst ja Luzie, die findet nie ein Ende“, rief Senna, während sie im Flur ihren Mantel an die Garderobe hängte und anschließend in die Küche ging.
„Was machst du denn da? Wo kommt die Pizza her? Ich hatte dir extra einen gesunden Gemüseauflauf gekocht."
Kid war satt und daher auch nicht mehr so gereizt wie vor einer halben Stunde.
„Haben wir Ostern oder warum hast du ihn versteckt?“
„Wie versteckt, der ist doch im Kühl… “ Sie stoppte mitten im Satz. „Ach Gott, du hast Recht! Der Kühlschrank war voll, da hab ich die Auflaufform nach draußen gestellt, weil es ja kühl genug ist. Sorry, ich wollte das noch auf dem Zettel schreiben."
„Die Pizza war auch lecker“, antwortete Kid und war gar nicht mal so enttäuscht. Auf Gemüseauflauf hatte er heute gar keine Lust.

XIV
Dienstag

Heute fiel ihr die Rose sofort auf. Ihr heimlicher Verehrer hatte schon wieder eine auf ihre Tastatur gelegt und auch diesmal keinen Hinweis auf seine Identität hinterlassen. Teresa steckte sie zu der anderen Rose in die Orangensaftflasche und fragte sich, wann der Rosenkavalier sich endlich zu erkennen geben würde.
Um kurz vor acht kamen Fisch und Kid an ihrem Büro vorbei und nahmen sie mit zur Frühbesprechung. Auf dem Weg unterhielten sie sich über die Ermittlungen vom Vortag. Wenn einer der beiden die Rose

hinterlegt hätte, dann würde er doch jetzt wissen wollen, wie sie reagierte. Beide verhielten sich aber vollkommen unauffällig – kein heimlicher Blick, keine versteckte Bemerkung, nichts!
Im Besprechungsraum hatte Teresa schon eher das Gefühl, gemustert zu werden. Aber das konnte andere Gründe haben, schließlich war das Kriminalkommissariat 11 noch immer eine Männerdomäne. Teresa, eine von drei Frauen im Raum, trug diesmal ein mittellanges schwarzes Kaschmirkleid. Bevor sie sich betont langsam setzte, blickte sie noch einmal reihum. Als sie Kalles Blick streifte, zwinkerte er ihr zu. Sie war irritiert. Kalle und heimlich Rosen auf ihre Tastatur legen? Nein, das würde nicht zu ihm passen. Er war eher so ein Typ, der mit der Tür ins Haus fällt. Aber man wusste ja nie… Sie würde ihn auf jeden Fall mal im Auge behalten.

Im Anschluss an die Besprechung berieten sie bei Fisch und Kid im Büro die weiteren Schritte.
„Wann wollt ihr den Hauseigentümer aufsuchen?“
„Ich ruf den gleich an“, antwortete Kid.
„Ein schneller Ermittlungserfolg wäre schon eine feine Sache, zumal ich in zwei Wochen Urlaub habe“, sagte Fisch und rieb sich dabei freudestrahlend die Hände.
„Wo geht es denn hin?“, fragte Teresa neugierig.
„Masurische Seenplatte.“
„Oh, in meine Heimat! Da war ich schon als Kind mit meinen Eltern, da ist es einfach traumhaft. Du musst unbedingt eine Kanutour machen, viele der Seen sind durch Kanäle miteinander verbunden. Man kann sogar mit einem Motor- oder Segelboot über die Seenplatte bis hin zur Ostsee fahren! Wenn du Tipps brauchst, ich kenne die Gegend sehr gut.“
Kid staunte. So emotional aufgewühlt hatte er Teresa bisher noch nicht erlebt.
„Danke, Teresa. Ich werd auf das Angebot zurückkommen. Zurück zum Dienstlichen, ist die Lichtbildmappe mit den acht Bauarbeitern fertig?“
„Ja, die haben wir gestern kurz vor Feierabend noch fertiggestellt“, antwortete Kid eifrig.

„Was hängt ihr dann hier noch rum, mit etwas Glück haben wir heute noch unseren Täter!" Fisch wies sie mit winkender Hand aus dem Büro.

Der Anruf muss den armen Kerl aus dem tiefsten Schlaf gerissen haben, dachte Kid, als er den kölschen Dialekt, begleitet mit einem lauten Gähnen, am anderen Ende der Leitung hörte. Ähnliche Geräusche hatte er schon einmal im Kölner Zoo bei der Löwenfütterung vernommen. Herr Frings brauchte einige Zeit, bis er begriff, wer ihn angerufen hatte, war dann aber sehr freundlich. Er bot Kid und Teresa an, sofort mit der Lichtbildmappe vorbeizukommen.

Teresa und Kid staunten nicht schlecht, als sie den riesigen Flachbildschirm und die Dolby Surround-Anlage mit ihren meterhohen Lautsprechern sahen. Herr Frings ließ sie in seinen cremefarbenen Designersesseln, die auf Kid wie überdimensionale Eierbecher wirkten, Platz nehmen. Natürlich bemerkte er, wie die Ermittler sein hochwertiges Film- und Musik-Equipment begutachteten und erklärte ihnen voller Stolz, es handele sich um einen 60 Zoll Plasma-Fernseher, das derzeit neueste Modell auf dem Markt. Teresa nickte anerkennend, dachte im Stillen aber: *Was für ein Protz! So was käme bei mir nicht ins Haus!* Kid war da eher praktisch veranlagt und überlegte, ob so ein großes Teil auf sein Sideboard passen würde. „Herr der Ringe" auf so einem Monster-Bildschirm, das wäre doch mal eine coole Sache! Aber warum machte er sich überhaupt Gedanken? Senna würde ihm die Hölle heiß machen, wenn er so ein Gerät nach Hause brächte.
Herr Frings war gerade aus der Dusche gekommen. Seine Haare waren noch feucht. Er setzte sich in seiner Dolce & Gabbana-Jogginghose ihnen gegenüber. Lässig winkelte er ein Bein an, legte es auf das Knie des anderen ab und breitete seine Arme auf der Couchlehne aus.
Kid sinnierte gerade darüber, ob die rote Couch mit dem pinkfarbenen T-Shirt des Hauseigentümers harmonierte, als er aus seinen Gedanken gerissen wurde.
„Se han also e paar Fotos dobei, die ich mer anlure soll?"[2]
„Äh, ja. Wir haben hier eine Lichtbildmappe zusammengestellt. Wenn Sie bitte so freundlich wären, die acht Fotos in Ruhe zu studieren und

---

2 Übersetzung ins Hochdeutsche befindet sich im Anhang.

uns dann zu sagen, ob einer der dort abgebildeten Männer den Estrich in ihrem Keller verlegt hat."

Kid quälte sich aus dem tiefen, eng geschnittenen Sessel und reichte ihm die Mappe. Teresa hielt sich dezent zurück. Sie verstand nicht alles in dem kölschen Dialekt und wollte sich in einem Gespräch nicht blamieren.

Kid hatte sich schwerfällig wieder in den Sessel fallen lassen und beobachtete nun den Zeugen voller Spannung. Gleich würde er sagen: *Der wohr et!* Der Rest wäre dann Routine. In Gedanken sah Kid schon, wie sie ihren Mörder auf einer Baustelle festnahmen und ihm den Tatvorwurf erläuterten. Bisher hatte Herr Frings alle Fotos nach kurzer Prüfung selbstsicher weitergeblättert. Noch zwei Fotos… *Es wird doch nicht das letzte Foto sein! Ich hätte auf den vierten getippt, aber egal.*

„Nä, dä Kähl is nit dobei."

Das hatte gesessen! Auch Teresa hatte diese Worte verstanden. Sie sahen sich mit fragenden Blicken an, als wollten sie sagen: *Habe ich mich da verhört?*

Kid brauchte einige Sekunden, um sich zu sammeln, ehe er Worte fand.

„Herr Frings, sind Sie sich sicher? Wollen Sie nicht lieber noch einmal genauer gucken? Sie haben recht schnell weitergeblättert. Das sind jetzt nur Portraitaufnahmen. Wir könnten Ihnen auch Ganzaufnahmen besorgen!"

„Nä, dat is nit nüüdisch. Dä Kähl, dä bei mir den Estrisch verlaat hätt, is nit dobei. Bin mer janz sischer, suns hätt et bestemp Klick bei mir jemaat. Die Kähls op dä Fotos hier, die sin janz anders uss wie der."

Kid grübelte einen Moment. Hatten sie die Fotos mit den Bauarbeitern möglicherweise zu großzügig aussortiert? Vielleicht war ihr Mann unter 25 Jahre oder über 45 Jahre alt?

„Herr Frings, wir haben Ihnen hier nur die Fotos von den Bauarbeitern vorgelegt, die Ihrer Beschreibung entsprachen. Wir könnten Ihnen noch Bilder von den über 50-Jährigen oder kleineren Personen zeigen."

„Dä Mann wohr öhm die drissisch, op keine Fall älder wie veezisch! Ich ben 1,85 und er wohr unjefähr esu jrooß wie ich."

Die Enttäuschung hätte nicht größer sein können. Wortlos fuhren sie zurück zur Dienststelle, setzten sich zu Fisch ins Büro und überlegten,

ob ihnen irgendwo ein Fehler unterlaufen war. Vielleicht arbeitete der Mann nicht bei der Tiefbaufirma Mohr? Die Jacke hätte er ja auch woanders her haben können. Oder er hatte nicht in der U-Bahn, sondern auf einer anderen Baustelle der Firma Mohr in der Nähe der Severinstraße gearbeitet. Vielleicht wäre es auch sinnvoll, alle Beschäftigten der Firma zu überprüfen.
Mitten in der Diskussion klingelte das Telefon. Fisch nahm das Gespräch entgegen; nach wenigen Sätzen änderte sich sein Gesichtsausdruck. Er schrieb fleißig mit und nickte immer wieder zustimmend. Sein Gesprächspartner schien einen regelrechten Monolog zu halten. Als Fisch auflegte, hatte er einen gesamten DIN A 5 Zettel vollgekritzelt. Zufrieden wandte er sich Teresa und Kid zu.
„So, meine Lieben. Es scheint, als könnten wir auf eine Gesichtsrekonstruktion des Opfers verzichten. Das war gerade HP, der gab mir den Hinweis auf eine Frau, die seit Monaten anruft und fragt, ob man wisse, wo ihre 30-jährige Tochter sei. Der Beschreibung nach könnte die Tochter unsere unbekannte Tote sein! Hier sind die Anschriften ihres Lebensgefährten und der Mutter. Vernehmt sie kurz und holt euch die DNA.“ Fisch reichte Teresa seinen Schmierzettel und wollte gerade erneut zum Telefonhörer greifen.
„Moment mal“, entgegnete Teresa mit fester Stimme. „Erstens, wer ist HP? Zweitens, warum haben die Kollegen von der Vermisstenstelle dir gestern nichts von ihr gesagt? Und drittens, wer soll diese Hieroglyphen auf deinem Zettel entziffern?“
Kid war sprachlos. So langsam aber sicher legte Teresa ihre Zurückhaltung ab und zeigte sich von ihrer temperamentvollen Seite. Fisch schien das auch zu gefallen. Er drehte sich lächelnd zu ihr zurück und atmete tief ein, um dann bedächtig zu antworten. Gleichzeitig nahm er ein neues Blatt Papier und schrieb beim Reden fein säuberlich Namen und Adresse auf.
„Also, zu Punkt eins. HP ist Heinz-Peter Breitscheidt, ein langjähriger Mitarbeiter der Vermisstenstelle. Zu Punkt zwei, HP war gestern nicht im Dienst. Er hatte keine Vermisstenanzeige aufgenommen, weil keine Anhaltspunkte dafür vorlagen, dass sich die Frau in Gefahr befand. Nach Angaben des Freundes sei sie in die Türkei ausgewandert. Die Mutter habe das nur nicht wahrhaben wollen. Punkt drei hat sich erledigt, hier ist ein neuer Zettel. Zufrieden?“

Teresa warf einen prüfenden Blick auf den Zettel und sagte dann im Gehen:
„Na, geht doch! Warum nicht gleich?“

XV

Die Osloer Strasse liegt im Kölner Norden, im Stadtbezirk Chorweiler. Hier entstand in den 70er Jahren die größte Plattensiedlung in Nordrhein-Westfalen. Auf der Fahrt erklärte Kid Teresa, wie sich dieser Stadtteil über die Jahre zu einem sozialen Brennpunkt Kölns entwickelte. Zu seiner Zeit als Rauschgiftfahnder ermittelte Kid ständig in diesem Stadtteil, in dem ein Großteil seines Klientels wohnte. Bei diesem Gespräch erinnerte sich Teresa daran, wie häufig Köln-Chorweiler als Tatort, insbesondere von Jugendbanden, in den täglichen Lagemeldungen erwähnt wurde.
Laut Klingelleiste wohnten T. Jostovic und F. Dümmer in der fünften Etage. Die Eingangstür stand speerangelweit offen. Kid überlegte, ob sie das Treppenhaus nutzen sollten, entschied sich dann aber doch für den Aufzug. Als sich die Fahrstuhltür quietschend und stockend öffnete und ihnen der Geruch von Knoblauch, Zwiebeln und Zigarettenrauch entgegenströmte, bereute er seinen Entschluss. Ebenso geräuschvoll schloss sich die Tür. Während Kid sich Gedanken machte, ob sie es bis in die fünfte Etage schaffen würden, begutachtete Teresa die Graffiti und Sprüche an den Wänden. Das Wort *Fuck* musste dem oder den Autoren besonders am Herzen gelegen haben.
Die Klingel funktionierte nicht. Kid lauschte an der Wohnungstür, hörte aber nichts. Er klopfte mehrfach, bei jedem Schlag ein wenig lauter. Nichts. Kid überlegte kurz und entschied sich, zunächst einmal die Eltern aufzusuchen, die in der Fritz-Erler-Strasse in Chorweiler wohnten. Familie Jostovic lebte in der zweiten Etage; diesmal entschieden sich Teresa und Kid gleich für das Treppenhaus.
Frau Jostovic öffnete ihnen die Wohnungstür und war sichtlich überrascht, als Kid ihr seine Dienstmarke zeigte. Hoffnungsvoll fragte sie sogleich, ob man ihre Tochter gefunden hätte. Teresa sah sich die Frau im Türrahmen genau an. Dieses runde Gesicht, die hohen Wangenkno-

chen – man konnte ihr die slawischen Wurzeln deutlich ansehen!
Kid schüttelte den Kopf und fragte, ob sie eintreten könnten. Enttäuscht wischte sie sich die Hände an ihrer weißen Schürze ab und wies den Beamten den Weg ins Wohnzimmer. Die Wohnung wirkte sehr sauber und aufgeräumt. Über einer Anrichte entdeckte Kid Fotos von einer jungen Frau, offensichtlich ihrer Tochter. Kid verglich in Gedanken diese Bilder mit dem durch Fäulnis veränderten Gesicht der unbekannten Leiche. Nein, da gab es keine Merkmale mehr, die man hätte vergleichen können. Er brauchte die DNA und das Zahnschema; nur so war eine eindeutige Identifizierung möglich. Sie setzten sich an den Esstisch, der unmittelbar vor der Durchreiche von der Küche zum Wohnzimmer stand. Nachdem beide das Angebot einer Tasse Kaffee abgelehnt hatten, erklärte Kid ihr den Grund ihres Besuches. Frau Jostovic wirkte gefasst, als sie antwortete.
„Wissen Sie, eine schlechte Nachricht ist mir lieber, als bis an mein Lebensende mit dieser Ungewissheit zu leben. Mein Mann ist letzten Monat nach langer Krankheit gestorben. Er hatte sich so sehr gewünscht, seine Tochter noch mal wieder zu sehen. Ich möchte Gewissheit! Soll ich mir die Frau ansehen, die sie gefunden haben?"
„Das ist nicht nötig, Frau Jostovic. Wir benötigen nur die DNA Ihrer Tochter. Es reicht uns, wenn wir eine gebrauchte Zahn- oder Haarbürste bekommen könnten."
„Oh, ich habe keine Sachen von meiner Tochter mehr. Sie hat ja eine eigene Wohnung. Fragen Sie doch mal ihren Freund, der wohnt doch bei ihr." Bei der Erwähnung des Freundes bildeten sich Zornesfalten auf ihrer Stirn.
„Den Freund haben wir noch nicht erreicht. Wissen Sie, wo er arbeitet?"
„Der putzt Büros, aber wo der genau arbeitet, weiß ich nicht. Wenn Sie den finden, dann lassen Sie sich keinen Bären aufbinden. Der lügt wie gedruckt."
„Erklären Sie uns das bitte genauer."
„Meine Tochter wäre in der Türkei, so ein Quatsch! Angeblich soll sie mit einem Türken von heute auf morgen abgehauen sein. Tanita war zwar immer sehr eigenwillig; manchmal haben wir wochenlang nicht miteinander gesprochen. Aber ohne ein Wort für immer verschwinden? Nein, das hätte sie niemals gemacht!"

„Eigenwillig? Wie meinen Sie das?“, fragte Teresa, die konzentriert zuhörte und sich Notizen machte.
„Tanita war immer mein Sonnenschein. Ich habe ja auch keine anderen Kinder. Als sie klein war, hat sie ständig an meinem Rockzipfel gehangen. Sie war sehr gut in der Schule. Sie hat uns keine Probleme bereitet.“ Frau Jostovic betonte das Wort keine besonders stark und fing an zu schluchzen. „Als Jugendliche fing sie dann an zu rebellieren. Sie hat sich häufig mit ihrem Vater in der Wolle gehabt, war auch einige Male von zuhause abgehauen. Sie müssen wissen, mein Mann war noch aus der Generation, die sehr viel Wert auf Disziplin legte und gerade von Frauen ein angepasstes Verhalten erwartete. Er hat seine Tochter *geohrfeigt*, wenn sie mal zu spät nach Hause kam!“ Frau Jostovic schüttelte den Kopf, als wollte sie sagen, das hätte er nicht machen dürfen.
Teresa nutzte die kleine Pause zu einer Zwischenfrage.
„Zu wem ist Ihre Tochter denn dann geflüchtet? Und wie lange war sie jedes Mal weg?“
„Meistens nur eine Nacht. Sie war eigentlich immer bei irgendwelchen Freunden. Sie kam dann am nächsten Tag, wenn der Papa arbeiten war, zu mir zurück. Mit 17 Jahren ist sie aber dann endgültig ausgezogen und seitdem hatte sich ihr Verhältnis zum Vater auch gebessert. Auch wenn er sehr streng war, hat er sie sehr geliebt.“
Frau Jostovic griff zu einem Taschentuch. Diesmal nutzte Kid die Unterbrechung.
„Sie wollten uns etwas über den Freund Ihrer Tochter sagen. Warum lügt der wie gedruckt?“
„Hören Sie mir auf mit Felix! Der hat unsere Tochter doch nur ausgenutzt. Der hatte ihr vor zwei Jahren die Augen verdreht und ist sofort bei ihr eingezogen. Mein Mann war total schockiert. Der hätte sich auch lieber einen anderen Schwiegersohn gewünscht. Felix ist ein ungebildeter Schmarotzer; er hat weder Geld noch irgendwelche Manieren. Auch zu meiner Tochter war er schon aufbrausend. Wir haben ihn nur selten gesehen. Ich glaube aber nicht, dass er ein ehrlicher Mensch ist.“
„Aber das ist noch keine Erklärung dafür, dass er wie gedruckt lügt.“
„Angeblich soll Tanita ein Verhältnis mit einem Türken gehabt haben. Er sagte, sie sei eines Nachts mit ihm in die Türkei abgehauen. Das stimmt niemals! Sie hätte sich doch irgendwann bei mir gemeldet. Ich hatte das vor neun Monaten Ihren Kollegen von der Vermisstenabtei-

lung schon alles erzählt. Die wollten nur eine Suchanzeige aufnehmen, wenn sich unsere Tochter in Gefahr befinden würde. Ich hatte sie dann angefleht, etwas zu unternehmen und ihnen gesagt, dass mein Mann im Sterben lag. Unsere Tochter würde doch niemals in dieser Situation wortlos auswandern."

„Erzählen Sie von Ihrer Tochter. Was macht sie beruflich, wer sind ihre Freunde?"

„Das habe ich Ihren Kollegen aber auch schon mitgeteilt. Tanita war eine gute Schülerin, hatte aber nach der neunten Klasse keine Lust mehr auf Schule. Sie kennen das sicher, die Jugendlichen sind heutzutage ja auch nicht besser. Sie wollte dann Friseuse werden, brach die Lehre aber nach dem zweiten Lehrjahr ab, weil ihre Chefin sie total ausgenutzt hatte. Anschließend übernahm sie immer wieder so 400 Euro-Jobs, entweder als Reinigungskraft oder auch schon mal als Verkäuferin. Zuletzt hatte sie in einem dieser Billigläden auf der Kalker Hauptstraße an der Kasse gesessen. Das ist aber auch schon ein paar Jahre her. Immer wieder habe ich gesagt, sie soll eine vernünftige Ausbildung machen, aber Sie können sich ja vorstellen, wie schwierig das bei diesen vielen Arbeitslosen ist."

„Sie ist also zuletzt arbeitslos gewesen?"

„Ja, sie bekam Hartz IV und das ist ja so ein Teufelskreis. Wenn man mit diesen Leuten den ganzen Tag herumhängt, wird man...na ja, ich will jetzt nicht sagen, zum Alkoholiker, aber die trinken schon viel Bier und auch Schnaps. Das sind dann alles keine richtigen Freunde, halt Leute von der Straße."

„Frau Jostovic, wenn ich mir das so anhöre, warum sollte Ihre Tochter nicht in die Türkei gehen? Sie hätte doch nichts zu verlieren." Teresa stellte sich in Gedanken dieses armselige Leben von Tanita vor. Sie hätte doch bestimmt nach jedem Strohhalm gegriffen, um ein anderes Leben zu führen.

„Niemals! Meine Tochter würde das niemals machen! Vielleicht hat man sie betrunken gemacht und entführt. Aber freiwillig würde sie Deutschland nicht verlassen. Sie spricht ja noch nicht einmal Englisch!"

„Okay, das hilft uns jetzt nicht weiter... Wir müssen irgendwie an die DNA kommen! Wissen Sie, wann und wo man Herrn Dümmer erreichen kann?" Kid wollte langsam zum Ende kommen.

„Ja, wo schon, der hat sich in der Wohnung unserer Tochter breitgemacht und geht nicht ans Telefon, wenn ich anrufe. Können Sie sich

vorstellen, wie ich mich gefühlt habe? Mein Mann lag im Sterben und meine Tochter meldete sich nicht! Ich hatte mich dann entschlossen, vor der Haustür zu warten, bis er das Haus verließ – dann musste er ja mit mir sprechen! Als ich ihn dann traf, erzählte er mir die Geschichte mit dem Türken. Ich habe ihm kein Wort geglaubt und ihm gesagt, ich wolle mich selbst davon überzeugen, ansonsten würde ich Anzeige wegen Entführung erstatten. Das war natürlich Quatsch, aber daraufhin ließ er mich in die Wohnung. Dort sah es total verdreckt und verwahrlost aus, aber meine Tochter war definitiv nicht dort." Frau Jostovic schluckte mehrfach und sprach nicht weiter. Teresa reichte ihr ein Tempo.
„Okay, wir danken Ihnen erstmal."
Im Hausflur drehte Kid sich noch einmal um.
„Ach, eine Frage hätte ich noch. Kennen Sie den Zahnarzt Ihrer Tochter?"
„Die ging früher immer zum Doktor Meyer auf der Stockholmer Allee. Das ist aber schon ein paar Jahre her – ich weiß nicht, ob sie immer noch zu dem geht."
„Danke, das werden wir herausfinden. Wir werden Sie benachrichtigen, sobald wir mehr wissen." Kid hatte irgendwie das beklemmende Gefühl, dass Tanita ihre unbekannte Tote war.

Während Kid sich von Teresa wieder zurück zur Osloer Straße chauffieren ließ, telefonierte er mit Fisch. Er sollte diesen Felix Dümmer im polizeilichen Fahndungssystem überprüfen. Nach nur wenigen Minuten schrieb Kid die Antwort in seinen Notizblock:

— Felix Dümmer
— geb. 29.02.1972 in Monschau
— ledig
— seit zwei Jahren in der Osloer Straße gemeldet
— vorherige Wohnsitze in Bergheim, Aachen und Hellenthal
— Ladendiebstahl, Betrug, Fahrgeldhinterziehung, Teilnahme am unerlaubten Glücksspiel
— keine Erkenntnisse über Familie oder Arbeit

Ein Kleinkrimineller aus der Eifel, dachte Kid und gab die Informationen an Teresa weiter. Sie fanden einen Parkplatz in der Osloer Straße und mussten nur wenige Meter gehen. Im Eingangsbereich lungerten ein

paar Jugendliche herum und schauten misstrauisch von ihren Smartphones und iPhones hoch, als die Beamten an ihnen vorbeigingen. *Keine Arbeit, aber technisch immer auf dem neuesten Stand*, dachte Kid und fühlte unwillkürlich nach seinem alten Nokia-Handy in der Gürteltasche.
Auch diesmal nahmen sie direkt das Treppenhaus. In der fünften Etage öffnete sich vor ihnen die Fahrstuhltür und eine Frau mit lockigen, wasserstoffblonden Haaren kam heraus. Kid schätzte ihr Alter auf Mitte dreißig, wusste aber, dass er sich bei diesem grell geschminkten Gesicht auch um zehn Jahre in beide Richtungen vertan haben könnte. Sie hatte Kopfhörer im Ohr und ging wortlos an ihnen vorbei. An der Nachbarwohnungstür von Felix Dümmer blieb sie stehen und kramte umständlich die Wohnungsschlüssel aus ihrer Handtasche. Als Kid kräftig an der Tür Jostovic / Dümmer klopfte, schaltete sie ihren iPod aus und wandte sich zu den Beamten.
„Der ist nicht da."
„Woher wissen Sie das?" Kid hatte sich bewusst noch nicht vorgestellt; er wollte erstmal hören, was die Nachbarin zu sagen hatte.
„Da läuft das Radio."
„Ja und? Dann müsste er doch da sein."
„Das Radio läuft Tag und Nacht und das schon seit Tagen. Der hat bestimmt die Wohnung verlassen und vergessen, es auszuschalten."
Kid horchte mit einem Ohr an der Wohnungstür.
„Ich höre nichts.
„Das ist auch sehr leise. Man hört es von meinem Balkon aus."
„Wann haben Sie Herrn Dümmer das letzte Mal gesehen?"
„Letzten Mittwoch."
„Wissen Sie, wie wir ihn erreichen könnten?"
„Nee", antwortete sie knapp und wandte sich wieder ihrer Wohnungstür zu. Mittlerweile hatte sie den richtigen Schlüssel an ihrem Schlüsselbund gefunden und schloss die Tür auf.
Jetzt holte Kid seine Kriminalmarke heraus. „Hören Sie, wir sind von der Kriminalpolizei und müssen dringend Herrn Dümmer sprechen. Haben Sie vielleicht seine Telefonnummer?"
Sie drehte sich im Türrahmen um und sagte mit einem herablassenden Kopfnicken:
„Das hatte ich mir gedacht."
„Was?"

„Dass Sie von der Kripo sind. Leute wie Sie fallen hier auf. Ich kann Ihnen aber nicht helfen. Ich habe keine Telefonnummer und weiß auch nicht, wo er sein könnte. Letzten Mittwoch verließ er abends seine Wohnung, als ich gerade nach Hause kam. Seitdem habe ich ihn nicht mehr gesehen."

„Wie gut kennen Sie denn Frau Jostovic und Herrn Dümmer?"

„Man sieht sich, man grüsst sich, mehr nicht. Sie ist ja vor längerer Zeit schon in die Türkei ausgewandert."

Kid hatte schon nach ihren ersten Antworten seine Altersschätzung um zehn Jahre nach unten revidiert. Jetzt aus der Nähe betrachtet konnte er deutlich erkennen, wie unvorteilhaft geschminkt sie war. Das dick aufgetragene Rouge, das eigentlich die Gesichtsfarbe jugendlicher und gesünder erscheinen lassen sollte, hatte bei ihr den gegenteiligen Effekt. Er musterte ihre zarten, glatten Hände und schätze sie jetzt auf 20 bis 22 Jahre. *Wie Äußerlichkeiten doch täuschen können*, dachte er.

„Wer hat Ihnen das gesagt?"

„Was?"

„Dass sie in der Türkei ist."

„Hier war doch mal Polizei; die haben sich nach ihr erkundigt. Irgendwer hat das damals behauptet."

„Und, können Sie sich vorstellen, dass sie ausgewandert ist?"

„Warum nicht?"

„Kann man von Ihrer Wohnung aus einen Blick in die Nachbarwohnung werfen?"

„Ja, wir haben einen gemeinsamen Balkon. Um die Trennwand kann man herumklettern, wenn man sich geschickt anstellt."

Kid nahm die Herausforderung an. Er stellte sich auf die Brüstung ihres Balkons, hielt sich an der Abtrennung fest und hangelte sich dann auf die andere Seite. Teresa stand ihm beiseite, um ihm notfalls eine Hand reichen zu können. Nachdem er sicher auf dem Nachbarbalkon gelandet war, stellte er überrascht fest, dass die Balkontür nur angelehnt war. Jetzt konnte er auch die Musik hören. Er betrat die Wohnung, rief laut nach Herrn Dümmer und ging dann durchs Wohnzimmer bis in den Flur. Die Wohnungstür war lediglich zugezogen worden. *Wäre Herr Dümmer im Urlaub oder für einen längeren Zeitraum außer Haus, dann hätte er die Tür bestimmt abgeschlossen*, dachte Kid, als er sie öffnete. Im Hausflur traf er auf Teresa und die Wasserstoffblonde.

„Und?", fragte Teresa interessiert.
„Was erwartest du? Ich bin auf direktem Weg zur Wohnungstür, weil ich nicht ohne Zeugen die Wohnung durchsuchen wollte. Ich weiß noch nicht mal, wie groß die Wohnung ist."
„Zwei Zimmer, Küche, Diele, Bad und Balkon", meldete sich die Nachbarin zur Wort.
„Danke. Würden Sie sich bei der Wohnungsdurchsuchung als Zeugin zur Verfügung stellen?"
„Muss das sein?"
„Wir können auch einen anderen Nachbarn fragen oder einen städtischen Bediensteten hinzuziehen. Schneller ginge es allerdings, wenn Sie uns helfen würden."
„Worum geht es überhaupt? Was suchen Sie eigentlich?"
Kid wählte seine Worte mit Bedacht. Wenn ihre unbekannte Leiche die Jostovic sein sollte, dann würde Felix Dümmer natürlich als Täter in Frage kommen. Er wollte aber nicht zu viele Informationen preisgeben.
„Es steht noch nicht fest, ob Frau Jostovic wirklich in die Türkei ausgewandert ist. Ihre Mutter hat sie als vermisst gemeldet und wir müssen jetzt ihre persönlichen Sachen durchsuchen, um einen Hinweis auf ihren Aufenthaltsort zu finden."
„Okay, ich mache mit, wenn es nicht so lange dauert", sagte sie großzügig. *Als würde man ihr wertvolle Zeit stehlen*, dachte Kid, der in ihren Augen deutlich die Neugierde erkennen konnte.
Die Wohnung war ein einziges Drecksloch. Trotz auf Kipp stehender Fenster roch es modrig und muffig. Als Kid die Schlafzimmertür öffnete, hätte ihn fast der Schlag getroffen. Hier war der Gestank noch schlimmer und zusätzlich etwas süßlich. Das kleine Zimmer war spärlich möbliert: ein Bett, ein bis zur Decke reichender Schrank und dazwischen lag ein Berg voll Wäsche. Kid hielt sich die Nase zu und ging den schmalen Pfad zwischen Wand und Bett zum Fenster. Nach dem Öffnen atmete er erstmal kräftig durch und kehrte dann ins Wohnzimmer zurück.
Hier fielen ihm sofort zwei Möbelstücke ins Auge: der alte rustikale Eichenschrank und der Flachbildfernseher auf der TV-Bank. Der zwar verstaubte, aber moderne Monitor wirkte wie ein Fremdköper inmitten der zugemüllten Wohnung. Davor standen ein mit Essensresten ver-

krusteter Glastisch, eine alte lederne Eckcouch und ein Sessel.
Der Boden war mit dreckiger Wäsche, leeren Flaschen, Zeitschriften und sonstigem Müll übersät. Anschließend warf Kid einen Blick ins Badezimmer. Dies war zumindest bedingt begehbar; hier lagen lediglich mehrere Handtücher auf dem Kachelboden. Die Keramik der Fliesen, Wanne und Toilette schrien allerdings geradezu nach Entkalkung. Obwohl dieser Sanitärraum kein Fenster hatte, war der Gestank hier am erträglichsten.
Teresa und Kid zogen sich Einweghandschuhe an, ignorierten den ekligen Geruch und begaben sich an die Durchsuchung des Wohnzimmerschranks. Die Nachbarin stellte sich in die geöffnete Balkontür, wedelte sich Frischluft zu und betrachtete die Beamten gespannt bei der Arbeit.
„Gehe ich recht in der Annahme, dass wir nicht nur die DNA von Tanita Jostovic suchen?“ flüsterte Teresa Kid zu.
„Wenn wir schon mal hier sind, schauen wir uns gründlich um. Wenn sie nicht als unsere unbekannte Leiche identifiziert wird, finden wir ja vielleicht wirklich einen Hinweis zu ihrem Aufenthaltsort. Aber es ist schon seltsam – das Radio läuft, die Balkontür ist nur angelehnt und dieser Dümmer ist seit Tagen weg.“
In den Schrankfächern fanden sie alte Zeitschriften, Telefonbücher, Servietten und sonstigen Krimskrams, jedoch weder Fotos noch persönliche Schriftstücke. Die Regalböden standen voll mit Porzellanschalen, Vasen und schmutzigen Gläsern. Dazwischen ein gefüllter Aschenbecher und jede Menge Plastikfiguren aus Überraschungseiern. An der Staubschicht konnte Kid erkennen, dass diese Gegenstände schon längere Zeit nicht mehr bewegt worden waren. *Wichtige Unterlagen werden wohl im Schlafzimmer sein*, dachte er und ging in den immer noch übel riechenden Nachbarraum, während Teresa die Schubfächer in der TV-Bank durchsuchte.
Einen kurzen Moment verharrte er vor der verspiegelten Schiebetür des Schrankes und sah in sein eigenes, müdes Gesicht. *Ich sollte wirklich mal kürzer treten. Weniger arbeiten und nicht jeden Abend abgespannt nach Hause kommen. Senna bekommt jedes Mal eine Krise, wenn ich mich erschöpft auf das Sofa lege und kurz danach einschlafe. Sie hat sich unsere gemeinsamen Abende, seit die Kinder aus dem Haus sind, bestimmt anders vorgestellt. Ich würde ja auch lieber abends noch topfit sein, aber die langen Fahrzeiten und vielen Überstunden*

zehren echt an den Kräften. Vielleicht kann ich sie ja eines Tages überreden, nach Köln zu ziehen und ein Wochenendhaus in der Eifel zu mieten. Meinen Dienstort werde ich auf jeden Fall nicht in die Eifel verlegen. Dafür fühle ich mich hier in Köln zu wohl.
Er rieb sich die Müdigkeit aus den Augen und schob dann die Tür in einem Schwung zur Seite. An der Garderobenstange hingen nur ein paar Hemden und ein abgewetztes Jackett. Aus der Innentasche fischte er ein Portemonnaie und durchsuchte es. „Wow", rief er spontan, als er die zehn 50 Euroscheine zählte.
„Hast du was gefunden?" fragte Teresa aus dem Nebenzimmer.
„Sein Portemonnaie mit 500 Euro und seiner Visakarte."
„Dann kann er ja nicht weit weg sein."
In der Ablage darüber lagen einige Pullover und T-Shirts. Kid wühlte mit der Hand durch die Wäschestücke und entdeckte noch zwei Paar Socken und eine Unterhose. *Nur Herrenkleidung. Tanitas Sachen müssen also in der anderen Schrankhälfte sein*, dachte er und wollte gerade die Tür wieder zuziehen, als ihm am Boden in der hintersten Ecke eine Plastiktüte auffiel. Sie war voll gestopft mit einem Bekleidungsstück aus Fell. Er stülpte die Tüte über dem Bett um und betrachtete anschließend die Pelzjacke. Echtpelz, vermutlich Rotfuchs. Auf jeden Fall war es eine Damenjacke. Am Kragen befanden sich jede Menge Haare. *Wenn die Jacke der Jostovic gehörte, hätten wir auf jeden Fall schon mal ihre DNA*, überlegte Kid und wollte nunmehr zur anderen Schrankseite wechseln, stieß dabei aber mit seinem Schienbein gegen den Wäscheberg am Boden. Er wunderte sich über den harten Widerstand und versuchte diesmal, mit mehr Kraft den Haufen per Fuß zur Seite zu schieben. Es ging nicht – der Gegenstand war zu schwer! Widerwillig packte er in den Berg Schmutzwäsche, um sich ein bisschen Platz zu schaffen, zuckte aber sofort zurück, als er sah, was er da anfasste. Damit hatte er nicht gerechnet! Sofort rief er Teresa zu sich.

XVI

Vor fünf Tagen…

Paul, wir müssen uns treffen."
„Was ist los?"
„Sie sind wieder hinter mir her. Ich brauche deine Hilfe."
„Wir können uns morgen in der Stadt treffen. Im Brauhaus Päffgen in der Friesenstraße. Ist das okay?"
„Ich muss heute mit dir sprechen! Wir sind doch Freunde. Du musst mir helfen!"
Paul spürte die Angst in Felix Stimme. Er konnte sich denken, wer hinter seinem Freund her war. In dieser Gemütsverfassung war Felix aber auch für ihn eine Gefahr. Er musste ihn beruhigen und eine Lösung finden.
„Okay, 20:00 Uhr im Päffgen."

***

Rückblick…

Felix hatte Tanita vor zwei Jahren kennengelernt. Sie saß mit einer Flasche Bier in der Hand auf einer Parkbank am Fühlinger See und warf kleine Kieselsteine in Richtung der Schwäne. Felix sah sich das eine Zeit lang aus der Entfernung an; dann setzte er sich einfach zu ihr. Sie ignorierte ihn und warf weiter mit den Steinen. Die Schwäne ließen sich kaum beeindrucken; wenn ein Steinchen in ihrer Nähe ins Wasser fiel, schwammen sie einfach ein Stück zur Seite. Minutenlang sprach auch Felix kein Wort. Dann aber nahm er sich einen größeren Stein und warf diesen in den See, genau zwischen zwei Schwäne. Diesmal wurden die Tiere aufgescheucht – mit schlagenden Flügeln flogen sie knapp über der Wasseroberfläche zur Seemitte. Tanita sah ihn entsetzt an und fragte, was das sollte. Er antwortete salopp, dass er einfach nur ihre Stimme hören und sich gerne mit ihr unterhalten wollte. Sie schüttelte ihren Kopf, konnte sich aber ein Lächeln über diesen dummen Spruch nicht verkneifen.
Das Eis war gebrochen und sie kamen ins Gespräch. Schnell spürten sie

eine gegenseitige Sympathie. Sie verabredeten sich für den nächsten Tag an gleicher Stelle und unterhielten sich wieder stundenlang. Die Diskussionsthemen wollten nicht enden und so traf man sich danach fast täglich. Nach zwei Wochen küsste er sie zum ersten Mal.
Tanita schlug ihm nach drei Wochen vor, er könne doch zu ihr ziehen. Felix, der damals in Bergheim gewohnt und für eine Gebäudereinigungsfirma in Köln gearbeitet hatte, nahm das Angebot dankend an. Die ersten Monate waren beide sehr glücklich. Dann schmiss Tanita von jetzt auf gleich ihren Aushilfsjob als Kassiererin; sie stritt sich vor laufender Kundschaft mit ihrer Chefin, da sie nicht eine Stunde früher gehen durfte, und verließ anschließend wortlos den Laden. Seitdem war sie arbeitslos. Tanita war noch nie dem Alkohol abgeneigt gewesen, aber nun nahm der Konsum allmählich bedenkliche Ausmaße an. Für Felix wurde das Zusammenleben zunehmend unerträglich, zumal seine Freundin von Anfang an die dominantere Person in ihrer Beziehung war. Nur wenn er selbst unter Alkoholeinfluss stand, traute er sich Widerworte zu. Das kam aber eher selten vor; meistens gab er spätestens dann klein bei, wenn sie ihm mit dem Rausschmiss aus ihrer Wohnung drohte.
Er hatte sich lange nach einer Partnerin gesehnt; nun wollte er nicht mehr allein leben. Deshalb ertrug er ihre aufsässige und oft respektlose Art. Sie und sein Jugendfreund Paul waren seine einzigen Freunde – sozusagen seine Familie. Er hatte sonst niemanden.
Zu Paul hatte er in den letzten fünfzehn Jahren nur sporadischen Kontakt gehabt, was er sehr schade fand. Paul hatte sich zunehmend zu einem Einzelgänger entwickelt, der enge Freundschaften verabscheute.
Felix war trotz seiner 185 Zentimeter Körpergröße lediglich 70 Kilogramm schwer; aufgrund seiner schmächtigen Statur vertrug er nur wenig Alkohol. Sein Leben wurde durch eine andere Sucht beherrscht: Er war ein Spieler. Über einen griechischen Arbeitskollegen hatte er die einschlägigen Bars und Gaststätten der Kölner Spielerszene kennengelernt. Gezockt wurde an vielen Orten, er favorisierte aber das Restaurant Akropolis auf der Venloer Strasse in Köln-Ehrenfeld. Hier wurde freitags und samstags ab 01:00 Uhr in einem Hinterzimmer Zar gespielt: ein Würfelspiel, bei dem zwei Spieler abwechselnd würfeln und bei bestimmten Zahlenkombinationen gewinnen oder verlieren. Die Türken nennen es Barbut.

Anfangs hatte Felix sich ein Limit gesetzt, welches er dann aber von Monat zu Monat überschritt. Als Stammgast bekam er das Privileg eines Sofortkredites, den er jedoch innerhalb von einer Woche mit einem zehnprozentigen Zinsaufschlag zurückzahlen musste. Die Kreditgeber, in der Szene „Zinsemänner" genannt, saßen ebenfalls am Würfeltisch und spielten in der Regel nicht selbst. Bei den hohen Spieleinsätzen mussten sie nie lange warten, bis sich der erste Spieler Geld leihen wollte.
Vor anderthalb Jahren hatte Felix zum ersten Mal ihre Dienste in Anspruch genommen; er lieh sich 2000 Euro, die er noch am gleichen Abend verspielte.
Tanita konnte er nicht um Geld bitten – sie kam selbst gerade so über die Runden. Also hatte er seinen besten Freund angerufen. Paul hatte ihm die 2200 Euro gegeben, ihn aber eindringlich gewarnt, mit dem Spielen aufzuhören.
Zwei Monate später hatte er wieder Spielschulden: Diesmal waren es 5000 Euro. Er traute sich nicht, Paul noch einmal zu fragen, und ging einfach nicht mehr in die Gaststätte. Nachdem die Zahlungsfrist zwei Tage abgelaufen war, passten die Geldeintreiber des Zinsemannes ihn vor seiner Haustür ab und schlugen ihn zusammen. *Dies sei die letzte Warnung*, hatten sie gesagt und gaben ihm noch einen Tag Aufschub. Da er Paul nicht erreichen konnte, versuchte er, über seine Bank einen Kredit zu bekommen. Die ließen sich mit ihrer Zusage Zeit und so konnte er nur auf Verständnis bei seinem Gläubiger hoffen. Er hoffte vergeblich. Auf dem Heimweg von seiner Arbeit zerrten sie ihn einen VW Touran. Er hatte keine Chance, als sie ihm mit einem kleinen Bolzenschneider die Fingerkuppe des kleinen Fingers der linken Hand abschnitten. Zwei Tage später hatte er die Kreditzusage seiner Bank.
Eigentlich wollte er mit diesen Leuten nichts mehr zu tun haben, aber die Sucht war stärker. Er war schuldenfrei und so ließen sie ihn natürlich wieder an den Würfeltisch. Er war überzeugt, diesmal zu gewinnen. Anfangs lief es auch sehr vielversprechend; schnell war er 1000 Euro im Plus. Doch dann kam die Pechsträhne. Bei 5000 Euro im Minus warfen sie ihn raus. Er hatte wiederum eine Woche Zeit, seine Schulden zu begleichen.
An der Kreuzung Merianstrasse Ecke Weichselring ließ er das Taxi halten und bezahlte mit seinen letzten 20 Euro. Er hatte für seine Verhältnisse viel zu viel getrunken und wollte die letzten Meter ein wenig

frische Luft schnappen. Er bog gerade in die Osloer Straße ein, als er Tanita aus dem nächsten Hauseingang kommen sah. Sie drehte sich noch einmal um, sah nach oben und winkte einem nur mit einer Unterhose bekleideten, schwarzhaarigen Mann auf einem Balkon im dritten Stock zu. Felix konnte es nicht fassen: Seine Freundin betrog ihn! Es dauerte eine Weile, bis er seine Gefühle wieder im Griff hatte. Tanita war schon außer Sichtweite, als er seinen Weg fortsetzte. Zu Hause angekommen hörte er, dass seine Freundin im Badezimmer Wasser in die Wanne laufen ließ. Er war wütend und fühlte sich wie ein Teenager, der zum ersten Mal von einem Mädchen einen Korb bekommen hatte. Er suchte in der Wohnung nach alkoholischen Getränken, fand aber nichts. *Wen wundert's,* dachte er; solche Getränke wurden bei Tanita nie alt. Da fiel ihm ein, dass er vor zwei Wochen eine halbe Flasche Korn auf dem Schlafzimmerschrank versteckt hatte. Er stellte sich auf die Bettkante und fischte mit einer Hand die Flasche vom Schrankdach. Nach zwei kräftigen Schlucken merkte er, wie ihm der Schnaps im Magen brannte und seine Sinne benebelte. Er hatte jetzt genug intus, um Tanita zur Rede zu stellen. Als er ins Badezimmer stürmte, lag sie in der Wanne und aß eine Apfelsine. Sie hörte sich seine Vorwürfe mit einem Lächeln an und bestritt noch nicht einmal ihr Verhältnis zu dem Türken aus der Nachbarschaft. Stolz erzählte sie, sie würde mit ihrem Neuen in die Türkei auswandern. Felix redete sich in Rage. Wie konnte sie ihm so was antun? Sie sei eine Schlampe! Eine Schande für alle Deutschen! Eine dreckige Nutte! Eine… Jetzt wurde es ihr zu viel. Sie richtete sich auf und schrie zurück, er solle sofort ausziehen – sie wolle ihn nicht mehr sehen! Einen Moment lang war es still im Badezimmer. Sein Blut geriet in Wallung; er spürte, wie sein Herz raste. Gleichzeitig durchforsteten seine Augen den Raum, als könnte er dort irgendwo einen Ausweg aus der Situation finden. Als er die Apfelsinenschalen und das Allzweckmesser vor der Badewanne liegen sah, war er schon nicht mehr er selbst. Er griff sich das Messer und stach es mit voller Wucht in ihre Brust. Mit weit aufgerissenen Augen starrte sie ihn an, schnappte stoßweise nach Luft und hielt ihm die Hand entgegen, so als wollte sie ihn mit in die Wanne ziehen. Dann sackte sie in sich zusammen und rutschte langsam immer tiefer, bis die Knie über und der Kopf unter Wasser waren. Das Badewasser färbte sich rötlich; ihre langen blonden Haare breiteten sich auf der Oberfläche aus.

Felix ließ das Messer fallen und blieb wie angewurzelt im Raum stehen. Er bekam Angst; ein Gefühl, das ihn seit seiner Kindheit begleitete. Damals im Heim hatte er auch immer Angst gehabt, wenn die älteren Kinder sich um ihn versammelten, ihn schlugen oder ihn zwangen, ekelhafte Sachen zu essen. Er erinnerte sich noch gut an die schleimigen Regenwürmer in Mayonnaise, an die lebenden Ameisen oder die abscheulichen Käsestücke, mit Fußnägeln gespickt. Den größten Ekel empfand er, als er ein Stück Brot runterschlucken musste, an dem ein Bindfaden befestigt war. Noch während sie das Brot an dem Bindfaden wieder aus seinem Magen zogen, spürte er den Brechreiz und kotzte es mit seinem restlichen Mageninhalt aus. Das alles änderte sich erst, nachdem Paul ins Heim kam. Paul war anders. Er war groß, kräftig und ließ sich von den anderen Kindern nichts gefallen. Er hatte sich auf Felix' Seite gestellt; von diesem Tag an brauchte Felix keine Angst mehr zu haben.
Paul war auch jetzt der einzige Mensch, der ihm helfen konnte.

XVII

Paul träumt…

Er zählte sieben Baukräne und fragte sich, was für ein Gebäude man hier wohl errichten wollte. Dem Fundament nach zu urteilen einen größeren Komplex – vielleicht eine Turnhalle? An einer Seite hatte man begonnen, eine meterdicke Wand hochzuziehen. Sie war bereits so hoch, dass er selbst auf Zehenspitzen nicht darüber gucken konnte. Dahinter ragte eine dunkle, schwarzbraune Wand empor; ein gigantisches Gebirge, das bis in den Himmel anstieg. Bei genauerer Betrachtung erkannte er aufgeschüttete Erde. *Wenn das der Erdaushub ist, wie tief muss dann der Keller sein?*, fragte er sich und suchte nach einer Öffnung in der Bodenplatte. Auf seiner linken Seite sah er eine Reihe von Bürocontainern. Es war helllichter Tag; er wunderte sich, wie still es auf der Baustelle war. Erst jetzt fielen ihm die Beton-Mischmaschinen auf, die aufgereiht am Rande der Bodenplatte standen. Er vermisste die Geräusche von ratternden Maschinen, das Gebrüll der Arbeiter. Plötzlich nahm er im Augenwinkel einen Lichtreflex wahr. Das Licht kam von oben. Er blickte konzentriert in die Richtung, doch das Einzige, was er sah, waren die Schwenkarme der Kräne, die im Wind hin- und herpendelten. Die ständigen Positionsänderungen der Ausleger erinnerten ihn an einen Jägerzaun aus Metall. Er stellte sich Jägerzäune vor, die nach dem Takt einer ihm unbekannten Musik tanzten.

Das Licht blitzte erneut auf. Diesmal sah er, dass es vom Kranführerhaus kam. Er kniff die Augen zusammen und versuchte zu erkennen, ob jemand in der Kabine saß. Nein, da war niemand. Der Schwenkarm drehte sich wieder ein Stück und jetzt konnte er erkennen, dass sich in einer bestimmten Position das Sonnenlicht im Fenster der Kabine spiegelte.

Was für ein Tag war heute? Sonntag oder vielleicht ein Feiertag? Wo war er überhaupt? Er drehte sich um seine eigene Achse. Er war umgeben von Beton-Mischmaschinen und riesigen Bergen aus Erde. Voller Panik rannte er ziellos in eine Richtung; ihm war egal wohin, er musste nur von diesem Ort weg. Die Bodenplatte nahm jedoch kein Ende, ganz im Gegenteil; je mehr er lief, desto weiter schien das Ende entfernt. Völlig entkräftet blieb er stehen und schnappte in tiefen Zügen nach Luft. Er hatte das Gefühl, ein Betonnebel würde sich über seine Lungen legen; er glaubte, zu ersticken! Wieder nahm er ein Funkeln wahr. Diesmal kam es von rechts unten. Ein Sonnenstrahl traf einen Metallring im Boden. Mit letzter Kraft robbte er dorthin und zog an dem Ring. Fast mühelos konnte er eine quadratmetergroße, faustdicke Betonplatte hochheben und mit einem Arm zur Seite legen. Eine Treppe führte in die Tiefe. Nach den ersten Stufen spürte er, wie die Luft besser wurde. Es ging immer weiter abwärts. *Der Keller muss gewaltig sein*, dachte er und beschleunigte seinen Schritt. Völlig unerwartet erschien vor ihm ein runder Metallkäfig. Er umrundete den Käfig, bis er auf eine Tür stieß, die er problemlos öffnen konnte. Dahinter ging es über eine Wendeltreppe weiter nach unten. Jetzt vernahm er auch Geräusche; es hörte sich an wie ein dumpfes Blubbern. Er lehnte sich über das Treppengeländer und versuchte, etwas zu erkennen. Nichts. Dann ertönte plötzlich ein lautes Klatschen; als ob jemand mit einer riesigen Fliegenklatsche auf eine Wasseroberfläche schlug! Neugierig stieg er weiter hinab. Warum war es in diesem Schacht so hell? Nirgendwo waren Lampen zu erkennen. Wo kam das Licht her? Die grauen Außenwände fühlten sich kalt und klamm an. Anschließend roch er an seinen feuchten Fingern. Eindeutig, die Wände waren frisch betoniert! Nach einer gefühlten Ewigkeit ging es nicht mehr weiter: Vor ihm befand sich eine Betonmauer. Diesmal sah er keine Tür. Er setzte sich auf die letzte Stufe und überlegte, ob er wieder hochgehen sollte. Vorher wollte er aber noch die Wand abklopfen; vielleicht gab es ja doch einen versteckten Zugang. Schon beim ersten Versuch stellte er fest, dass er mit der Hand durch die Wand durchgreifen konnte! Erschrocken zog er sie sofort wieder zurück, um es nach wenigen Augenblicken zu wiederholen. Er streckte erst die eine und dann die andere Hand durch und spürte, dass nach einer Handlänge der Widerstand geringer wurde. Das Gleiche versuchte er dann mit den Beinen. Er tippelte auf der anderen Seite der Wand mit dem Fuß hin und her. Ob dort auch fester Boden war? *Wahnsinn, ich kann durch die Wand gehen*, dachte er und fasste all seinen Mut zusammen, um mit dem ganzen Körper in einem Ruck das Hindernis zu überwinden.

Fast hätte er das Gleichgewicht verloren, als er sich hinter der Mauer auf einem Mauervorsprung im Inneren eines riesigen Betonturmes wiederfand. Mit den Armen rudernd schaffte er es gerade noch, sich zu fangen. Er ließ sich nach hinten gegen die Wand fallen. Der Widerstand überraschte ihn; er konnte also nicht mehr durch die Wand zurück zur Wendeltreppe. Vor ihm lag ein gigantisches Bassin, in dem ungefähr zehn Meter unter ihm eine graue zähflüssige Masse blubberte. Gewaltige Blasen bildeten sich und zerplatzten sogleich. Sein Blick ging nach oben: Ein Ende war nicht zu sehen. Noch bevor er die beiden kreisrunden Öffnungen über sich entdeckte, hörte er ein monotones Rauschen, das zunehmend lauter wurde. Als es schon beinahe unerträglich erschien, strömte eine gewaltige Ladung flüssigen Betons aus einem Loch und schlug klatschend in die blubbernde Masse. Meterhohe Fontänen spritzten in die Höhe. Der Mauersims, auf dem er stand, war höchstens einen halben Meter breit. Er lehnte mit ausgebreiteten Armen an der Wand und suchte nach einem Ausweg. Schritt für Schritt bewegte er sich im Uhrzeigersinn an der Mauer entlang.
Er orientierte sich an den beiden Öffnungen, die eben noch direkt über ihm waren. In regelmäßigen Abständen ergoss sich aus jeweils einem der Löcher der Beton. Als er seinen Ausgangspunkt wieder erreicht hatte, hockte er sich erschöpft nieder. Nach und nach wurde er sich seiner Lage bewusst. Es war eiskalt in diesem überdimensionalen Schacht;

er spürte die Kälte von unten hochkriechen. *Warum bekomme ich trotz dieser eisigen Kälte Schweißausbrüche*, dachte er und bemerkte dann auf dem Mauervorsprung an der gegenüberliegenden Seite eine schlängelnde Bewegung. Was könnte das sein? Es kam aus einer kleinen Öffnung in der Mauer, teilte sich dann und kroch aus beiden Richtungen auf ihn zu. Er begann zu zittern und wusste nicht, ob dies an den frostigen Temperaturen oder der Angst vor diesen kriechenden Kreaturen lag. Für Schlangen waren diese Dinger viel zu flach und kantig. Kurz bevor sie ihn erreicht hatten, sah er auf der anderen Seite einen menschlichen Schatten durch die Wand treten. In seinen Händen hielt er Peitschen, deren Lederriemen immer länger wurden. Als die Enden sich um seine Knöchel legten, zuckte er erstarrt zusammen. Er wollte schreien, bekam aber keinen Ton heraus. Die schattenhafte Gestalt nahm langsam scharfe Konturen an; ein männliches Gesicht wurde immer größer und deutlicher. Auf einmal traf es ihn wie ein Schlag. Das Gesicht riss den Mund auf und fing an, dämonisch zu lachen. Er spürte plötzlich, wie ihm der Boden unter den Füssen weggerissen wurde. Der Peitschenmann zog ihn in den Abgrund, als zugleich über ihn eine Ladung Beton aus einem der Löcher schoss. Er wurde in den Strahl hineingezogen und mit in die blubbernde Brühe befördert. Langsam sackte er tiefer; die Betonsuppe um ihn herum wurde immer zähflüssiger. Nach kurzer Zeit konnte er sich nicht mehr bewegen. Das Atmen wurde zunehmend anstrengender. Er nahm noch einen letzten kräftigen Atemzug und wusste, das war sein letzter.

Solange wie nur möglich versuchte er, die Luft anzuhalten, dann prustete er sie mit voller Kraft aus seinen Lungen und bekam sofort einen Hustenanfall.

XVIII

Würden diese Träume jemals ein Ende haben? Klitschnass geschwitzt richtete Paul sich im Bett auf, rieb sich Stirn und Augen und blickte auf den Wecker: 04:00 Uhr. Er hätte noch zwei Stunden schlafen können. Daran war nach diesem Alptraum aber nicht mehr zu denken. Er ging ins Badezimmer, duschte abwechselnd kalt und heiß und machte sich einen Filterkaffee. Seine Vergangenheit würde ihn immer wieder einholen. *Ich muss eine endgültige Lösung finden*, dachte er, während er schubweise das heiße Wasser in den Filter schüttete. Jahrelang hatte er so gelebt, wie er es wollte: in der Anonymität einer Großstadt, abseits von seinem alten Leben in der Eifel. Er genoss die Kinoabende und die Spaziergänge am Rhein; ab und zu ging er auch mal essen oder setzte sich in einer Kneipe an die Theke. Menschen zu beobachten, über ihre Schicksale nachzudenken, ihre Verhaltensweisen vorauszusagen – das war sein Leben. Über sich selbst gab er nie etwas preis. Wem auch? Er hatte keine Freunde. Sich auf Menschen einlassen bedeutete immer auch, Verpflichtungen zu übernehmen; davor hatte er Angst.

Paul setzte sich an seinen kleinen Küchentisch und rührte gedankenverloren zwei Löffel Zucker in den Kaffee. Die Alpträume kamen immer seltener. Er hatte sogar schon geglaubt, sie endgültig los zu sein, als Felix vor zwei Jahren nach Köln zog. Sie hatten sich anfangs ein paar Mal getroffen und schnell war Paul klar, dass Felix eine engere Freundschaft wollte. Aber das war nicht sein Ding. Je aufdringlicher sein Freund sich mit ihm verabreden wollte, umso schärfer lehnte Paul das ab. Als er dann zum ersten Mal mit seinen Spielschulden kam, musste Paul ihm helfen – das war er ihm schuldig. Bei den nächsten Spielschulden trennten sie Felix eine Fingerkuppe ab; nur, weil er dieses Mal Paul nicht angerufen hatte! *Wie schrecklich*, dachte Paul und goss sich die zweite Tasse ein.

Den Traum mit der Baustelle, dem Beton und dem Peitschenmann hatte er zum ersten Mal in der Nacht, nachdem er gemeinsam mit Felix die Leiche in dem Revisionsschacht einbetoniert hatte. Felix öffnete ihm an diesem Tag verängstigt die Tür, zeigte auf seine tote Freundin in der Badewanne und flehte ihn an, ihm zu helfen. Er sah die Angst in seinen Augen – panische Angst, ins Gefängnis zu kommen. Paul erinnerte sich an ihre gemeinsame Kindheit; auch damals hatte Felix unter Platzangst gelitten. In engen und insbesondere in verschlossenen Räumen bekam er jedes Mal Tobsuchtsanfälle.

Bei dem Gedanken, die Leiche verschwinden zu lassen, fiel Paul sein Nebenjob ein. Wenn sie es schaffen würden, die Leiche unbemerkt bis in die Severinstraße zu transportieren, wären sie aus dem Schneider. Er hatte den Schlüssel von einem Haus, in dem ihn keiner kannte. Sie mussten den Leichnam nur in dem Schacht ablegen und bis zum Morgen abdecken. Zu dem Kellerraum hatte kein Mieter Zugang. Morgen früh würde er die Grube mit Beton füllen; die Leiche wäre für immer weg! Das war die Lösung. Sie zogen die Frauenleiche aus der Badewanne und wickelten sie in ein Betttuch ein. Dann suchten sie nach einem geeigneten Transportmittel. Felix hatte schließlich die Idee mit Tanitas Reisetrolley. Dieses riesige Teil hatte sie auf ihrer letzten Arbeitsstelle bei einem Firmenfest gewonnen. Tanita kam an dem Abend mit leuchtenden, freudestrahlenden Augen nach Hause und präsentierte Felix stolz diesen 100 Liter fassenden Koffer. Bis zum heutigen Tag hatte ihn nie jemand benutzt.

Sie waren überrascht, wie leicht eine zusammengekrümmte Frau sich verstauen ließ. Problemlos beförderten sie die Leiche auf der Rückbank von Pauls Auto und hatten sogar das Glück, vor dem Haus in der Severinstraße einen Parkplatz zu bekommen. Der Rest war ein Kinderspiel. Sie steckten den Leichnam in einen schwarzen Kunststoff-Abfallsack, von denen Paul mehrere im Keller deponiert hatte, und klebten die Öffnung mit Aluminiumband zu. Das Bettlaken warfen sie in die Mülltonne und den Trolley stellten sie anschließend zum Sperrmüll an einem Haus in der Jakobstraße.

Auf der Rückfahrt hatte Felix ihm von den 5500 Euro Spielschulden erzählt. Paul erinnerte sich noch gut daran, wie sauer er war. Immer wieder hatte er seinen Freund vor diesen Zockerkneipen gewarnt. Seine Fingerkuppe hätte ihm doch eine Lehre sein müssen! Den letzten Kredit noch nicht zurückgezahlt und schon wieder neue Schulden. Er hatte doch versprochen, sich von diesen Würfeltischen fernzuhalten! Paul hatte sich in Rage geredet. Diesmal würde er nicht einen Euro bekommen.

Felix saß zusammengekauert auf dem Beifahrersitz und heulte. Jetzt würde alles anders werden! Er würde aus Köln auch wieder wegziehen! Paul solle ihm ein letztes Mal das Geld leihen! Demonstrativ zeigte er ihm seine Hand mit der abgetrennten Fingerkuppe. Dann sagte er etwas, was er nicht hatte sagen dürfen. Er erinnerte Paul zum ersten Mal an ihr altes Geheimnis aus ihrer Kindheit. Sie hatten sich vor fünfzehn Jahren geschworen, nie mehr ein Wort darüber zu verlieren.

Wollte Paul sein Leben wie bisher weiterleben, musste er Felix das Geld geben. Paul wurde aber auch bewusst, wie sehr Felix ihn unter Druck setzen konnte – wie sehr ihrer beider Schicksale verknüpft waren!

Das alles war vor neun Monaten passiert. Und nun musste ausgerechnet dieses Haus in der Severinstraße explodieren!? Er konnte diesen Zufall gar nicht fassen. Die Leiche wurde gefunden, aber noch nicht identifiziert; so stand es in der Zeitung. Er wusste zwar nicht, wie eine einbetonierte Leiche nach neun Monaten aussah, konnte sich aber vorstellen, dass die Polizei auch bei völlig unkenntlichen Gesichtern Möglichkeiten hatte, die Person zu identifizieren. Im Fernsehen hatten sie letzte Woche bei *Aktenzeichen XY* noch einen Fall gezeigt, wo das Fahndungsfoto nach einer Gesichtsrekonstruktion erstellt wurde. Er war sich sicher, es war jetzt nur noch eine Frage der Zeit, bis sie Felix aufsuchen würden. Bei diesem Gedanken zuckte Paul zusammen. Sein alter Jugendfreund war jetzt eine echte Bedrohung für ihn! Felix war zu schwach, das wurde bei dem Gespräch gestern Abend im „Päffgen" deutlich. Er hatte wieder gezockt und Geld verloren. Diesmal fürchtete er sich nicht nur vor den Geldverleihern, er hatte auch wahnsinnige Angst vor der Polizei und dem Gefängnis. Felix würde diesem Druck nicht standhalten, wenn sie ihn zu Tanitas Leiche befragten. Er wollte ins Ausland fliehen und dafür brauchte er Geld. Paul konnte sich nicht ewig erpressen lassen und ihm Geld geben; zum einen waren seine Ersparnisse fast aufgebraucht, zum anderen würde es das Problem nicht lösen. Irgendwann fänden sie Felix und dann würde er den Mord an seiner Freundin gestehen. Paul war überzeugt, dass er dann auch über ihn auspacken würde. Das bedeutete für ihn lebenslänglich. *Nein, Felix, du hättest mir mit dieser alten Geschichte mit meinem Stiefvater nicht drohen sollen. Nein, das hättest du nicht tun dürfen.* Felix musste sterben. Das Risiko war sonst zu groß.

***

„Paul, kannst du nicht aufpassen? Was ist denn heute mit dir los?", schrie der Polier. Die umstehenden Arbeiter drehten sich um und sahen Paul, der völlig konsterniert neben einer umgekippten Schubkarre und einem Haufen Ziegelsteinen stand. Sie machten die üblichen Witze. *Oh, hatte der Kleine einen Schwächeanfall? Du solltest die Karre erstmal nur halb füllen!* Sie wandten sich lachend ab. Paul ignorierte ihre Sprüche und räumte die Steine wieder in die Schubkarre. Der Polier, zu dem er ein gutes Verhältnis hatte, kam ihm zu Hilfe.

„Paul, du gefällst mir nicht. Du bist heute so unkonzentriert und kommst mir so...wie soll ich sagen...so *geistesabwesend* vor. Muss ich irgendwas wissen? Ist was passiert oder hast du gestern einfach nur zuviel getrunken?"

„Ist schon okay, ich habe einfach nur schlecht geschlafen und blöd geträumt. Wird nicht wieder vorkommen. Ich pass jetzt besser auf!"

„Wie du meinst."

Sein Chef hatte Recht – er war in Gedanken woanders. Er bereitete sich darauf vor, seinen einzigen Freund zu töten. Immer wieder ging er seinen Plan im Geiste durch. Würde man ihn verdächtigen? Sie hatten keine gemeinsamen Bekannten, die sie zusammen gesehen haben könnten; das war schon einmal gut. Soweit er wusste, hatte Felix außer ihm keine weiteren Freunde. Okay, er würde seiner Freundin von ihm erzählt haben, aber die konnte ja jetzt auch nichts mehr sagen. In ihrer Wohnung war er nur einmal gewesen: als er beim Transport der Leiche geholfen hatte. Dabei hatte er Handschuhe getragen. Hatte er was angefasst? Nein, nur den Griff der Wohnungstür und diese Fingerabdrücke würden nach neun Monaten verwischt sein. Gemeinsame Fotos existierten nicht, also dürften in der Wohnung keine Hinweise auf ihn zu finden sein. *Ich werde ihn vorsichtshalber mal scheinheilig fragen, ob er ein Tagebuch führt; später kann ich mich dann noch mal in der Wohnung umgucken. Beim Rein- und Rausgehen muss ich aufpassen, dass mich keiner sieht. Dann wird alles gut.*

Bliebe noch die letzte Frage: Wie sollte er ihn umbringen? Es musste lautlos geschehen, das war klar. Er tastete nach den Werkzeugen in seinem Blaumann: ein Zollstock, ein Hammer, ein Schraubendreher… *Ich könnte ihn erstechen, aber wäre er dann sofort tot? Vielleicht schreit er noch im Todeskampf? Und das ganze Blut, das aus ihm spritzt – ich müsste dann meine Kleidung vernichten, wieder ein Risiko.* Nein, das war kein guter Einfall. Erwürgen, das wäre eine Möglichkeit, aber würde er das fertig bringen – sich vor seinen Freund stellen, ihm die Hände um den Hals legen und zudrücken? Nein, es musste anders gehen; er konnte ihm dabei nicht in die Augen gucken. Also von hinten! Bei diesem Gedanken kam ihm eine Idee.

XIX

Als Teresa ins Schlafzimmer kam und Kid kniend vor einem Haufen Wäsche entdeckte, ahnte sie bereits, was sie erwarten würde. Kid hatte das Gesicht und den Oberkörper freigelegt und deutete nun mit

dem Zeigefinger auf den Hals des Toten. Die tiefen Furchen waren nicht zu übersehen. Teresa trat näher heran und wollte gerade mit der Leichenschau beginnen, als Kid sie zurückhielt.
„Noch nichts verändern! Wir brauchen erst die Fotos. Ich werde über Fisch ein Team der Spurensicherung anfordern."
Während er telefonierte, kam die Wasserstoffblonde neugierig ins Schlafzimmer und fragte: „Brauchen Sie mich noch, ich…?"
Noch bevor sie die Frage zu Ende gestellt hatte, sah sie die Leiche und sprach nicht mehr weiter. Ihre Gesichtsfarbe wurde zusehends blasser. Als ihr bewusst wurde, was sie dort liegen sah, wich sie ins Wohnzimmer zurück und schrie: „Oh Gott, ein Toter!" Sie zitterte am ganzen Leib und faltete ihre Hände wie zu einem Gebet zusammen. Teresa legte ihren Arm um sie und führte sie aus der Wohnung zurück bis ins Treppenhaus.
„War das Ihr Nachbar?"
„Oh Gott! Ich habe noch nie einen Toten gesehen! Oh Gott!!"
„Jetzt beruhigen Sie sich erstmal. Ich bringe Sie jetzt in ihre Wohnung und dort trinken Sie ein Glas Wasser. Sie werden sehen, wie schnell es Ihnen besser geht."
Der Wohnungsschlüssel steckte noch im Schloss. Teresa schloss auf und führte die Frau in ihr eigenes Wohnzimmer. Immer wieder „Oh Gott!" stammelnd, ließ sie sich auf einen Sessel nieder. Teresa nahm sich die Decke vom Sofa und legte sie der zitternden Frau über Schoß und Schultern. Anschließend ging sie in die Küche, die entgegen ihrer Vermutung vollkommen sauber und aufgeräumt war. Im Schrank über der Spüle fand sie Gläser.
Nach dem zweiten Schluck Wasser versuchte Teresa ihr Glück auf ein Neues.
„Ist das Ihr Nachbar?"
„Ja, das ist Felix. Ich kann es nicht fassen."
„Das kann ich vollkommen verstehen. Trotzdem müssen Sie uns einige Fragen beantworten. Meinen Sie, es geht? Oder sollen wir Sie später vernehmen?"
„Fragen Sie. Ich weiß sowieso nicht viel über meine Nachbarn."
„Wann haben Sie Herrn Dümmer zum letzten Mal gesehen?" Teresa hatte sich ihr gegenüber auf das Sofa gesetzt und ihren Notizblock aus der Handtasche geholt.

„Habe ich doch schon gesagt; letzten Mittwoch!"
„Können Sie das etwas genauer sagen? Um wie viel Uhr, wo, war er alleine und so weiter."
„Das war abends, so gegen sieben Uhr. Wie ich vorhin gesagt hab, ich kam nach Hause und er kam in dem Moment aus seiner Wohnung. Er war alleine und hatte es eilig. Ich weiß nicht, ob er überhaupt was gesagt hat. Seitdem habe ich ihn nicht mehr gesehen. Ein oder zwei Tage später hab ich dann das Radio gehört. Ob der da schon tot in der Wohnung lag?"
„Das werden die Gerichtsmediziner uns sagen können. Hat er in letzter Zeit mal Besuch gehabt? Haben Sie ihn überhaupt mal mit jemandem gesehen?"
„Nee… Früher halt mit der Tanita, die waren ja zusammen."
„Hatte Herr Dümmer Kontakt zu anderen Nachbarn hier im Haus?"
„Nee, das wüsste ich."
„Ist Ihnen denn irgendetwas irgendwann mal an Ihrem Nachbarn aufgefallen?" Teresa wollte noch einen letzten Versuch starten, nützliche Informationen zu bekommen.
„Nur, dass er an einigen Wochenenden spät nach Hause kam."
„Wie spät meinen Sie?"
„Ja, morgens zwischen fünf und sechs Uhr. Das wunderte mich, so lange hat doch keine Kneipe auf."
„Passierte das regelmäßig?"
„Weiß ich nicht. Gehört habe ich ihn um diese Uhrzeit vielleicht einmal im Monat und auch nur, weil er die Wohnungstür immer so laut zuknallte und mein Schlafzimmer an seinen Flur angrenzt."
„Können Sie sich erinnern, wann er das letzte Mal so früh nach Hause kam?"
„Ja, das war ja erst am vorletzten Wochenende, am Samstag vor einer Woche. An dem Abend war ich auch spät im Bett und hatte gerade mal eine Stunde geschlafen, als ich seine Wohnungstür hörte. Diesmal hatte er sie richtig laut zugeknallt – ich wäre fast aus dem Bett gefallen!"
„Okay, danke erst einmal. Wir werden uns melden, wenn wir noch Fragen haben."
Teresa war schon auf dem Weg zurück zum Tatort, als die Zeugin sie noch einmal zurückrief.
„Äh, Frau Kommissarin? Da fällt mir noch eine Sache ein. Ich weiß

nicht, ob das wichtig ist, aber vorgestern waren zwei Männer an der Tür und haben geklingelt und mehrfach laut geklopft."
„Wieso fanden Sie das ungewöhnlich?"
„Ich habe die Männer durch meinen Türspion beobachtet; die machten keinen freundlichen Eindruck! Den einen konnte ich vom Seitenprofil erkennen, der sah schon beängstigend aus. Glatze und Sonnenbrille... Ist doch komisch, hier in dem Hausflur eine Sonnenbrille zu tragen, oder?"
„Ja, finde ich auch seltsam. Und, hat Ihr Nachbar die Männer reingelassen?"
„Das weiß ich nicht. Als der Glatzkopf sich in Richtung meiner Tür drehte, dachte ich, der würde hier klingeln und bin schnell ins Wohnzimmer gehuscht. Ich wollte so tun, als ob ich nicht zuhause wäre. Der hat aber nicht geklingelt. Irgendwann habe ich dann wieder durch den Spion gelinst und da war dann keiner mehr."

XX

Fisch traf gleichzeitig mit den beiden Beamten vom Erkennungsdienst und dem Fotografen am Tatort ein. Als Leiter der Mordkommission wollte er sich ein eigenes Bild machen und seinen Kollegen bei der Tatortarbeit helfen.
Die Beamten der Mordkommission warteten vorerst draußen im Hausflur und ließen das Team vom Erkennungsdienst und den Fotografen ungestört in der Wohnung arbeiten. Bevor diese die Wohnung betraten, halfen sie sich gegenseitig in Spurensicherungsanzüge, um keine eigenen Spuren zu hinterlassen.
Nachdem der Fotograf zunächst jeden Raum videografiert hatte, schoss er unzählige Fotos. Die Auffindesituation im Schlafzimmer und den Leichnam selbst hielt er besonders detailliert fest; er wusste, dass Details, denen man zunächst keine Beachtung schenkte, später oft von Bedeutung sein konnten. Notfalls konnte man den Tatort mit dem Film- und Bildmaterial noch mal rekonstruieren.
Währenddessen klebten die Beamten vom Erkennungsdienst den Leichnam ab und hofften bei jedem Klebestreifen, Faserspuren des Täters zu

sichern. Danach begannen sie mit der daktyloskopischen Spurensicherung. An der Wohnungstür sicherten sie zwei Fingerspuren mit besonders gut erkennbaren Papilarlinien. Das war ein Hoffnungsschimmer – mit etwas Glück konnten diese Abdrücke dem Täter zugeordnet werden.
Teresa, Fisch und Kid hatten sich ebenfalls in die weißen Papieranzüge gezwängt, als sich nach und nach Türen im Flur öffneten und Nachbarn neugierig fragten, was das hier zu bedeuten habe. Kid wies sich ihnen gegenüber als Kriminalbeamter aus und schickte sie mit entsprechenden Hinweisen auf polizeiliche Ermittlungen zurück in ihre Wohnungen.
Die zwischenzeitlich eingetroffenen Mitarbeiter des Leichenfuhrwesens mussten sich noch im Hausflur gedulden.

Nach etwa einer Viertelstunde konnten Teresa und Kid mit der Leichenschau, die ebenfalls vom Fotografen dokumentiert wurde, beginnen. Auf die Hinzuziehung eines Notarztes hatte Kid verzichtet. Die Leichenflecke waren so eindeutig, dass eine Todesbescheinigung auch später in der Gerichtsmedizin ausgestellt werden konnte.
Teresa verglich die stark ausgeprägten Totenflecken mit der Lage der Leiche. Hier war alles stimmig – ein Indiz dafür, dass die Leiche nicht umgelagert wurde. Da sich die Totenstarre bereits vollständig gelöst hatte, musste der Tod vor mehr als 36 Stunden eingetreten sein. Das Gesicht des Toten war leicht blau verfärbt. Teresa tastete den Hals ab und stellte eine starke Verletzung des Kehlkopfes fest. Dann sah sie sich die Wunden im Halsbereich genauer an: eindeutig Strangulationsfurchen. Ein endgültiges Ergebnis würde jedoch erst das gerichtsmedizinische Gutachten ergeben. Dort würde man die Leiche vollständig entkleiden und noch erheblich genauer untersuchen. Bei der weiteren Leichenschau stellte Teresa eine weitere Auffälligkeit fest: Dem Opfer fehlte die Fingerkuppe des kleinen Fingers an der linken Hand.
Nach einer halben Stunde wurde der Leichnam zur Gerichtsmedizin transportiert; die Beamten konnten mit der Wohnungsdurchsuchung beginnen. Diesmal wurde jeder Winkel genauestens durchsucht. Der Berg Wäsche, mit dem die Leiche zugedeckt war, wurde komplett sichergestellt. Vielleicht würden sie ein Haar des Täters finden und so an seine DNA kommen.

„Die linke Schrankhälfte ist völlig leer", rief Kid, der den Schlafzimmerschrank weiter durchsuchte.
„Kein Wunder, liegt ja auch alles am Boden rum", entgegnete Fisch spöttisch.
„Ich finde das trotzdem ungewöhnlich. Innerhalb von neun Monaten nutzt man doch den Platz, der freigeworden ist. Ich habe eher das Gefühl, hier wurden kurzfristig Sachen entsorgt."
„Du hast Recht, wir haben ja bisher auch weder Handy noch Computer in der Wohnung gefunden."
„Und ausgerechnet der Pelzmantel wird zurückgelassen, das passt doch nicht", schaltete sich Teresa in das Gespräch ein.
„Das Fell hat bestimmt einigen Wert, so was wirft man nicht einfach weg. Vielleicht wollte Felix Dümmer das Teil verkaufen."
„Und warum hat sein Mörder diesen wertvollen Mantel nicht mitgenommen?" Teresa konnte Kids Argumentation nicht ganz folgen.
„Das wundert mich auch. Es war anscheinend kein Raubmord. Wir werden es herausfinden."
Die weitere Suche verlief ergebnislos. Es wurden weder von Tanita Jostovic noch von Felix Dümmer persönliche Gegenstände wie Terminplaner, Briefe oder sonstige handschriftliche Notizen gefunden.
Die Beamten des Erkennungsdienstes hatten jedoch eine weitere interessante Spur entdeckt. Bei der Untersuchung des Schlosses an der Wohnungstür stellten sie frische Kratzspuren an der Türfalle fest. Hier hatte sich jemand mit einem Draht Zugang zur Wohnung verschafft! Die Vorgehensweise war allen klar. Mittlerweile konnte man die zu einem Haken gebogenen Drähte zum Öffnen von zugezogenen Türen sogar im Internet bestellen.

XXI

Vor zwei Tagen…

Gewohnt lässig und selbstbewusst betraten sie das Haus, fuhren mit dem Aufzug in die fünfte Etage und stellten sich vor Felix' Wohnungstür. Der kleinere der beiden lauschte an der Tür, konnte aber nichts hören. Anschließend klingelte er kurz Sturm. Nach einer Pause wiederholte er diese Aktion, bis der Größere ihm ein Zeichen gab, aufzuhören. Sie wollten nicht unnötig Aufsehen erregen. Während der Große jetzt nach unliebsamen Nachbarn Ausschau hielt, nahm der Kleine ein Nadelset mit drei Türfallen-Öffnungsnadeln am Ring aus seiner Jackentasche. Er versuchte vorsichtig, die mittlere Nadel zwischen Tür und Türrahmen bis an die Falle zu führen. Beim vierten Versuch klappte es; er konnte nun durch Drehen des Federstahldrahtes die Falle wegdrücken und die Tür öffnen. Sie hörten leise das Radio und vermuteten, dass der Wohnungsinhaber sich vor ihnen versteckt hatte. Nach einem Schnelldurchgang durch die spärlich eingerichtete Wohnung kamen sie zu dem Schluss, dass er nur unter dem Bett oder im Schlafzimmerschrank versteckt sein konnte. Während der Kleine die erste Schranktür zur Seite schob, holte der Größere schmunzelnd den kleinen Bolzenschneider aus der Seitentasche seiner Hose. Im nächsten Moment sah er, wie sein Kumpel die Tür wieder zuzog und seitlich um den Haufen Wäsche balancierte, um an die andere Schranktür zu kommen. Hierbei verrutschte das oben liegende Bettlaken und legte das Gesicht eines Toten frei. Der Kleinere wurde erst durch den kurzen Aufschrei des Größeren aufmerksam; dann schlotterte er selbst vor Angst, als er in das blassblaue Gesicht blickte. Reflexartig nahm er das Laken und deckte den Leichnam sofort wieder zu.

XXII

Um 21:45 Uhr hatten sie Feierabend. Erschöpft und müde vom langen Arbeitstag trottete Kid zum gegenüberliegenden Parkhaus. Wenigstens war um diese Uhrzeit kaum Verkehr auf der Straße. Kid hoffte, in einer Stunde zu Hause zu sein. Auf der Fahrt ließ er den hektischen Tag noch einmal Revue passieren. Morgen würde es sich herausstellen, ob die DNA an der Pelzjacke ihrer Frauenleiche zugeordnet werden konnte. Sein Gefühl sagte ihm, dass Tanita Jostovic die Tote war. Dann würde es eine Verbindung zwischen den beiden Morden geben. *Ermittlungen in zwei Mordfällen mit nur drei Beamten in einer Kommission – nein, das ist zu wenig! Fisch muss sich morgen um Verstärkung kümmern. Jetzt werden wieder jeden Tag Überstunden anstehen. Senna wird sich freuen!* In seinem Kopf schwirrten auf einmal mehrere Gedanken gleichzeitig herum. *Senna, zwei Mordfälle, Verstärkung, Überstunden…* Schließlich musste er an

Teresa denken. Teresa trat immer selbstbewusster auf, ohne dabei aufdringlich oder arrogant zu wirken. Ganz im Gegenteil, sie hatte so eine charmante Art, der man nicht widerstehen konnte. Er hatte immer noch das Gefühl, in manchen Momenten von ihr beobachtet zu werden. Ihm fiel aber auch auf, dass sie weder Einzelheiten aus ihrem Privatleben preisgab noch über ihn bisher Näheres erfahren wollte. Zu den Rosen auf ihrem Schreibtisch hatte sie sich bisher nicht geäußert. Vielleicht hätte er einfach mal danach fragen sollen? Kid würde gerne mehr über sie erfahren.

Er sah bereits bei der Anfahrt das Licht im Wohnzimmer und wunderte sich, dass Senna um diese Uhrzeit noch wach war. Kid schloss die Haustür auf und erwartete die typischen Fernsehklänge aus dem Nebenzimmer. Überrascht vernahm er aber leise Musik und andere Geräusche. Er blieb im Eingang stehen und glaubte seinen Ohren nicht mehr trauen zu können. Das waren doch Stöhngeräusche! Kid wusste nicht, was er in diesem Moment denken sollte. Seine Müdigkeit war auf einen Schlag verflogen. Mit schnellen Schritten durchquerte er den Flur und riss die Wohnzimmertür auf.

Damit hatte er gerade um diese Uhrzeit nicht gerechnet! Er schämte sich für seine vorschnellen Gedanken.

„Senna, was machst du denn hier?“ Es war eine rhetorische Frage; natürlich sah er, was seine Frau auf der Gymnastikmatte veranstaltete.

„Noch acht Wiederholungen, dann können wir reden!“, stöhnte Senna. Nachdem sie ihre Crunchs für die seitlichen Bauchmuskeln beendet hatte, wischte sie sich den Schweiß von der Stirn und wandte sich ihrem Mann zu.

„Hallo Schatz, hattest du einen anstrengenden Tag? Ist ja spät geworden.“

„Ja, hatte ich. Bin völlig groggy! Lust auf ein Glas Rotwein?“

„Um Gottes Willen, dann wäre die ganze Schinderei ja umsonst.“

„Seit wann bist du denn so sportversessen? So kenne ich dich gar nicht.“

„Ich muss noch drei Kilo abnehmen. Sechzig Kilo, dann bin ich zufrieden.“

„So ein Quatsch! Ich finde, du bist superschlank. Ich will doch kein Gerippe zur Frau haben.“

„Was hatte ich doch früher für eine schlanke Taille und jetzt... Guck

mal!“ Senna kniff mit Daumen und Zeigefinger die Haut in ihrer Seite zusammen, so dass Kid eine kleine Wulst sehen konnte.
„Was soll ich dann sagen? Dann wäre ich ja fettleibig!“, entgegnete Kid und kniff sich ebenfalls in die Seite, bis eine erheblich größere Wölbung zum Vorschein kam.
„Es ist ja nicht nur die Taille. Mein Hintern wird auch immer dicker.“
„Ich liebe deinen Hintern!“
„Aha, also gibst du mir Recht. Er *ist* dicker geworden!“
„Das habe ich nicht gesagt.“
„Und warum hast du mir dann nicht widersprochen?“
„Ach Senna, können wir das Thema nicht beenden? Ich bin todmüde und muss morgen wieder früh raus.“
„Meinst du, ich hätte einen zu dicken Hintern?“
„Nein, der ist so wie immer. Du hast eine wundervolle Figur.“
Während Senna duschte, gönnte sich Kid noch ein Glas Rotwein und zappte durch die Fernsehprogramme. Er wollte wenigstens einmal am Tag die aktuellen Nachrichten sehen.

XXIII
Mittwoch

Mittlerweile war es schon zur Routine geworden. Teresa hatte sich sogar vorsorglich ein kleines Küchenmesser eingesteckt. Sie hängte ihren Mantel an den Garderobenhaken, nahm sich die Rose von der Tastatur, schnitt den Stängel schräg an und stellte sie zu den anderen in die Orangensaftflasche.
In der Frühbesprechung hatte Fisch den neuen Mordfall allen Kollegen vorgestellt. Arndt Siebert kündigte an, er würde sich heute noch um Verstärkung kümmern.
Anschließend ging Teresa mit zu Fisch und Kid ins Büro, wo sie die weiteren Schritte berieten. Auch heute hatte keiner von beiden irgendeine Bemerkung fallen lassen, die im Zusammenhang mit der Rose hätte stehen können.
Fisch zog das Flipchart aus der Nische neben seinem Schrank hervor und schrieb die jetzt anliegenden Ermittlungsschritte auf:

1. Auswertung der DNA vom Pelzmantel und Faserspuren der Wäsche beim LKA veranlassen

2. Befragung Zahnarzt Jostovic
3. Auswertung der Fingerspuren durch Erkennungsdienst
4. Teilnahme an der Obduktion Dümmer
5. Sicherstellung seiner Kleidung
6. Auswertung der Kriminalakte Dümmer
7. Befragung des Hausarztes wegen Fingerkuppe
8. Befragung der Nachbarn
9. Kennt Hauseigentümer Frings Dümmer? / Foto zeigen
10. Befragung Personalchefin Firma Mohr zu Baustellen Severinstraße / Liste von allen Bauarbeitern anfordern

„Fällt euch noch was ein, was dringend gemacht werden muss?"
„Wir sollten Frau Jostovic fragen, ob der Pelzmantel tatsächlich ihrer Tochter gehört."
„Du hast Recht, Kid. Ich schreibe es direkt auf die Liste. Sonst noch was?"
Allgemeines Kopfschütteln.
„Okay, dann an die Arbeit. Ich übernehme den Versand ans LKA. Ihr fahrt gleich zur Obduktion Dümmer und stellt vor Ort die Kleidung sicher. Wir arbeiten die Punkte jetzt nach und nach ab. Vielleicht haben wir heute Mittag schon Unterstützung."

XXIV

Paul hatte die letzten Nächte kaum geschlafen und wenn er mal eingenickt war, verfolgten ihn diese Alpträume. Hinzu kamen seit zwei Tagen unerträgliche Kopfschmerzen und Magenkrämpfe. Er hatte sich in der Apotheke schon mit Schmerzmitteln versorgt, doch die halfen nur stundenweise. Heute würde er sich krank melden; er konnte unmöglich zur Arbeit gehen. Sein Arbeitgeber, eine Leiharbeitsfirma am Hohenzollernring, war ihm egal. Leid tat es ihm für seinen Polier, der jetzt ohne ihn die Rohbauarbeiten zu dem Mehrfamilienhaus in Brühl-Heide bis Freitag fertig stellen musste. Ansonsten würde eine Konventionalstrafe drohen.
04:55 Uhr. An Schlaf war nicht zu denken und den Polier konnte er erst in zwei Stunden anrufen. Von einer inneren Unruhe getrieben ging Paul in die Küche und machte sich einen Kaffee. Frischen Filterkaffee

konnte er den ganzen Tag über trinken. Er öffnete das Fenster und ließ sich vom morgendlichen Verkehrslärm berieseln. Auf der Industriestrasse fuhren die ersten LKWs, vom Rhein hörte er das Tuckern der Frachtschiffe und die ersten Pendler rauschten auch schon über die nahe gelegene Autobahn. Obwohl er ein Kind vom Land war, mochte er mittlerweile auch das Getöse der Großstadt.

Achtzehn Jahre lang hatte er abgeschieden in der Eifel gelebt. Er hatte die Einsamkeit in den Wäldern genossen und damals nie von dort weg gewollt. Seine Einstellung änderte sich jedoch an dem Tag, als er mit Felix die Leiche durch den Wald schleppte. Er blieb noch einige Monate im Heim, bis er im Sommer die lästige zehnjährige Schulpflicht hinter sich gebracht hatte. Mit dem Hauptschulabschluss fing er dann in Hellenthal eine Ausbildung als Maurer an, die er nach zehn Monaten wieder abbrach. Er hatte genug vom Leben auf dem Land und wollte unbedingt in die Stadt. Noch heute erinnerte er sich an die Überschrift des Inserates in der Kölnischen Rundschau: *Mobilität durch Zeitarbeit! Lernen Sie die unterschiedlichsten Tätigkeiten in verschiedenen Unternehmen kennen.* Das war seine Chance! Er bewarb sich noch am gleichen Tag. Ausgestattet mit einem einjährigen Arbeitsvertrag ging er anschließend auf Wohnungssuche in Köln. In Köln-Innenstadt wollte er nicht wohnen; hier würde er sich zu sehr eingeengt fühlen. Er suchte eine Örtlichkeit am Stadtrand, von der er schnell in die und genauso schnell aus der Stadt fahren konnte. Seine Wahl fiel auf eine Wohnung in der Buchfinkenstraße im Stadtteil Godorf.

Jetzt war es 05:00 Uhr. Paul schaltete Radio Köln ein; es liefen gerade Nachrichten. Obwohl er täglich damit gerechnet hatte, erschrak er, als der Sprecher über die in Köln-Chorweiler gefundene Leiche sprach. Hatte er auch wirklich keine Spuren hinterlassen? Er ging noch mal den Abend in Gedanken durch.

Anfangs lief alles nach Plan. Felix bückte sich nach dem Rucksack und öffnete erwartungsvoll den Reißverschluss. Hatte er wirklich geglaubt, Paul würde ihm 10.000 Euro als Schweigegeld bringen? Als Paul sich heimlich die Handschuhe übergezogen und Felix den Lederriemen von hinten um den Hals gelegt hatte, konnte er den entsetzten Gesichtsausdruck seines Freundes im Spiegel des Schlafzimmerschrankes sehen. Felix hatte ihn mit riesigen Augen angestarrt und noch nicht einmal versucht, zu schreien. *Verzeih mir Felix, ich musste es tun*, dachte Paul spontan

und bekreuzigte sich. Was war danach passiert? Er war in Trance und hatte Felix mit Wäsche zugedeckt, weil er seinen Anblick während der Durchsuchung nach persönlichen Gegenständen nicht ertragen konnte. Am liebsten wäre er sofort abgehauen. Sein Kopf pochte, sein Herz raste und im Radio lief melancholische Musik. Das Radio! Jetzt fiel ihm ein, dass er es nicht ausgeschaltet hatte. Aber was hätte das geändert, außer, dass sie Felix eventuell ein paar Tage später gefunden hätten? Handy und Laptop lagen auf der TV-Bank im Wohnzimmer. Beides hatte Paul in seinen Rucksack gepackt, bevor er fluchtartig aus der Wohnung stürmte. Zum Glück hatte ihn niemand gesehen.
Eigentlich dürfte nichts schiefgehen. Er musste sich jetzt nur unauffällig verhalten. Morgen würde er auf jeden Fall wieder zur Arbeit gehen.

XXV

Felix Dümmer wurde eindeutig anhand seiner neun Fingerabdrücke identifiziert. Noch vor der eigentlichen Leichenöffnung zeigte der Gerichtsmediziner Doktor Albrecht-Wollershagen auf das Narbengewebe am kleinen linken Finger. Seiner Ansicht nach wurde die Amputation der Fingerkuppe nie medizinisch behandelt – oder es war ein Stümper am Werk gewesen.
Die Obduktion des Leichnams erbrachte für Teresa und Kid keine überraschenden Erkenntnisse. Er wurde von hinten mit einem dünnen, flachen Band erdrosselt. Die Furchen am Hals und die Hämatome in der Halsmuskulatur waren eindeutig. Es gab keine Verletzungen, die auf eine Gegenwehr hätten schließen lassen; der Täter musste das Band schnell und kräftig zugezogen haben.
Der Gerichtsmediziner händigte den Beamten eine Papiertüte mit der Bekleidung und den persönlichen Gegenständen des Toten aus. Kid warf einen prüfenden Blick in die Tüte: schwarze Jeans, weißes T-Shirt, Boxer-Shorts, schwarze Socken, Armbanduhr, eine Silberkette mit Sternzeichen Krebs-Anhänger. Kid hatte gestern nur oberflächlich die Hosentaschen abgetastet und nichts gefunden. Er nahm sich die Jeans aus der Tüte, um diesmal die Taschen auf links zu drehen. Bis auf ein paar Flusen waren sie leer. Als er mit dem Zeigefinger noch in die kleine

Tasche vorne rechts fühlte, fischte er einen zusammengeknüllten Papierschnitzel heraus. Vorsichtig faltete er ihn auseinander und sah eine nur schwer zu entziffernde Zahlenreihe.
Gegen Mittag trafen sie wieder auf der Dienststelle ein. Fisch hatte für 14:00 Uhr eine Besprechung einberaumt, bei der auch eine neue Kollegin für die Mordkommission vorgestellt werden sollte.
Teresa und Kid nutzten die Zeit und versuchten, die elf Ziffern zu entschlüsseln. Bei den ersten vier waren sie sich schnell sicher: Null-Eins-Sechs-Zwei. Es handelt sich also höchstwahrscheinlich um eine Handynummer. Die nächsten fünf konnten sie erst bei genauem Betrachten entziffern, waren sich dann aber einig. Für die letzten beiden kamen jeweils zwei Ziffern in Frage; eine Eins oder Sieben beziehungsweise eine Drei oder Acht. Teresa schrieb die vier möglichen Kombinationen auf und veranlasste Anschlussinhaberfeststellungen.

„Darf ich euch vorstellen: Solveig Mendel! Sie kommt von der Prävention und wurde uns für die Dauer der Kommission zugeordnet. Ich habe sie schon über den Stand unserer Ermittlungen informiert. Vielleicht kannst du ja selbst noch ein paar Worte zu dir sagen“, wandte sich Fisch der neuen Kollegin zu.
Noch nie im Präsidium gesehen, dachte Kid, während er sie musterte. Sie trug eine modische, verwaschene Jeans, einen schwarz-grauen quergestreiften Pullover und graue Keilstiefeletten. Trotz hoher Absätze ging sie ihm gerade mal bis zu den Schultern. An den Anblick von Nasenpiercings bei Kolleginnen hatte er sich mittlerweile gewöhnt. In diesem Fall passte es auch durchaus gut zu ihrem jugendlichen, runden Gesicht und ihrer blonden Pagenkopffrisur.
„Hallo! Tja, was soll ich sagen? Ihr könnt mich Solveig nennen. Ich bin neunundzwanzig Jahre alt und arbeite seit knapp einem Jahr bei der Kriminalprävention. Ich wollte schon immer einmal in einer Mordkommission arbeiten und freue mich, dass ich jetzt hier bin.“
„Solveig – ein schöner Name! Habe ich noch nie gehört“, entgegnete Teresa freundlich.
„Ein schwedischer Name. Meine Mutter ist Schwedin.“
„Kriminalprävention – das heißt doch Vorträge halten und Bürger beraten? Hast du auch schon mal in der Sachbearbeitung gearbeitet?“ Kid befürchtete, dass Solveig erstmal nicht so eine große Hilfe sein würde.

„Nur im Rahmen meiner Praktika im Studium und das ist schon vier Jahre her."
„Vier Jahre... Wo hast du danach Dienst gemacht?"
„In der Einsatzhundertschaft. Und ein Jahr war ich in Mutterschaft."
Teresa horchte auf: „Du hast also ein kleines Kind."
„Ja, eine Tochter, drei Jahre alt."
Das wird ja immer besser, dachte Kid. *Bin mal gespannt, ob sie mit uns Überstunden macht.*
„Kümmert sich der Vater um die Tochter, während du arbeitest?" Kid schaute ihr direkt in die Augen.
„Äh, nein... Also, ich bin alleinerziehend. Ich bringe sie morgens in den Kindergarten und meine Mutter holt sie ab. Nachmittags bleibt sie dann bei ihr."
Ich hab's ja geahnt. Kid schüttelte den Kopf. „Du kommst morgens also später zum Dienst?"
„Ja, tut mir leid. Ich kann frühestens um 09:00 Uhr hier sein. Dienstags und freitags muss ich um 12:00 Uhr gehen, ansonsten kann ich auch mal bis 18:00 Uhr arbeiten."
„Sie kann ja heute erstmal mit der Auswertung von Dümmers Kriminalakte anfangen", sagte Fisch, der die junge Kollegin erstmal aus der Schusslinie nehmen wollte.

Die Kriminalaktenhaltung befand sich in einem anderen Gebäudeteil. Nachdem sich Solveig auf dem Weg gemacht hatte, gab Fisch Kid und Teresa ein Zeichen, noch einem Moment zu bleiben.
„Ihr braucht gar nicht so verständnislos zu gucken! Ich hab sie mir nicht ausgesucht; Arndt ließ mir aber keine Wahl. Es laufen zurzeit sechs Mordkommissionen gleichzeitig, außerdem sind 200 Kriminalbeamte wegen dem Bombenleger am Kölner Hauptbahnhof im Einsatz. *Sie oder keine Unterstützung*, hat er gesagt. Ja, da habe ich mir gedacht, besser den Spatz in der Hand als die Taube auf dem Dach."
„Die blockiert uns doch nur! Wir müssten ihr praktisch das ganze Handwerk beibringen. Sie hat ja noch nie eine Vernehmung gemacht, noch nicht mal einen umfassenden Bericht geschrieben." Kid konnte es immer noch nicht fassen.
„Wir werden ihr kleinere Aufträge geben und mal sehen, wie es läuft. Wegschicken können wir sie immer noch. Arndt erwähnte noch, dass

Kalle als Aktenführer nicht ganz ausgelastet ist und uns gelegentlich unterstützen könnte."
„In welcher Kommission ist Kalle denn Aktenführer?" Teresa kannte zwar mittlerweile alle Kollegen vom Kriminalkommissariat 11, konnte sie aber noch nicht immer mit den jeweiligen Mordkommissionen in Verbindung bringen.
„Die Sache mit den gefundenen Menschenknochen im Königsforst."

Mit kurzen Schritten und der Kriminalakte unter dem Arm stolzierte Solveig zu Fisch und Kid ins Büro.
„Hier ist die Akte. Ich hab sie schon durchgeblättert. Da steht nichts von Bedeutung drin! Vor Jahren ist der mal schwarzgefahren, einmal hatte er ein Preisetikett für eine Lederjacke ausgetauscht und wurde wegen Betrug angezeigt, zwei Anzeigen wegen unerlaubtem Glücksspiel und einige Ladendiebstähle. Da war er aber noch Jugendlicher. Heute habe ich bis 18:00 Uhr Zeit, ihr könnt mir ruhig noch einen Auftrag geben."
Fisch und Kid schauten sich fassungslos an, als würden sie das gleiche denken: *Wie konnte die Kommissarin werden?*
Fisch nahm ihr die Akte aus der Hand, blätterte sie kurz durch und gab sie ihr dann zurück.
„Ich habe vorhin Auswertung gemeint, nicht persönliche Wertung! Was später von Bedeutung sein wird, können wir jetzt noch nicht sagen. Vermeintlich unwichtige Informationen von heute können morgen entscheidend sein! Deshalb dokumentieren wir unsere Arbeitsschritte immer. Interessant könnten für uns hier zum Beispiel Hinweise auf Mittäter sein. Also, ich möchte bis 18:00 Uhr einen umfassenden Auswertebericht auf meinem Tisch haben."
Eingeschnappt trottete Solveig aus dem Büro. Arndt Siebert hatte ihr den Schreibtisch von Kalles Zimmerpartner, der noch mehrere Monate zum BKA abgeordnet war, zugewiesen.

Nach zwei Stunden hatte Teresa Antworten auf drei ihrer vier Anschlussinhaberfeststellungen; eine Anfrage war ergebnislos verlaufen. Blieben drei Namen, die sie sofort in den polizeilichen Fahndungssystemen und melderechtlich überprüfte. Sie schrieb die Daten zusammen

und ging mit ihren Ermittlungsergebnissen anschließend zu Fisch und Kid.
„Rosemarie Pfeifer, geborene Eulenberg, 55 Jahre, wohnt in Cloppenburg". Sie betonte das Wort *Rose* im Vornamen besonders. Fisch und Kid verzogen jedoch keine Miene.
„Jasmin Boll, 18 Jahre, wohnhaft in Tübingen. Und Konstandinos Dimitros, 53 Jahre, ein Kölner."
„Das ging aber schnell! Hast du die Personen schon überprüft?"
„Selbstverständlich. Nur dieser Dimitros hat eine Kriminalakte."
„Und weswegen?"
„Hexen kann ich auch nicht. Ich habe gerade erst die Daten bekommen."

Solveig wusste nicht, wie man eine Auswertung schreibt und hatte deshalb Kalle um Hilfe gebeten. Er schlug vor, die Daten chronologisch aufzulisten; das sei am Übersichtlichsten.
Lustlos las sie die Kriminalakte und schrieb Tatort, Tatzeit und das Delikt in eine Tabelle. Unter der Rubrik *Bemerkungen* wollte sie die Mittäter aufschreiben. Diese Spalte blieb jedoch bis zum Schluss leer. Zwischendurch musterte sie immer wieder Kalle, der entweder telefonierte oder Vermerke auf seinem PC schrieb. Sie schätzte ihn auf Mitte bis Ende dreißig und fand ihn auf den ersten Blick attraktiv. Ihr fiel sofort auf, dass er keinen Ehering trug.
„Und, bist du schon lange bei den Todesermittlern?"
Kalle war in seine Arbeit vertieft und blickte überrascht auf.
„Sieben Jahre, wieso fragst du?"
„Nur so. Ich wollte auch schon immer zu euch kommen. Wie ist es denn hier so?"
„Kommt drauf an, wir arbeiten ja nicht nur in Mordkommissionen. Die können schon interessant und spannend sein. Im sonstigen Tagesgeschäft haben wir auch viel Papierkrieg und halt die lästigen Leichensachen, wo kein natürlicher Tod festgestellt wurde. Wenn du zu uns willst, musst du auf jeden Fall immer mit Überstunden rechnen."
Solveig dachte an ihre Tochter und überlegte, ob sie ihrer Mutter die Kleine häufiger überlassen könnte. Sollte sie Kalle überhaupt von ihrem Kind erzählen? Nein, jetzt noch nicht. Er würde es später sowieso erfahren. Ob er Single war?

„Wahrscheinlich sind die meisten Kollegen hier alleinstehend oder Singles."
„Wie kommst du denn jetzt darauf?"
„Wegen der vielen Überstunden. Welcher Partner macht das denn mit?"
„Ach so. Wenn ich so überlege, Fisch, Kid... Doch, da kommen einige glücklich verheiratete Paare zusammen. Okay, wir haben mindestens genauso viele Geschiedene und Singles."
„Und zu welcher Gruppe gehörst du?"
Was soll ich darauf antworten?, dachte Kalle. *Schlecht laufende Beziehung? Halber Single?*
„Ich weiß es selbst nicht", antwortete er knapp und wandte sich wieder seinem Bericht zu. Solveig verstand und hakte nicht weiter nach. Sie verließ das Büro und brachte Fisch ihren Auswertebericht.

Fisch hatte den Bericht durchgelesen und wunderte sich über die leere Spalte mit der Überschrift *Mittäter*. Darauf angesprochen reagierte Solveig gereizt – er habe ihr schließlich gesagt, sie solle die Akte auch hinsichtlich von Mittätern auswerten. Diese Information hätte man auch anders dokumentieren können, entgegnete Fisch. Im Übrigen sei der Hinweis auf Mittäter nur ein Beispiel gewesen. Solveig wollte gerade etwas erwidern, als Teresa ins Büro kam. Fisch nutzte den Moment, um das Gespräch zu beenden. Er wollte jetzt keine Diskussion vom Zaun brechen.
Solveig stand schmollend neben Teresa und blickte desinteressiert aus dem Fenster, während Fisch noch mal für alle die Erkenntnisse aus Dümmers Kriminalakte zusammenfasste. Als er die Razzia vor einem Jahr im Restaurant Akropolis in Köln-Ehrenfeld in Verbindung mit dem verbotenen Glückspiel Zar erwähnte, fiel Teresa ihm ins Wort.
„Volltreffer! Konstandinos Dimitros wurde bei der gleichen Razzia kontrolliert. Damit dürfte das Zahlenrätsel gelöst sein – er wird der Anschlussinhaber zu der Rufnummer auf dem Zettel sein! Die beiden kannten sich also seit mindestens einem Jahr."
„Was stand noch in Dimitros' Akte?" fragte Fisch erwartungsvoll. Solveig wurde auch wieder aufmerksam und wandte ihren Blick Teresa zu.
„Da gab es nur Berichte im Zusammenhang mit Glückspiel. Ihm selbst konnte nie eine Beteiligung nachgewiesen werden."

„Wurde er immer in dem Restaurant Akropolis angetroffen?"
„Zweimal in den letzten beiden Jahren, davor in diversen anderen Gaststätten in der Innenstadt."
Fisch und Kid nickten wissend, als Teresa die Namen bekannter Zockerkneipen aufzählte.
„Ist er erkennungsdienstlich behandelt worden?"
„Ja, wir haben Fingerabdrücke von ihm."
„Und?"
Teresa wusste genau, was Fisch wissen wollte. Einen kurzen Moment genoss sie seinen erwartungsvollen Blick.
„Meinst du die Fingerspuren an Dümmers Wohnungstür?"
„Natürlich, hast du sie schon abgleichen lassen?" Die Ungeduld in seiner Stimme war unüberhörbar. Solveig und Kid starrten sie erwartungsvoll an.
„Ja. Sie sind nicht identisch."
Mit dieser Antwort erntete sie ein enttäuschendes Seufzen.
Fisch sah, wie Solveig auf ihre Armbanduhr schaute und nahm dies zum Anlass, die Besprechung zu beenden.
„Gleich 18:00 Uhr, wir machen Feierabend. Teresa, du und Kid werdet morgen Dümmers Nachbarn befragen, vielleicht hat ja doch jemand was mitbekommen. Wenn ihr schon da oben im Kölner Norden seid, könntet ihr auch diesen Zahnarzt in der Stockholmer Allee aufsuchen und nach einem Zahnschema der Jostovic befragen. Wo ich gerade den Namen Jostovic erwähne, da war noch was… Moment mal…" Fisch dachte angestrengt nach. „Ach ja, der Pelzmantel! Nehmt ein Foto mit und fragt Frau Jostovic, ob sie diesen Mantel mal an ihrer Tochter gesehen hat. Dann will ich auch alles über diesen…äh… diesen Griechen…"
„Konstandinos Dimitros", half Teresa ihm auf die Sprünge.
„Danke, also über den will ich alles wissen. Noch Fragen?"
„Und was soll ich machen?", meldete sich Solveig schüchtern zu Wort.
Fisch überlegte einen kurzen Moment. „Du ermittelst Dümmers Hausarzt."
„In dem Autopsiebericht stand aber doch nichts von einer Krankheit."
„Nein, da stand aber etwas über eine fehlende Fingerkuppe. Darüber möchte ich mehr erfahren."
„Ah, ich verstehe. Und wie soll ich seinen Hausarzt ermitteln?"

Lass dir mal was einfallen!, wollte Fisch schon sagen. Er antwortete stattdessen aber höflich:
„Man kann die örtlichen Krankenkassen anschreiben, die lassen sich aber gerne Zeit mit ihren Antworten. Ich würde mir das Branchenbuch nehmen und zunächst die Allgemeinmediziner in Köln-Chorweiler anrufen. Die meisten Menschen suchen sich Hausärzte in Wohnortnähe."

XXVI
Donnerstag

Auf dem Weg in Kids Büro kam ihr Kalle entgegen, der in Gedanken versunken schien. Ihren freundlichen Gruß erwiderte er lediglich mit einem kurzen Nicken. Teresa wunderte sich, ihn um diese Uhrzeit auf der Dienststelle zu sehen, machte sich aber keine weiteren Gedanken. Sie war spät dran, weil Kid mit ihr um 06:00 Uhr losfahren wollte, um die Nachbarn noch möglichst vor der Arbeit anzutreffen.

Sie mussten an manchen Türen lange klingeln und klopfen, bis die schlaftrunkenen Mieter ihnen öffneten. Letztendlich hatten sie aber Glück und trafen alle Nachbarn auf der fünften Etage an. Das Ergebnis der Befragung war einhellig: Keiner hatte einen näheren Kontakt zu Dümmer, keiner konnte etwas zu seinen Bekannten oder Freunden sagen.
Die Ermittlungen in der Zahnarztpraxis Meyer waren erfolgreicher. Tanita Jostovic war bis vor einem Jahr seine Patientin gewesen. Bereitwillig händigte er den Beamten ihr Zahnschema aus.
Anschließend fuhren sie zwei Häuserblöcke weiter in die Fritz-Erler-Straße. Kid hatte gerade den Wagen in eine enge Parklücke manövriert, als Frau Jostovic ihnen schon mit einer Brötchentüte entgegenkam. Kid sprach sie direkt auf den Pelzmantel an. Ja, antwortete Frau Jostovic mit seufzender Stimme, der Mantel habe ihrer Tochter gehört. Ein echter Pelz sei immer ihr größter Traum gewesen. Sie habe ihn aus einem

Secondhand-Laden, fügte sie noch hinzu, als wollte sie sich für ihre Tochter rechtfertigen.
Anschließend fuhren Teresa und Kid zur Gerichtsmedizin. An der Rezeption erfuhren sie, dass Doktor Albrecht-Wollershagen den ganzen Tag im Sektionssaal beschäftigt sei und die Beamten daher nicht empfangen konnte. Sie hinterließen das Zahnschema und baten um einen schnellstmöglichen Abgleich mit der einbetonierten Leiche.

Gegen Mittag waren sie wieder auf der Dienststelle. Teresa beeilte sich, ihren Arbeitsplatz aufzusuchen. Sie hatte mit einer weiteren Rose fest gerechnet und war daher auch nicht überrascht, als sie ihr Büro betrat. Während sie die Blume zu den anderen ins Wasser stellte, erinnerte sie sich an Kalles merkwürdige Begrüßung am Morgen. Sie hatte angenommen, er sei schlecht gelaunt gewesen. Wenn sie sich die Situation jetzt aber noch einmal vor Augen führte, so könnte es auch Schüchternheit gewesen sein. *Du bist also der Rosenkavalier!*, dachte sie und fühlte sich gar nicht wohl dabei. Er mochte ja ein netter Kollege sein, aber er war auf keinen Fall ihr Typ.

Das hatte sie sich anders vorgestellt. Der Hinweis auf Polizei und ihren Dienstgrad Kriminalkommissarin hatte nicht die gewünschte Wirkung erzielt. Sie wurde bei ihren ersten Anrufen jedes Mal mit dem Hinweis auf die ärztliche Schweigepflicht abgewimmelt.
Solveig wandte sich verzweifelt an Kalle, der ihr deprimiert gegenüber saß und sich im Internet auf einer Immobilienseite Wohnungen ansah. Teilnahmslos hörte er sich ihr Problem an; dann fragte er nach der Telefonnummer eines Arztes:
„Praxis Doktor Rothe, Marianne Pröll, womit kann ich Ihnen helfen?"
„Kriminalpolizei Köln, Jansen mein Name. Frau Pröll, wir müssten mit Herrn Doktor Rothe über seinen Patienten Felix Dümmer reden und wollten einen Termin vereinbaren."
„Äh, Moment einmal..." Kalle hörte sie in ihren Unterlagen blättern. „Dümmer, sagten Sie? Dieser Name ist nicht in unserer Kartei..."
„Oh, entschuldigen Sie, dann bin ich falsch informiert worden", unterbrach Kalle sie, legte auf und wandte sich Solveig zu.
„So geht das."
„Und wenn sie den Namen Dümmer in der Kartei gefunden hätte?"

„Wenn du die richtige Praxis erwischt hast, musst du dem Arzt erklären, dass sein Patient ermordet wurde und dass man in diesem Fall von der mutmaßlichen Einwilligung des Opfers ausgeht. Es wäre also wahrscheinlich, dass er der Herausgabe seiner Patientenakte zugestimmt hätte, um die Tat aufzuklären. Ein richterlicher Beschluss ist daher nicht erforderlich. Verstanden?"
„Ja, aber warum erkläre ich denen das nicht sofort?"
„Weil das zu lange dauert. Zuerst würde die Sprechstundenhilfe dir interessiert zuhören, dann würde sie versuchen, dich zum Arzt durchzustellen, der dann mitten in einer Untersuchung ist. Du wirst dann in eine Warteschleife gelegt oder man bittet dich, später anzurufen. Und alles nur, damit du dann erfährst, dass sie den Patienten Dümmer nicht haben."
„Ganz schön raffiniert!"

Laut Meldedatei der Stadt Köln wohnte Konstandinos Dimitros auf der Geisselstraße in Köln-Ehrenfeld. Teresa markierte sich auf dem Datenauszug die Familienverhältnisse: seit acht Jahren verheiratet mit Kassandra Dimitrou, geborene Anastassopoulos, zwei Töchter, drei und fünf Jahre, und einen Sohn, sieben Jahre alt.
Anschließend versuchte sie, jemanden beim Gewerbeamt zu erreichen, doch es war ständig besetzt. Nach fünfzehn Minuten hatte sie die Nase voll und schickte eine Mail mit der Bitte um schnellstmögliche Zusendung der gewerberechtlichen Daten zu dem Restaurant Akropolis auf der Venloer Straße.
Solche Überprüfungen wurden online vorgenommen, Teresa konnte also jeden Moment mit einer Antwort rechnen. In der Zwischenzeit betrachtete sie die vier langstieligen Rosen in der Orangensaftflasche auf ihrem Schreibtisch. Sie musste die Stiele kürzen oder ein größeres Gefäß benutzen, sonst kippte ihr die Flasche noch um. Da fiel ihr wieder Kalle ein. Bei den Besprechungen hatte er sie schon einige Male angelächelt, aber mehr auf die freundlich-platonische Art. Wenn sie den Flurgesprächen der Kollegen Glauben schenken konnte, dann war Kalle früher ein richtiger Macho gewesen. Aber er sollte doch angeblich momentan in einer Beziehung leben…
In diesem Moment kam die Antwortmail.
In der Gewerbeanmeldung des Restaurants Akropolis war als Ge-

schäftsführer ein gewisser Sokrates Anastassopoulos eingetragen. Beim Lesen des Namens verknüpfte Teresa sofort die Informationen. Dümmer kannte Dimitros, der wiederum offenbar mit dem Geschäftsführer des Lokals, in dem er beim unerlaubten Glückspiel angetroffen wurde, verschwägert war!

Nach zwei Stunden hatte Solveig Dümmers Hausarzt im angrenzenden Stadtteil Köln-Seeberg ermittelt. Das Telefonat lief genauso ab, wie Kalle es ihr vorhergesagt hatte: Die Sprechstundenhilfe war interessiert und entsetzt zugleich, als sie vom gewaltsamen Tod einer ihrer Patienten erfuhr. Sie versuchte anschließend, das Gespräch zu ihrem Chef durchzustellen, der jedoch gerade im Gespräch mit einem Patienten war. Solveig hing zehn Minuten in einer Warteschleife, bis sie endlich Doktor Martin Homann befragen konnte. Dümmer sei laut der Krankenakte nur einmal in seiner Praxis gewesen. Vor anderthalb Jahren hatte er ihn wegen einer akuten Bronchitis mit Antibiotika behandelt. Von einer abgetrennten Fingerkuppe wusste er nichts.

Arthur Fringe war einer von zwei Glückspielsachbearbeitern im Polizeipräsidium Köln. Er studierte gerade den aktuellen Glücksspielstaatsvertrag, als Teresa und Kid ihn in seinem Büro aufsuchten. Das Restaurant Akropolis auf der Venloer Straße war ihm aufgrund mehrerer anonymer Hinweise bekannt. Freitags und samstags wurde dort angeblich ab 01:00 Uhr in einem Hinterzimmer gewürfelt. Arthur gab an, bereits zwei Razzien in dem Restaurant durchgeführt und in dem besagten Hinterzimmer auch Personen angetroffen zu haben. Die Strafanzeigen wegen Verdacht des unerlaubten Glücksspiels wurden jedoch immer eingestellt, da kein Geld an den Spieltischen sichergestellt werden konnte. Die Gaststätte war derart verwinkelt, dass die Spieler stets vorgewarnt waren und alle Beweise beiseite geschafft hatten, wenn die Beamten endlich ins Hinterzimmer gelangten.
Die Namen Konstandinos Dimitros und Sokrates Anastassopoulos hatte Arthur schon einmal gehört; um genauere Auskünfte geben zu können, holte er sich den Aktenordner mit der Beschriftung *Glücksspiel Razzien*. Er überflog kurz den Einsatzbericht und teilte seinen Kollegen mit, dass Sokrates Anastassopoulos zwar der Geschäftsführer sei,

nach seiner Beobachtung hatte jedoch Dimitros eindeutig das Sagen vor Ort. Arthur war jetzt in seinem Element; er berichtete ausführlich von dieser Razzia und erläuterte Teresa und Kid die Problematiken bei der Bekämpfung des unerlaubten Glückspiels. Teresa und Kid, die mit der Zocker-Szene überhaupt nicht vertraut waren, hörten interessiert zu. Arthur informierte sie über unerlaubte Würfel-, Karten- und Automatenspiele und wo diese Veranstaltungen in Köln stattfanden. Aus aktuellem Anlass erklärte er ihnen die Regeln des Würfelspiels Zar oder Barbut, das überwiegend von Griechen und Türken gespielt wurde. Am Ende seines Vortrages sprach er über die „Zinsemänner" und beschrieb die Methoden der Geldeintreiber. Als Arthur das Abschneiden der Fingerkuppe des kleinen Fingers erwähnte, richteten Teresa und Kid sich fast gleichzeitig auf und fielen ihm ins Wort. Das wollten sie jetzt genauer wissen! Nachdem sie umfassend informiert worden waren, kündigte Kid an, noch am kommenden Wochenende eine Razzia dort durchführen zu wollen.

Am späten Nachmittag bestellte Fisch seine Kommissionsmitglieder einschließlich Kalle und Arthur in den Konferenzraum zur Lagebesprechung.

„Ich fasse mal kurz zusammen. Vor zehn Minuten hat mich Doktor Albrecht-Wollershagen aus der Gerichtsmedizin angerufen und mir mitgeteilt, dass die Zahnschemen von unserer einbetonierten Leiche und Tanita Jostovic identisch sind. Das LKA wird sich wegen dem DNA-Abgleich frühestens nächste Woche melden und diesen Befund sicher bestätigen.

Wir haben hier zwei Morde mit unterschiedlichem Modus Operandi. Für die erste Tat vor ca. neun Monaten käme Dümmer als Tatverdächtiger in Frage. Seine Lebensgefährtin wurde erstochen und in einem Haus in der Severinstraße einbetoniert. Wenn Dümmer es gewesen war, muss es eine Verbindung zwischen dem Leichenfundort und ihm gegeben haben. Teresa und Kid, ihr werdet morgen noch mal den Frings aufsuchen und ihm ein Foto von Dümmer zeigen. Danach fahrt ihr zur Frau Jostovic und informiert sie über die Identifizierung ihrer Tochter; vielleicht kennt sie ja eine Verbindung zu dem Haus in der Severinstraße.

Solveig und Kalle, ihr recherchiert, ob Dümmer für die Tiefbaufirma Mohr oder einem anderen Bauunternehmen mal gearbeitet hatte.

Wenn Dümmer seine Lebensgefährtin nicht umgebracht hat, dann könnten wir es hier auch mit einem Täter zu tun haben, der beide Morde begangen hat. Wer könnte ein Motiv für die Taten gehabt haben?"
Allgemeines Achselzucken.
„Die meisten Morde sind Beziehungstaten. Dümmer könnte im Affekt seine Partnerin getötet haben. Hatte sie vielleicht ein Liebesverhältnis? Hat ihr Liebhaber anschließend den Mörder seiner Geliebten umgebracht?"
„Warum erst nach neun Monaten?", fragte Kid kopfschüttelnd.
„Das sind nur Denkanstöße. Es wurden frische Aufbruchspuren an Dümmers Wohnungstür festgestellt, die vom Mörder stammen könnten. Wenn der oder die Täter sich gewaltsam Zutritt verschafft hatten, dann wird es keiner aus dem Freundeskreis gewesen sein."
„Wie es aussieht, hatte er keine Freunde", meldete sich Teresa zu Wort. „Selbst die Nachbarn kannten ihn kaum. Was ist denn mit den Fingerabdrücken an der Tür? Die könnten doch von dem Mörder oder zumindest von dem Einbrecher sein."
„Ja, wäre denkbar. Leider hilft uns das im Moment nicht weiter, da die an Dümmers Wohnungstür gesicherten Fingerabdrücke nicht im BKA-Bestand registriert sind. Irgendwann werden wir die passende Person zu diesen Spuren schon finden. Wir haben aber noch andere vielversprechende Ermittlungsansätze. Deswegen habe ich Arthur gebeten, an dieser Besprechung teilzunehmen. Felix Dümmer war ein Spieler und hatte Kontakte zu Konstandinos Dimitros, der wiederum im Restaurant Akropolis auf der Venloer Straße unerlaubte Glücksspiele veranstaltet. In dieser Szene ist es üblich, dem Schuldner eine Fingerkuppe abzuschneiden, wenn er Zahlungsaufforderungen nicht nachkommt. Genau dieser Fall dürfte bei unserem Opfer vorliegen. Um weitere Erkenntnisse zu erlangen und um den oder die Kreditgeber zu identifizieren, werden wir in der Nacht zum Sonntag eine Razzia in dem Restaurant durchführen. Arthur, mit wie vielen Personen haben wir ungefähr zu rechnen?"
„Also, bei den letzten beiden Razzien waren gegen 01:30 Uhr einmal zehn und das andere Mal zwölf Personen in dem Hinterzimmer. Ich denke, mehr als fünfzehn werden wir nicht antreffen."
„Okay. Solveig, kann ich dich mit einplanen?"
„Ich wollte am Wochenende mit meinen Eltern und der Kleinen nach

Disneyland in Paris. Aber so eine Razzia fände ich eigentlich spannender. Ich sprech mal mit meinen Eltern, die wollten schon immer nur mit ihrem Enkelkind ein Ausflug machen."

„Okay, dann wären wir sechs Beamte. Mit der Fahndung habe ich telefoniert, von denen können zehn Beamte teilnehmen, das reicht. Wir treffen uns am Samstag um 23:00 Uhr auf der Dienststelle, Beginn der Razzia um 01:30 Uhr. Einen genauen Einsatzplan gibt es morgen. Noch Fragen?"

„Ich wollte nur noch mal darauf hinweisen, wie schwer man in das besagte Hinterzimmer gelangt!", betonte Arthur. „Seit unserer ersten Razzia ist ab 01:00 Uhr die Eingangstür zu. Mit der Ramme kommt man nicht rein, weil die schwere Tür sich nach außen öffnet. Wenn man einmal drin ist, muss man hinter der Theke durch eine Schiebetür in die Küche, von dort über einen kleinen Flur links in eine Art Vorzimmer, an den dann der Spielraum angrenzt. Bei der letzten Razzia kam uns in diesem Vorraum ein muskelbepackter Grieche entgegen, der mit Sicherheit die Spieler gewarnt hatte."

„Das sehe ich nicht so problematisch. Wir wollen ja keine Beweise für das unerlaubte Glücksspiel, sondern die Personen identifizieren, deren Fingerabdrücke abgleichen und diesen Dimitros vernehmen."

Arthur verzog schon leicht enttäuscht das Gesicht, als Kid ihm zu Hilfe kam.

„Wenn schon Razzia, dann richtig! Wenn wir die Personen beim unerlaubten Glücksspiel erwischen würden, hätten wir ein Druckmittel, um an Informationen von den Spielern zu kommen."

„Und wie willst du das bewerkstelligen?" Fisch schüttelte verständnislos den Kopf.

„Ich sehe da zwei Möglichkeiten: entweder über das Sondereinsatzkommando oder wir schleusen einen Kollegen ein."

„Einen verdeckten Ermittler bekommen wir nicht so schnell. Wir haben keine Zeit, wir müssen Morde aufklären!"

Diesmal meldete sich Kalle zu Wort.

„Was haltet ihr von Costa?"

Bis auf Teresa und Solveig wusste jeder, wen Kalle meinte. Costa hatte griechische Eltern und arbeitete seit vielen Jahren im Rauschgiftkommissariat. Aufgrund seiner dunklen, lockigen Haarpracht und seinen südländischen Gesichtszügen hielt ihn keiner für einen deutschen Po-

lizeibeamten; daher konnte man ihn gut mit verdeckten Ermittlungen beauftragen.
„Also gut“, sagte Fisch, als er in die zustimmenden Gesichter seiner Kollegen sah. „Ich werde mich informieren, ob das Sondereinsatzkommando zur Verfügung stünde. Die fänden mit Sicherheit Mittel und Wege, um das Hinterzimmer notfalls durch das Fenster schlagartig zu stürmen. Kalle, du kannst parallel versuchen, Costa für diese Razzia zu bekommen. Wir würden ihn als Gast in das Restaurant schicken und hoffen, dass er Kontakt zu Dimitros und so die Möglichkeit zur Teilnahme an dem Würfelspiel bekommt. Dann hätten wir zumindest einen Informanten im Raum.“

Das hatte Solveig imponiert. Ausgerechnet von Kalle kam die entscheidende Idee! Während sie zurück ins Büro gingen, musterte sie ihn genauer und musste sich eingestehen, dass er wirklich gut aussah. Mit Männern hatte sie bisher immer Pech gehabt. Die Beziehungen hielten meistens nur ein paar Monate – der letzte hatte sie sogar in der Schwangerschaft sitzen lassen. Sie wusste aber auch, dass sie möglicherweise nicht ganz unschuldig war. Meistens ging sie sehr schnell mit Männern ins Bett, die sie interessierten – vielleicht zu schnell? Auch jetzt malte sie sich in Gedanken aus, wie Kalle wohl im Bett wäre.

Erster Kriminalhauptkommissar Hemmersbach, Leiter des Rauschgiftkommissariates, bearbeitete noch die Ausgänge, als Kalle ihn um 18:00 Uhr in seinem Büro aufsuchte. Er stand der Idee, einen seiner Mitarbeiter als Informanten bei einer Razzia verdeckt arbeiten zu lassen, eher skeptisch gegenüber. Nachdem er aber die Notwendigkeit und Risiken abgewogen hatte, gab er Kalle Costas private Handynummer. Sein Mitarbeiter sollte selbst entscheiden, ob er an seinem freien Wochenende an dem Einsatz teilnehmen wollte.
Costa war es gewohnt, in seiner Freizeit von Kollegen angerufen zu werden; in seinem Traumberuf fühlte er sich 24 Stunden im Dienst. Interessiert hörte er sich Kalles Idee an, ihn als „Scheinzocker“ einzusetzen. Das Würfelspiel Zar war ihm geläufig, er würde sich an einem Spieltisch nicht blamieren. Nach kurzem Überlegen sagte er seine Hilfe zu. Einzelheiten sollten am nächsten Morgen abgesprochen werden.
Fisch hatte weniger Glück: Das Kölner Sondereinsatzkommando stand an diesem Wochenende nicht zur Verfügung.

XXVII

Um 20:00 Uhr öffnete Kid die Haustür und wunderte sich über diesen herrlichen Bratenduft. Es roch nach etwas Kurzgebratenem. *Schnitzel? Sie wird doch nicht Kalbsschnitzel in der Pfanne haben!* Das Wasser lief ihm im Mund zusammen. Bei dem Telefonat vorhin mit Senna hatte sie schon angedeutet, dass es eine kulinarische Überraschung geben würde.

Senna stand mit einer Schürze vor dem Herd und erschrak, als Kid sie von hinten umarmte. Er wollte einen Blick in die Pfanne werfen, doch Senna drückte ihn liebevoll aus der Küche; er solle sich noch einem Moment gedulden! Zufrieden öffnete er eine Flasche Rotwein und setzte sich an den gedeckten Esstisch. *Endlich ist sie von diesem Gesundheits- und Diät-Trip weg!*, dachte er. Doch er wurde schnell eines Besseren belehrt.

„Schatz, für mich keinen Rotwein! Du solltest übrigens auch weniger Alkohol trinken."

„Nur ein Glas zum Essen. Lass uns doch den Abend genießen!"

„Ich kann auch mit Wasser den Abend genießen."

Hin und wieder mal ein Glas Rotwein, das muss einem doch vergönnt sein, dachte Kid und schenkte sich ein halbvolles Glas ein. Dann fiel ihm wieder der Geruch der gebratenen Panade auf. Kid freute sich jetzt richtig auf Fleisch. Seit Tagen gab es abends nur noch Vegetarisches!

Senna kam mit der Pfanne. Kids Vorfreude sank etwas, als er die Frikadellen sah, hatte er sich doch auf Schnitzel gefreut. Dennoch schnitt er sich heißhungrig ein großes Stück ab und steckte es sich in den Mund, als Senna ihn erwartungsvoll ansah.

„Ich hoffe, dir schmecken meine panierten Tofu-Frikadellen! Das Rezept habe ich aus deiner Fernsehzeitschrift."

Tofu? Kid biss in den schwammigen Sojabohnenteig. Die Enttäuschung hätte nicht größer sein können.

„Und, wie schmeckt es?"

Kid schluckte die breiige Masse langsam herunter und überlegte, wie er seinen Frust diplomatisch rüberbringen könnte.

„Naja, ähm... Es roch eben nach richtigem paniertem Fleisch! Ich hatte eine andere Konsistenz erwartet. Also, die Panade schmeckt schon mal sehr gut... Aber dieses Tofu – eher gewöhnungsbedürftig, oder?"

„Du wirst dich daran gewöhnen, ab jetzt gibt es nur noch einmal die Woche Fleisch. Das wird uns gut tun."
Das hatte Kid noch gefehlt. Jetzt wurde er auch noch in ihren Gesundheitswahn mit hineingezogen! *Ich werde zukünftig häufiger in der Kantine essen müssen,* dachte er und aß seine beiden Frikadellen mit wenig Genuss auf.

XXVIII

Freitag

Teresa ging über den Flur und schaute, in welchem Büro schon Licht brannte. Um diese Uhrzeit waren erst wenige im Dienst. Sonia war immer früh; auch jetzt heute hörte man schon ihren Zehnfingeranschlag auf der Tastatur. Zwei Zimmer weiter saß Edmund, mit 61 Jahren der Dienstälteste – auch er war ein Frühaufsteher. Gegenüber sah sie den Lichtschein durch Kalles geschlossene Bürotür. Fisch und Kid waren noch nicht da. *Okay, wenn ich jetzt eine Rose auf meinem Schreibtisch finde, kann es nur Kalle gewesen sein! Sonia kommt nicht in Frage und Edmund ist verheiratet, das wäre verrückt.* Sie schloss ihre Bürotür auf und fand diesmal keine Rose vor. *Also doch nicht Kalle?*

Nach der großen Frühbesprechung trafen sie sich noch bei Fisch und Kid im Büro, um gemeinsam mit Costa das Einsatzkonzept für die Razzia zu beraten. Der Dienstbeginn am Samstagabend wurde auf 20:00 Uhr vorverlegt. Costa würde um 21:00 Uhr in das Restaurant gehen und versuchen, den Kontakt zu Dimitros herzustellen. Falls es ihm gelänge, an der Spielrunde teilzunehmen, sollte er Fisch über einen Kurzruf von seinem Handy darüber informieren, wie viele potentielle Verdächtige in dem Hinterzimmer waren. Fisch wollte möglichst Dimitros, die Zinsemänner und die Geldeintreiber auf einen Schlag antreffen. Bis zu dem Zugriff hatte Costa das Spielgeschehen genau zu beobachten, um später als Zeuge aussagen zu können.
Damit sich alle Kollegen die Situation in dem Hinterzimmer besser vorstellen konnten, erklärte Arthur ihnen den Ablauf solcher unerlaubter Glücksspielabende und was sie vor Ort zu erwarten hatten. Costa gab er nebenbei noch ein paar Insider-Tipps zum Würfelspiel Zar.

Zum Schluss wurde das Problem des schnellen Zugriffs lange diskutiert, bis Kid das angrenzende Treppenhaus zu den Wohnungen über der Gaststätte ansprach. Arthur konnte seinen Aufzeichnungen und der bei der letzten Razzia gefertigten Lichtbildmappe entnehmen, dass von diesem Flur eine Tür zur Küche der Gaststätte führte und diese nach innen zu öffnen war. Da der Flur sehr breit war, konnten sie hier die Ramme einsetzen.

Teresa ging zurück in ihr Büro und entdeckte verblüfft die Rose auf ihrer Tastatur. Wer konnte in der letzten halben Stunde in ihrem Büro gewesen sein? Um diese Uhrzeit kamen alle Kollegen in Frage. Sie musste vorhin kurz auf Fisch und Kid warten, weil beide Herren nach der ersten Besprechung erstmal das „Örtchen" aufgesucht hatten.
Fisch kann ich mir beim besten Willen nicht vorstellen, Kid eigentlich auch nicht. Also bleibt Kalle doch mein Favorit für die Rolle des Rosenkavaliers. Im richtigen Moment werde ich ihn ansprechen und mal sehen, wie er reagiert.

Um 09:00 Uhr betrat Solveig freudestrahlend das Büro und umarmte Kalle zur Begrüßung, der über sich diesen überschwänglichen Empfang nicht wenig wunderte. Sie war völlig aufgedreht und erklärte, sie habe das Wochenende Zeit und könne an der Razzia teilnehmen. Kalle war überrascht – die meisten Kollegen freuten sich über freie Wochenenden und sie machte fast einen Luftsprung, weil sie an dieser Razzia teilnehmen konnte.
Er registrierte den süßen Duft, der sie umgab und langsam den Raum ausfüllte. Er genoss ihre Anwesenheit; sie war momentan eine angenehme Ablenkung von seinen Gedanken. Die bevorstehende Trennung von Susanne beschäftigte ihn mehr, als er sich vorgestellt hatte. Zwei Jahre lebten sie jetzt schon in einer gemeinsamen Wohnung, was für ihn ungewöhnlich war, hatte er vorher doch nur kurze Bekanntschaften gehabt. Die letzten Monate wurden immer schlimmer; Susanne wollte mehr Nähe und mit ihm eine Familie gründen, doch er war noch nicht soweit. Solveigs nächster Satz riss ihn aus seiner Grübelei.
„Hey, hast du Lust, mit auf die After-Job-Party heute Abend zu gehen?"
Kalle musste erstmal seine Gedanken sortieren.
„Heute Abend?"

„Ja, ich hab vorhin das Plakat im Forum gesehen. Heute Abend um acht im Brauhaus Jaffel in Köln-Deutz! Ich hatte noch nie die Möglichkeit, zu dieser Party zu gehen. Komm doch mit!"
„Ich weiß nicht", antwortete er, hatte aber eigentlich schon einen Entschluss gefasst. Susanne fuhr an diesem Wochenende zu ihren Eltern nach Itzehoe und er hatte keine Lust, zu Hause zu bleiben.
„Du kannst es dir ja überlegen. Ich gehe auf jeden Fall hin!"
Die Bemerkung enttäuschte ihn; eigentlich hatte er gehofft, sie würde mit aller Macht versuchen, ihn zu überreden. Ihm fehlten die weiblichen Schmeicheleien, die er aus der Zeit vor Susanne noch gut in Erinnerung hatte.
„Ich denke, ich werde auch kommen."

XXIX

Hennes Frings saß mit Freunden auf der Terrasse des Restaurantschiffes „Junge Liebe", als Kid ihn auf dem Handy erreichte. Natürlich würde er sich das Foto sofort ansehen, hatte er in seiner flapsigen kölschen Art geantwortet, die Beamten müssten nur zu ihm nach Köln-Rodenkirchen kommen.
Teresa und Kid begrüßten die vier Männer an dem runden Tisch und setzten sich zu ihnen. Zur gleichen Zeit fuhr ein Frachtschiff vorbei und verursachte einen deutlich spürbaren Wellengang. Teresa vertrug das Schwanken nicht; bei dem Versuch, sich irgendwo festzuhalten, erwischte sie Kids Oberschenkel. Erschrocken zog sie die Hand sofort zurück und hielt sich an der Tischkante fest. Kid reagierte mit einem verschmitzten Lächeln und wandte sich sofort Herrn Frings zu. Der schaute sich Dümmers Foto intensiv an, war sich dann aber sicher, diesen Mann noch nie gesehen zu haben.

Kalle hatte über den Verband der deutschen Rentenversicherer Dümmers Arbeitsstelle bei einer Kölner Gebäudereinigungsfirma ermittelt. Es war eine große Firma in Köln-Mülheim mit einer eigenen Personalabteilung. Solveig und Kalle fuhren sogleich dorthin, um mit dem Personalchef zu sprechen. Dieser kannte Felix Dümmer nicht persönlich,

war aber sichtlich geschockt, als er von dem Tod seines Angestellten erfuhr. Bereitwillig kopierte er Dümmers Personalakte und händigte sie den Beamten aus.
Dümmer war seit sieben Jahren ununterbrochen bei der Gebäudereinigungsfirma beschäftigt. Er wurde als zuverlässiger, fleißiger Mitarbeiter beschrieben, der in der gesamten Zeit nur vier Tage krankheitsbedingt gefehlt hatte. Solveig und Kalle waren überrascht. Nach den bisherigen Erkenntnissen zu seiner Person hatten sie mit einem weniger pflichtgetreuen Angestellten gerechnet.
Kalles Hoffnung, eine Verbindung zur Firma Mohr oder dem Haus in der Severinstraße zu finden, erfüllte sich nicht.
Teresa war die unglückliche Situation mit der Berührung von Kids Oberschenkel immer noch peinlich. So wie er sie angelächelt hatte, dachte er bestimmt, sie habe das mit Absicht getan! Darauf sollte er sich bloß nichts einbilden. Ihr Interesse an seiner Person hatte ganz andere Gründe; bei Gelegenheit würde sie mit ihm mal ein Gespräch führen müssen.
Sie fuhren über den Autobahnring bis nach Köln-Chorweiler und suchten Frau Jostovic auf. Kid hasste das Überbringen von Todesnachrichten und war erleichtert, dass Teresa die Gesprächsführung übernahm. Er war überzeugt, sie würde der Frau einfühlsamer den Tod ihrer Tochter übermitteln können.
Frau Jostovic brach sofort in Tränen aus, fasste sich dann aber wieder schnell. Im Grunde genommen hatte sie mit dieser Nachricht schon seit Wochen gerechnet. Sie fragte, ob sie ihre Tochter noch einmal sehen könne. Teresa erklärte ihr, unter welchen Umständen ihre Tochter gefunden wurde und überredete sie, von einer Verabschiedung in der Gerichtsmedizin Abstand zu nehmen. Sie würde umgehend über die Freigabe des Leichnams benachrichtigt werden.
Als Teresa von Felix Dümmers Tod berichtete, meinte Kid, in ihren Augen eine gewisse Genugtuung zu erkennen. Sie äußerte sich aber nicht dazu, sondern sprach weiterhin über Tanita, während sie den Beamten eine Tasse Tee einschenkte. Teresa und Kid hatten Verständnis für ihr Bedürfnis, nach dieser schrecklichen Todesnachricht von ihrer Tochter erzählen zu wollen. Sie nahmen sich die Zeit und hörten mitfühlend zu. Als sie gingen, wussten sie, wann Tanita ihren ersten Zahn bekam, dass sie erst mit sieben eingeschult wurde und warum sie ihrem ersten

Freund den Laufpass gegeben hatte. Und natürlich, dass sie ein besseres Leben verdient gehabt hätte! Frau Jostovic konnte sich jedoch nicht vorstellen, welchen Bezug ihre Tochter oder Felix Dümmer zu dem Haus in der Severinstraße gehabt haben konnten.

Fisch und Kid hatten beide abgesagt. Fisch ging nie auf After-Job-Partys und Kid wollte wenigstens das halbe Wochenende zu Hause sein. Über Kids Absage war Teresa enttäuscht, hatte sie doch gehofft, an diesem Abend über persönlichere Dinge mit ihm sprechen zu können. Sie wollte nicht lange bleiben und auch keinen Alkohol trinken. *Vielleicht ergibt sich ja eine kurze Gelegenheit, Kalle auf die Rosen anzusprechen*, dachte sie und stellte sich an die Theke zu ihrem Chef Arndt Siebert.
Das Brauhaus war bereits gut besucht; weiter hinten im Raum tanzten schon einige.

Kalle fragte sich jetzt ernsthaft, warum er sich darauf eingelassen hatte. Seine Freundin hatte ihm eine Frist gesetzt, innerhalb von zwei Wochen aus ihrer Wohnung auszuziehen. Und was machte er? Er ging auf eine Party, anstatt die Wohnungsanzeigen durchzuwälzen.
Diese Solveig… Die kann ja ganz schön naiv sein, aber sie hat auch was Betörendes. Sie fragt so viel wie ein kleines Kind, lächelt wie ein Schulmädchen, ist auch noch so klein…. Trotzdem ist sie auch irgendwie verführerisch. Naja, zwei, drei Bier, dann bin ich weg, dachte Kalle und schlenderte gemächlich durch das Brauhaus. Er nickte Teresa und Arndt kurz zu, ging aber weiter in Richtung Tanzfläche. Auf ein Gespräch mit seinem Chef hatte er heute keine Lust.
Dann sah er sie tanzen. Sein erster Blick galt dem engen Minirock und den weinroten High Heel-Pumps. Darüber trug sie eine körperbetonte Seidenbluse in pink. Ihre blonden Locken wogen im Rhythmus der Musik hin und her. Ein Kellner kam mit einem Kranz Kölsch vorbei. Kalle nahm sich ein Glas und trank es in einem Schluck leer. Irgendwie hatte er einen trockenen Hals bekommen. Er nahm sich ein zweites Kölsch und stellte sich mit verschränkten Armen neben die Tanzfläche. Solveig tanzte völlig ausgelassen; einige Kollegen scharrten sich schon um sie herum. Auch Kalle konnte jetzt seinen Blick gar nicht mehr von ihr wenden. Durch diese hohen Absätze nahm sie automatisch eine andere Körperhaltung ein und betonte deutlich ihre Brust und ihren Hintern.

Als Solveig Kalle entdeckte, tänzelte sie lächelnd auf ihn zu und zog ihn spielerisch auf die Tanzfläche. Zögerlich folgte er ihr und spürte die neidischen Blicke einiger Kollegen. Nach und nach gelang es ihm, sich dem Temperament seiner Tanzpartnerin anzupassen.

Es war ein gutes Gespräch mit ihrem Chef, der sehr viel Verständnis für ihre private und berufliche Situation hatte. Teresa wollte wissen, ob sie im Falle ihrer Versetzung die Stelle in seinem Kommissariat sicher hätte. Arndt Siebert verstand es, ihr väterliche Ratschläge zu geben, ohne dabei oberlehrerhaft zu sein. Letztendlich riet er ihr, die vierwöchige Hospitation abzuwarten und erst dann alle Argumente für und gegen eine Versetzung nach Köln abzuwägen.
Nach einer Stunde verabschiedete sich Arndt Siebert. Teresa bahnte sich einen Weg durch das mittlerweile gut gefüllte Brauhaus. Im angrenzenden Raum entdeckte sie Solveig und Kalle, die gerade im Gespräch vertieft waren. Sie stellte sich kurz zu ihnen, merkte aber schnell, dass sie eigentlich fehl am Platze war. Wahrscheinlich hatte sich das Gespräch mit Kalle auch erledigt – warum sollte er mit Solveig schäkern und ihr Rosen schenken? Sie ging zurück zur Theke, unterhielt sich kurz mit Kollegen aus ihrem Kommissariat und ging dann früh nach Hause.

Solveig und Kalle verließen nach Mitternacht gemeinsam die Veranstaltung. Sie wohnte in Köln-Deutz und Kalle bestand darauf, sie nach Hause zu begleiten. Solveig nahm das Angebot gerne an und schlug vor, einen kleinen Umweg über das Rheinufer zu nehmen. Sie genoss es, nachts das Altstadtpanorama auf der anderen Rheinseite und die beleuchteten Brücken zu beobachten. Beide verweilten gerade an der Hohenzollernbrücke, als ein mächtiges Grollen ein Gewitter ankündigte. Sofort machten sie sich auf den Weg, in der Hoffnung, noch vor dem Regen bei ihr anzukommen. Es waren vielleicht noch fünfzig Meter, als es wie aus Kübeln zu gießen begann. Jetzt lohnte es sich auch nicht mehr, sich unterzustellen, also sprinteten sie los. Nach nur wenigen Sekunden waren beide nass bis auf die Haut. Am Hauseingang wollte Kalle nicht aufdringlich wirken und verabschiedete sich höflich, während er aber hoffte, sie würde ihn noch hereinbitten.
Solveig war einfach nur glücklich. Schon lange hatte sie nicht mehr einen so schönen Abend erlebt. Kalle war ein guter Tänzer und ein sehr

charmanter Gesprächspartner. Jetzt stand er klitschnass in ihrem Hauseingang und gab vor, gehen zu wollen. Aber darauf wollte sie es nicht ankommen lassen. Mit dem Hinweis auf Handtücher und Trockner bat sie ihn in ihre Wohnung.

Sie zogen ihre Jacken aus und standen sich wie begossene Pudel im Flur gegenüber. Die nasse Bluse klebte auf Solveigs Körper wie eine zweite Haut. Der weiße Spitzen-BH und ihre Brustwarzen zeichneten sich deutlich durch den Stoff ab. Wie zur Salzsäule erstarrt stand Kalle vor ihr und musste sich regelrecht zwingen, seinen Blick wieder ihrem Gesicht zuzuwenden. Solveig hatte das natürlich zur Kenntnis genommen. Mit einem zweideutigen Lächeln ging sie ins Badezimmer, holte ein Duschtuch und gab es ihm mit dem Hinweis, er könne sich im Schlafzimmer ausziehen.

Kalle war froh, seine Gedanken wieder sortieren zu können, und zog sich sofort ins Nebenzimmer zurück. Er war irritiert. Die feuchten Haarsträhnen in ihrem Gesicht, dieser laszive Blick, ihre runden festen Brüste, die sich unmittelbar vor seinen Händen befanden… Lange hätte er sich nicht mehr zurückhalten können!

Er schlang sich das Handtuch um die Hüften und trat wieder zurück in den Flur. Im Badezimmer hörte er den Fön. *Sie steht jetzt nackt im Nebenzimmer*, ging es ihm durch den Kopf. Am liebsten hätte er die Tür aufgerissen, besann sich aber eines Besseren und klopfte. Sie öffnete und stand ihm in einem blauen Frottee-Bademantel gegenüber. Er gab ihr seine nassen Sachen für den Trockner und versuchte dabei, so lässig wie möglich zu wirken. Nicht ohne Stolz bemerkte er, dass sie ihn musterte.

„Magst du einen heißen Tee trinken?"

Sie, im Bademantel, und er, im Handtuch eingewickelt, saßen sich wie nach einem Saunagang am Küchentisch gegenüber.

„Der Tee ist gut. Hast du vielleicht auch etwas Rum?"

„Rum nicht, aber im Spind habe ich noch eine Flasche Amaretto."

„Auch gut. Hauptsache, es wärmt von innen."

„Die Flasche steht ganz oben im Regal. Kannst du die holen? Ich bräuchte sonst die Trittleiter aus dem Schlafzimmer."

„Kein Problem."

Kalle öffnete die Spindtür und sah ein bis unter die Decke mit Lebensmittel gefülltes Regal. Auf der obersten Ablage entdeckte er auch den

Amaretto. Obwohl er nicht klein war, musste er sich gewaltig strecken, um an die Flasche heranzukommen. Während er sie mit seinen Fingerspitzen nach und nach in Griffweite manövrierte, löste sich die Umschlingung seines Handtuchs. Mit einer schnellen Bewegung der anderen Hand versuchte er noch, eine Ecke des Handtuches zu packen. Zu spät! Erschrocken drehte er sich um und wollte gerade in die Hocke gehen, als Solveig vor ihm stand. Ungeniert musterte sie seinen nackten Körper und spürte plötzlich ein heftiges Verlangen. Während seine Erregung immer offensichtlicher wurde, löste sie bedächtig den Gürtel an ihrem Bademantel und trat einen Schritt auf ihn zu.

XXX
Samstag

Das Restaurant Akropolis befand sich im Stadtteil Bickendorf. Hier war die Venloer Straße nicht mit Geschäften und Wohnhäusern zugebaut. Die Ermittler fanden mit ihren zivilen Fahrzeugen problemlos Parkplätze, von denen sie gut observieren und schnell eingreifen konnten. Um 21:05 Uhr betrat Costa das Lokal und setzte sich an einen Tisch in Thekennähe. Die Farben der griechischen Flagge bestimmten das Ambiente des Raumes. An den weiß getünchten Wänden hingen Bilder vom blauen Meer, blaue Stühle standen an weißen Tischen. Die Wände waren zudem mit Bordüren in typisch griechischem Muster verziert.

Wenn ich schon auf Kosten meines Dienstherrn essen gehe, dann auch richtig, dachte sich Costa, während er die Speisekarte studierte. Als Vorspeise wählte er eine Suppe aus Kichererbsen, zum Hauptgericht bestellte er sich Stifado – einen Schmortopf aus Lammfleisch.

Der Gastraum war gut gefüllt. Aus den Lautsprechern erklang Sirtaki-Musik, die in dem lauten Stimmengewirr und durch die Geräusche von klappernden Tellern und Gläsern kaum zu hören war.

Costa beobachtete die Kellner und Kellnerinnen sowie das Thekenpersonal. Er hatte sich das Foto aus Dimitros Kriminalakte genau eingeprägt, konnte ihn aber bisher noch nicht entdecken.

Ab 23:30 Uhr leerte sich die Gaststätte langsam. Costa trank einen Espresso und überlegte, ob es überhaupt noch Sinn hätte, hier zu verwei-

len, als vier Männer den Laden betraten und sich an die Theke stellten. Einer von ihnen ging direkt hinter den Tresen, füllte Gläser mit Ouzo und Wasser und reichte sie den anderen.
Costa brauchte nur einen kurzen Blick; er erkannte Dimitros sofort! Sie sprachen griechisch und seine Begleiter nannten Dimitros „Stani". Costa bestellte sich ebenfalls einen Ouzo und prostete den Männern beim ersten Blickkontakt zu. Der Anfang war gemacht – jetzt musste er nur aufpassen, nicht zuviel Alkohol zu trinken. In einem günstigen Moment kippte er sein Glas in einen großen Blumenkübel. Anschließend gab er den vier Männern einen aus. Wie erwartet, revanchierten sie sich und baten ihn an die Theke. Costa gab sich als Geschäftsreisender aus und ließ in dem Gespräch allmählich durchblicken, dass er vermögend sei und Interesse am Würfelspiel Zar habe.
Ab 00:45 Uhr waren sie mit dem Personal alleine in dem Restaurant. Nach und nach kamen aber neue Gäste, die sich zu ihnen an die Theke stellten. Dimitros nahm Costa zur Seite und bot ihm an, im Hinterzimmer an dem Spielabend teilzunehmen.

Aufmerksam hatten die Einsatzkräfte den Gästewechsel verfolgt. Bei der Dunkelheit bekamen sie jedoch nicht mit, ob auch Dimitros das Lokal betreten hatte. Kid war um Mitternacht an den Fenstern vorbeigegangen und konnte Costa mit anderen Männern an der Theke erkennen. Seitdem schauten Fisch, Teresa und er ständig auf die Uhr. Um 01:00 Uhr wurden die Rollladen heruntergelassen und die Eingangstür abgeschlossen. Wenn sie von Costa bis 01:30 Uhr keine Meldung erhielten, würden sie wie verabredet den Laden stürmen.

Solveig und Kalle waren mit Arthur in einem Team eingeteilt. Die Situation war ein wenig grotesk: zum einen hatten sich die zwei viel zu erzählen, zum anderen wollten sie ihr Abenteuer vor Arthur lieber verheimlichen. Solveig saß hinter Kalle auf der Beifahrerseite und streckte heimlich ihre Hand seitlich nach vorne. Kalle fasste sie an, drückte sie kurz und schob sie wieder nach hinten. Solveig hatte Schmetterlinge im Bauch; sie war glücklich und unglücklich zugleich. Es war eine tolle Nacht – bis zum Nachmittag war er bei ihr geblieben! Sie war aber auch ein wenig betrübt, weil er so gar nichts Persönliches von sich preisgab und sich auch bisher nicht dazu geäußert hatte, wie es mit ihnen weitergehen sollte.

Die beiden ersten Würfler standen an der Kopfseite eines drei Meter langen und anderthalb Meter breiten Holztisches. Der Croupier saß rechts neben ihnen, die anderen Männer hatten sich rund um den Tisch verteilt. Alle Spieler legten Geldscheine vor sich auf den Tisch. Diejenigen, die gerade nicht würfelten, wetteten auf die Würfe der beiden am Kopfende.
Dimitros hatte Verständnis dafür, dass Costa sich erstmal einen Überblick verschaffen und später einsteigen wolle.
Den Zinsemann hatte Costa ausgemacht, als er zu Beginn zwei Spielern Geld gab. Er und zwei kräftigere Griechen hielten sich im Hintergrund – allein von der Statur hätte man sie schon in die Kategorie Geldeintreiber eingeteilt. Insgesamt waren dreizehn Personen im Raum. Costa tastete nach seinem Mobiltelefon in der Hosentasche, gab die Zahl dreizehn ein und schickte die SMS an Fisch.

In einer der Dachgeschosswohnungen über der Gaststätte brannte noch Licht. Kid drückte die beiden obersten Knöpfe der Klingelleiste und hatte Glück. Nach wenigen Sekunden dröhnte eine ungehaltene Männerstimme aus dem Lautsprecher, die fragte, wer um diese Zeit noch zu ihm wollte. Nachdem Kid sich als Polizist zu erkennen gegeben hatte, wurde umgehend der Türdrücker betätigt. Kid gab seinen Kollegen ein Zeichen und schickte vorsichtshalber einen Beamten der Fahndung zu dem Mieter in die oberste Etage. Er wollte vor dem direkten Zugriff keinen unnötigen Lärm durch neugierige Mieter im Haus provozieren.
Sie stellten sich hintereinander in dem Flur auf. Unmittelbar vor der Tür zur Gaststätte standen zwei Fahndungsbeamte mit der Ramme, dahinter reihten sich Arthur, Kid und die anderen Beamten ein. Fisch und Solveig bildeten das Ende.
Dann ging alles blitzschnell. Bereits beim zweiten Stoß sprang die Tür auf und Arthur und Kid liefen als erste zielstrebig durch die Restaurantküche bis in das Hinterzimmer. Arthur rief laut: „Polizei! Bleiben Sie alle an ihren Tischen sitzen!“
Gleichzeitig stürmten zwei Beamte in den Gastraum und sahen zwei erschrockene Angestellte, die damit beschäftigt waren, Tische und Theke zu reinigen.
Einige Spieler versuchten noch schnell, ihr Geld vom Tisch in ihre Ho-

sentaschen zu stecken, wurden aber von den herbeieilenden Beamten davon abgehalten. Dimitros hielt sich nicht an die Ansprache und stellte sich Arthur entgegen. Er beschwerte sich über das Vorgehen der Polizei und wollte sofort seinen Anwalt anrufen. Arthur überprüfte zunächst seine Personalien und erklärte ihm dann den Grund der Razzia. Dimitros, sichtlich nervös, ließ sich nicht beruhigen und verlangte erneut lautstark nach seinem Anwalt; außerdem wollte er nur mit dem verantwortlichen Polizeiführer sprechen. Fisch hatte die Diskussion mitbekommen und gab sich als Einsatzleiter zu erkennen.

„Sind Sie der Verantwortliche in diesem Restaurant?“

„Ja, äh… Nein, eigentlich ist es mein Bruder. Ich vertrete ihn. Aber das spielt auch keine Rolle! Sie haben keinen Durchsuchungsbefehl; ich verlange, dass Sie sofort gehen! Außerdem will ich meinen Anwalt anrufen.“

„Mein Kollege hat Ihnen soeben die Rechtmäßigkeit der Maßnahme erläutert, dem werde ich nichts mehr hinzufügen. Selbstverständlich können Sie mit Ihrem Anwalt sprechen, geben Sie mir bitte die Rufnummer.“ Fisch holte sein Diensthandy aus der Jackentasche und war bereit, auf Zuruf die Nummer einzutippen.

„Äh, also, ich… Also, ich habe nur die Kanzleinummer von Doktor Rautenstrauch, den kann ich erst Montag anrufen“, entgegnete Dimitros kleinlaut.

„Dann hat sich der Rechtsanwalt also erledigt. Oder soll ich auf Ihre Kosten den anwaltlichen Notdienst informieren?“

„Wir haben hier in privater Runde gesessen, Sie dürfen nicht einfach das Geld sicherstellen!“, wechselte er das Thema.

„Wir dürfen und wir werden das Geld auch gegen den Willen der einzelnen Spieler beschlagnahmen.“

„Damit kommen Sie vor Gericht nicht durch! Sie haben keine Beweise für unerlaubtes Glücksspiel.“

„Lassen Sie das mal unsere Sorge sein. Costa, kannst du mal ein paar Beweisfotos von dieser Spielrunde machen?“, wandte Fisch sich an seinen Mitarbeiter und reichte ihm die Digitalkamera. Dimitros fiel die Kinnlade herunter. Fassungslos sah er den neuen Mitspieler in der Runde an und suchte nach Worten.

„Ähm, das ist ein…“

„Herr Dimitros, Sie haben das Recht zu schweigen, ich an Ihrer Stelle

würde davon Gebrauch machen..“ Fisch konnte sich ein spöttisches Lächeln nicht verkneifen. Costa war Zeuge in dem Ermittlungsverfahren, spätestens bei der Akteneinsichtnahme durch die Rechtsanwälte wäre er sowieso enttarnt gewesen.
Nachdem jetzt Ruhe eingekehrt war, wandte Fisch sich an die im Raum versammelten Spieler und erklärte ihnen, dass im Rahmen der Ermittlungen zu einem Morddelikt von allen Personen die Fingerabdrücke genommen würden. Diesmal hatten einige der Spieler rechtlichen Bedenken, die Fisch aber schnell ausräumen konnte. Letztendlich waren alle bereit, im Polizeipräsidium Köln ihre Fingerabdrücke abzugeben.
Bei der abschließenden Besprechung um 03:00 Uhr präsentierte Arthur stolz die beschlagnahmten 29.780 Euro. Die Razzia war ein voller Erfolg. Zu allem Glück fehlte den Ermittlern jetzt nur noch, dass am Montag ein Fingerabdruck der Fingerspur an Dümmers Wohnungstür zugeordnet werden konnte.

Erschöpft schlenderte Kid zum Parkhaus. Er wollte so schnell wie möglich ins Bett und fragte sich in Gedanken, wie lange wohl ein Hubschrauber für die Strecke bräuchte. Bis zu seiner Pension würde er wohl noch täglich fast drei Stunden hin und herfahren müssen. Besonders nach Nachteinsätzen fielen ihm die Heimfahrten immer schwer. Im Parkhaus konnte er ein Parkdeck tiefer gerade noch erkennen, wie Solveig in Kalles Mazda MX 5 stieg und beide losfuhren. *Haben meine müden Augen mir was vorgegaukelt oder hat sie ihm gerade ein Küsschen gegeben?* Kid schaute ihnen noch kurz hinterher und verwischte diesen Gedanken sofort wieder. Sie wird sich dafür bedankt haben, dass er sie nach Hause fährt.
Auf der Rückfahrt träumte er schon von seinem vorgewärmten Bett und dachte daran, wie er sich gleich an Senna kuscheln würde.

XXXI
Montag

Teresa steckte ihre sechste Rose zu den anderen. Sie wollte eigentlich längst Kalle als mutmaßlichen „Täter“ angesprochen haben, aber nach der Party und der Razzia am Wochenende kamen ihr Zweifel. Er hatte sie nicht eines Blickes gewürdigt; stattdessen hatte sie eher das Gefühl, er und Solveig würden sich näher kommen! *Bevor ich mich blamiere und den Falschen anquatsche, werde ich erstmal nichts zu diesem Thema sagen.*

Um 09:30 Uhr bekam Fisch den Anruf, auf den er ungeduldig gewartet hatte: Die Fingerspur konnte einem der beiden Griechen, die Costa als Geldeintreiber vermutet hatte, zugeordnet werden. Fisch nahm sich den Einsatzbericht, den Arthur und Costa heute Morgen geschrieben hatten, und studierte die dort aufgelisteten Namen.

Der Fingerabdruck war von Todor Krostow, einem Griechen mit bulgarischer Abstammung. Fisch sah sich dessen Foto an und wunderte sich, dass er bislang noch nicht kriminalpolizeilich in Erscheinung getreten war. Glatze, kräftiger gedrungener Halsansatz, tief liegende dunkle Augen – mit dem Aussehen würde er als Schauspieler mühelos Bösewichtrollen bekommen!

Fisch bestellte seine Leute zu sich ins Büro und informierte sie über dieses erfreuliche Ergebnis. Anschließend verteilte er die Aufträge. Teresa und Kid sollten über die Staatsanwaltschaft beim Amtsgericht Köln einen Haftbefehl und Durchsuchungsbeschluss gegen Krostow erwirken und ihn dann in seiner Wohnung in Köln-Bocklemünd aufsuchen und festnehmen. Da Kalle heute Vormittag nicht zur Verfügung stand, mussten Solveig und Arthur ein Team bilden. Sie wurden angewiesen, das Restaurant Akropolis zu observieren, bis Kid entweder die Festnahme am Wohnort verkündet hatte oder er und Teresa zu ihnen stießen, um dann zusammen mit ihnen die Gaststätte zu betreten. Das Ladenlokal öffnete um 10:00 Uhr und Fisch wollte aus Gründen der Eigensicherung die beiden nicht alleine dort hineingehen lassen.

Wenn Solveig auf das Wochenende zurückblickte, war sie immer noch hin- und hergerissen. Die Nacht zum Samstag war einfach nur toll! Sie hatten sich bis in die frühen Morgenstunden geliebt und dann bis nachmittags geschlafen. Sie wusste von seiner Beziehung und das er sich von seiner Freundin trennen wollte. Seine offene, ehrliche Art hatte ihr imponiert. Kalle war nicht so wie die Männer, die sie bisher kennen gelernt hatte. Zweimal hatte sie sich auf verheiratete Männer eingelassen, die für sie ihre Ehefrauen verlassen wollten. Und was waren diese Beteuerungen wert? Nichts. Letzten Endes wollten alle nur mit ihr ins

Bett. Kalle wollte diese Woche noch aus der gemeinsamen Wohnung mit seiner Freundin ausziehen. Solveig hatte ihm angeboten, zu ihr zu ziehen, bis er was gefunden hatte. Er wollte jedoch erst einmal Abstand gewinnen und zu einem Freund ziehen. Sie hatte Verständnis dafür; endlich mal ein Mann, der sie nicht nur ausnutzen wollte. Er hatte sie gebeten, im Dienst nicht über ihr Verhältnis zu reden, sondern eine gewisse Distanz zu wahren, um nicht ins Gerede zu kommen. Das kam ihr entgegen – als alleinerziehende Mutter wollte sie auch auf ihren Ruf achten. Wenn er erstmal getrennt war, würde sich alles von selbst entwickeln. Davon war sie überzeugt.
Krostow wohnte auf der ersten Etage eines Mehrfamilienhauses am Ollenhauerring in Köln-Bocklemünd. Auf der Fahrt dorthin kamen sie an einem Gartencenter vorbei und Teresa musste unwillkürlich wieder an die Rosen denken. Entgegen ihrer Absicht, kein Wort mehr darüber zu verlieren, kam ihr jetzt der Gedanke, Kid darauf anzusprechen. Zumindest indirekt.
„Kid, wo ich hier die Werbung für Rosen sehe, wann hast du deiner Frau das letzte Mal Rosen geschenkt?"
Kid zuckte regelrecht zusammen. Mit dieser Frage hatte er jetzt überhaupt nicht gerechnet. Teresa hatte sich bisher nie für sein Privatleben interessiert. Irgendwas führte sie doch im Schilde, das spürte er! Frauen fragen niemals ohne Grund, das hatte er in seiner Ehe schon mehrfach feststellen müssen. Eigentlich konnte sie gar nicht wissen, welche Gefühle er für sie empfand. Er wusste es ja selbst nicht. Wollte sie jetzt mit der Frage herausfinden, wie glücklich seine Ehe verlief? Wenn er jetzt so überlegte… Es war schon eine Weile her, dass er Senna Blumen gekauft hatte!
„Das scheint ja lange her zu sein, sonst müsstest du nicht so lange überlegen."
„Äh, nein… Die Frage hatte mich nur überrascht! Ich glaube, zu ihrem Geburtstag", entgegnete Kid verlegen.
„Und wann war das?"
„Meine Frau hat in zwei Wochen wieder Geburtstag. Können wir nicht das Thema wechseln?"
„Ich mag Rosen", sagte Teresa knapp und lächelte ihn vielsagend an.
Ich hab ihn mit dieser Frage ja richtig nervös gemacht, dachte Teresa. Weiter wollte sie ihn nicht kompromittieren.

Todor Krostow lebte seit drei Jahren in Deutschland und arbeitete als Bodyguard für den Kreditvermittler Yannos Magalanis, genannt „Sharky". Geldverleiher im Spielermilieu konnten sich keine Emotionen erlauben, sonst wären sie schnell pleite. Sie mussten kompromisslos, unbarmherzig und kaltblütig sein. Sharky erfüllte diese Voraussetzungen und hatte zwei Mitarbeiter mit einer ebenso menschenverachtenden Lebenseinstellung. Krostow galt als der brutalste Vollstrecker in der Szene, der keine Minute Aufschub duldete und nach Ablauf der letzten Frist den säumigen Zahlern eiskalt die Fingerkuppe abschnitt. Das hatte sich schnell herumgesprochen. Einige Spieler versuchten, durch Diebstähle oder Raubüberfälle an Geld zu kommen. Lieber in den Knast als von Krostow in die Mangel genommen zu werden, dachten sie sich.
Teresa und Kid standen vor seiner Wohnungstür und lauschten. Nach einer Weile gab Kid seiner Partnerin ein Zeichen; er hörte die Toilettenspülung in der Wohnung. Sie gingen zurück ins Treppenhaus und berieten ihr weiteres Vorgehen. Laut Eintrag in der Kölner Meldedatei war Krostow Alleinmieter; man konnte also davon ausgehen, dass er jetzt in der Wohnung war. *Wenn er durch seinen Spion die Polizeibeamten erkennt, wird er die Tür nicht öffnen*, vermutete Kid. *Er wird eins und eins zusammenzählen und die Flucht ergreifen… Wenn er der Mörder ist!*
Falls noch andere Personen in der Wohnung waren, wäre es zu riskant, Solveig und Arthur von der Observation des Restaurants abzuziehen; also bestellte Kid einen Streifenwagen zur Unterstützung.

Solveig und Arthur beobachteten seit einer halben Stunde das Restaurant Akropolis. Zwei Personen waren bisher hineingegangen und hatten die Rollladen hochgezogen. Durch die Scheiben konnten sie erkennen, wie eine Person in die Küche verschwand und die andere im Thekenbereich arbeitete. Beide waren schlank und hatten volles Haupthaar. Krostow war also nicht dabei.

Während Kid im Treppenhaus wartete, empfing Teresa die uniformierten Beamten abseits vom Hauseingang und wies sie kurz in die Lage ein. Einen Kollegen schickte sie hinter das Haus, der verdeckt die Balkone im Auge behalten sollte, falls der Verdächtige flüchten wollte. Den anderen Streifenbeamten brachte sie zu Kid. Die beiden postierten sich links

und rechts neben der Wohnungstür, während Teresa wieder zurück zur Klingelleiste am Hauseingang ging. Wie zuvor besprochen, klingelte sie bei Krostow.
„Ja?"
„Post."
„Für wen?"
„Ein Paket für Krostow."
Der Türsummer wurde betätigt.

Krostow verhielt sich genau so, wie Kid es gehofft hatte. Noch bevor Teresa im ersten Geschoss angekommen war, öffnete er die Wohnungstür, um die angebliche Postbotin zu empfangen. Blitzschnell traten Kid und der uniformierte Kollege um die Ecke und stellten sich mit gezogenen Waffen vor Krostow. Man konnte förmlich sehen, wie ihm die Gesichtsröte entglitt und er mit offenem Mund nach Luft schnappte. Kid befahl ihm, sich mit dem Gesicht zur Wand zu stellen. Sein Kollege durchsuchte ihn nach Waffen und legte ihm Handfesseln an. Während dieser Maßnahme kam auch Teresa dazu, betrat die Wohnung und sah sich nach weiteren verdächtigen Personen um. In dem kleinen Appartement hielt sich aber niemand mehr auf.
Krostow hatte sich allmählich von dem Schock erholt und beschwerte sich jetzt lauthals darüber, wie brutal die Polizei mit unbescholtenen Bürgern umgehen würde. Kid versuchte, ihm den Grund der Festnahme zu erklären, doch sein Gegenüber ließ sich nichts sagen. Fortlaufend redete er dazwischen und schimpfte über die deutsche Polizei. Kid blieb weiter ruhig. Betont sachlich forderte er ihn auf, endlich zuzuhören, damit ihm seine Rechte als Beschuldigter erklärt werden konnten. Krostow ließ sich nicht belehren, so dass Kid den beiden Beamten von der Polizeiinspektion West ein Zeichen gab, den Gefangenen zum Gewahrsam ins Polizeipräsidium Köln-Kalk zu bringen.
Anschließend forderte er das Observationsteam vor dem Restaurant zur Unterstützung bei der Wohnungsdurchsuchung und Spurensicherung an.

Solveig und Arthur hatten den Auftrag, alle Bekleidungsstücke im Schlafzimmerschrank abzukleben. Sollten Faserspuren von Krostows Kleidung mit denen an Dümmers Leiche übereinstimmen, hätten die

Ermittler zumindest den Beweis für einen Körperkontakt zwischen beiden Personen.
Teresa und Kid durchsuchten die kleine Wohnung nach Beweismitteln. An der Garderobe hing ein alter, abgewetzter Ledermantel, der wie ein Offiziersmantel aus dem Zweiten Weltkrieg aussah. Kid kontrollierte die Taschen und fand innen einen kleinen Bolzenschneider. Ihm fielen Arthurs Worte ein, der davon sprach, die Geldeintreiber würden auch Fingerkuppen abschneiden. Er sah sich das Werkzeug genauer an und glaubte jetzt, Blutspuren an den Schneidmessern zu erkennen. *Eine Aufgabe für den Erkennungsdienst*, dachte Kid. Die würden schnell herausfinden, um welchen Stoff es sich handelt. Er packte das Teil in eine Papiertüte und suchte weiter. Neben der Garderobe entdeckte er ein eingerahmtes Foto, auf dem sich drei Männer lachend zuprosteten. Kid nahm das Bild von der Wand und betrachtete die Männer genauer. Der Glatzköpfige links war eindeutig Krostow. Der Mann rechts war kleiner, aber ebenfalls muskulös. Die Person in der Mitte trug einen Anzug mit Krawatte und lächelte zurückhaltender als die beiden anderen. Sie wirkte seriöser. Kid erinnerte sich an die zwei anderen Männer; sie waren bei der Razzia am Samstag ebenfalls überprüft worden. *Arthur wird den Gesichtern Namen geben können*, überlegte er und legte das Bild zu dem anderen Asservat.
Nach einer Stunde hatten sie alle Behältnisse in diesem spärlich eingerichteten Appartement auf links gedreht und nichts Beweiserhebliches mehr gefunden. Es gab auch keine schriftlichen Unterlagen, die eine Verbindung zwischen Krostow und dem Opfer belegt hätten.

Auf der Dienststelle angekommen eilte Solveig sofort in ihr Büro und musste enttäuscht feststellen, dass Kalle nicht da war. Sie hatte sich so auf ihn gefreut und gehofft, mit ihm ungestört reden zu können. Heute lief auch alles schief! Kalle war heute Morgen schon weg, dann musste sie stundenlang umsonst dieses Restaurant observieren und jetzt war Kalle immer noch nicht zurück. Solveig kramte in ihrer Handtasche nach Nagellack. *Einmal am Tag muss man sich auch mal was Nettes gönnen*, sagte sie sich und begann, ihre Fingernägel rosa zu lackieren.

Indessen hatten Teresa und Kid den Auftrag, Krostow erkennungsdienstlich behandeln zu lassen und ihn anschließend zu vernehmen. Sie

trafen ihn bei der Personenaufnahme im Polizeigewahrsam. Ein Beamter fertigte gerade Lichtbilder an, als sie den Raum betraten.
„Wie weit bist du? Können wir ihn übernehmen?“ fragte Kid, der hier unten im Keller des Polizeipräsidiums fast jeden Kollegen kannte.
„Bin fertig, die Fingerabdrücke habe ich schon gemacht. Ihr könnt ihn direkt mitnehmen.“
„Meine Name ist Moritz, das hier ist meine Kollegin Szymanski. Wir werden Sie gleich vernehmen“, sagte Kid dem Gefangenen zugewandt.
„Ich nix vernehmen, ich Anwalt!“
„Wollen Sie nicht erst einmal erfahren, was wir Ihnen vorwerfen?“
„Egal, ich will Anwalt!“
„Okay, wie heißt denn Ihr Anwalt?“
„Rautenstrauch.“
Den Namen hab ich doch kürzlich erst gehört. Teresa sah Kids nachdenklichen Blick und flüsterte ihm „Dimitros“ zu. Genau, dachte Kid, bei der Razzia hatte Dimitros diesen Rechtsanwalt erwähnt! Wahrscheinlich hatte der sich auf das Spielermilieu spezialisiert.
Er ließ Krostow wieder in die Gewahrsamszelle sperren und ging mit Teresa zurück in sein Büro, um von dort den Rechtsanwalt fernmündlich zu informieren.

Fisch betrachtete die Spuren auf dem Bolzenschneider und war sich nicht sicher, was er davon halten sollte. Das konnte alles sein, Rost, Ketchup, Farbe... Auf jeden Fall war die Substanz eingetrocknet und möglicherweise schon seit langem auf dem Werkzeug. Vielleicht war es das Blut von Dümmer – dann hätten sie neben der Fingerspur an der Tür ein weiteres Indiz gegen Krostow. Er würde Solveig beauftragen, es direkt zur Spurensicherung beim Erkennungsdienst zu bringen. Sofern es sich tatsächlich um Blut handelte, könnten die mit einem Schnelltest anhand der Enzyme sofort feststellen, ob es Menschen- oder Tierblut war.
Im Flur traf er auf Kalle, der in dem Moment mit einem Hustenanfall zu kämpfen hatte. Fisch sah seinen roten Kopf und die wässrigen Augen.
„Was ist mit dir denn los? Du siehst ja schrecklich aus.“
„So fühle ich mich auch. Ich bin total erkältet. Werd gleich nach Hause gehen und mich ins Bett legen.“

„Das würde ich dir empfehlen. Gute Besserung!"
Kalle war auch auf dem Weg zu seinem Büro. Er öffnete die Tür, ohne zu klopfen, und trat gemeinsam mit Fisch ein.
Solveig erschrak derart, dass sie vor Schreck mit der bereits lackierten Hand die Flasche mit dem Nagellack umwarf. Sie versuchte noch, mit der anderen Hand zu retten, was zu retten war, stellte sich aber dabei so ungeschickt an, dass ihr das Fläschchen aus der Hand glitt und weiter über den Schreibtisch rollte. Bei jeder Rollbewegung tropfte ein Teil der Flüssigkeit auf den Schreibtisch. Fisch stand fassungslos im Türrahmen und schüttelte den Kopf. Kalle musste schmunzeln. Es war ein Bild für die Götter! Solveig saß da mit hochrotem Kopf, aufgerissenem Mund und einer von sich gestreckten Hand mit gespreizten Fingern, während sie mit der anderen Hand versuchte, nach dem Nagellack zu greifen. Kurz bevor dieser die Schreibtischkante erreicht hatte, griff sie zu und wollte die Flasche hochkant abstellen. Es gelang ihr aber nicht – die Flüssigkeit an der Außenhülle klebte an ihrer Handinnenfläche! Um sich nicht noch mehr zu blamieren, schloss sie einfach die Hand mit der kleinen Flasche zur Faust und lächelte verschüchtert in Kalles Richtung.
„Sind wir hier auf einer Beautyfarm oder bei der Kriminalpolizei?", schrie Fisch sie an und legte ihr den Bolzenschneider auf eine noch unverschmutzte Seite des Schreibtisches. „Dieses Asservat muss sofort zum Erkennungsdienst, verstanden?"
„Äh, ich habe nur…", wollte Solveig gerade erwidern, als Fisch sie barsch unterbrach.
„*Sofort* habe ich gesagt!"
In Gedanken suchte sie nach einem kleinen Loch, in dem sie sich hätte verkriechen können. Musste denn ausgerechnet in diesem Moment ihr Chef hereinplatzen? Am peinlichsten war ihr aber, dass Kalle auch dabei war. Dieser abwertende Blick, diese Erniedrigung! Sie kämpfte mit den Tränen. Ohne Rücksicht auf ihre lackierten Fingernägel schnappte sie sich die Tüte mit dem Werkzeug und verließ schnellen Schrittes das Büro.

Um 16:00 Uhr erschien Herr Dr. Alexander Rautenstrauch im Foyer des Polizeipräsidiums Köln und fragte den Pförtner nach Herrn Kriminalhauptkommissar Moritz. Er wollte den für die Inhaftierung verantwortlichen Polizeibeamten sprechen, bevor er seinen Mandanten im

Polizeigewahrsam aufsuchte. Der Pförtner informierte Kid, der sofort in die Eingangshalle kam und Dr. Rautenstrauch in Empfang nahm. Sie setzten sich an einen Tisch und Kid erläuterte ihm den Tatvorwurf gegen seinen Mandanten.

„Das ist doch wohl nicht Ihr Ernst! Sie haben eine Fingerspur meines Mandanten an der Wohnungstür eines Mordopfers gefunden und vermuten, dass beide in der Spielerszene verkehrten. Und damit wollen Sie einen Haftbefehl erwirken? Das ist ja lächerlich."

„Der Staatsanwalt sieht das anders. Außerdem haben wir bei Ihrem Mandanten in der Jackentasche einen Bolzenschneider mit Anhaftungen von menschlichem Blut gefunden", ergänzte Kid, der vor wenigen Minuten dieses Ergebnis vom Erkennungsdienst mitgeteilt bekommen hatte.

„Sie sagten doch, das Opfer wäre erdrosselt worden."

„Ja, aber dem Opfer fehlte auch eine Fingerkuppe."

Kurze Stille. Dann versuchte Dr. Rautenstrauch, Kid doch noch von der Beantragung eines Haftbefehls umzustimmen.

„Mein Mandant hat einen festen Wohnsitz."

„Herr Dr. Rautenstrauch, es geht hier um Mord!"

„Mein Mandant wird bei der Polizei keine Aussage machen. Bringen Sie mich jetzt bitte zu ihm. Anschließend werde ich mit dem Haftrichter sprechen."

Kalle schaute mit glasigen Augen auf das Fieberthermometer und wusste jetzt, woher die Gliederschmerzen kamen. 39,5 Grad. Kein Wunder, dass er sich so elendig fühlte. Er schluckte zwei Grippetabletten, die er sich in der Apotheke noch schnell gekauft hatte, und legte sich ins Bett. Er konnte nicht direkt einschlafen; zu viele Gedanken schwirrten in seinem Kopf herum. Susanne hatte sich Urlaub genommen und wollte noch die ganze Woche bei ihren Eltern in Itzehoe bleiben. In einem Telefonat hatte sie ihm gestern Abend gesagt, es wäre besser, wenn sie erstmal Abstand voneinander hätten. Jetzt war ihm auf einmal wieder bewusst, wie sehr er seine Freundin liebte. Er vermisste sie und hätte gerne länger mit ihr gesprochen. Warum hatte er sich auf das Abenteuer mit Solveig eingelassen? Er konnte es sich selbst nicht erklären.

Solveig und Susanne – unterschiedlicher konnten Frauen kaum sein. Susanne war groß, hatte lange dunkle Haare und kleidete sich sport-

lich. Kalle fiel wieder die peinliche Situation mit dem Nagellack ein. Das wäre Susanne nie passiert; sie war alles andere als tollpatschig und strahlte Souveränität aus. Solveig dagegen war naiv und kokettierte mit ihrer Weiblichkeit.
Seine Kumpels würden jetzt behaupten, er sei notgeil gewesen, aber das stimmte nicht. Susannes Kinderwunsch und ihre Heiratspläne hatten Ängste in ihm ausgelöst. Er sah sich mit einem Mal seiner Freiheit beraubt; ein Gefühl, als wenn sich dicke Stahlketten um seinen Körper legen würden!
Am Freitagabend konnte er Solveigs Reizen nicht widerstehen. Sein Verlangen nach Nähe, Zärtlichkeit und Sex waren zu groß gewesen. Die Ketten detonieren endgültig, als Solveig ihren Bademantel öffnete und ihn erwartungsvoll ansah. In dieser Nacht fühlte er sich mal wieder richtig frei!
Doch heute, mit ein bisschen Abstand, tat es ihm eher leid. Solveig wollte mehr; das hatte sie ihm eindeutig zu verstehen gegeben. Kalle nahm sich vor, nach seiner Genesung mit ihr zu sprechen. Er konnte nur hoffen, dass sie ihm keine Szene machen würde.

Auf der Rückfahrt überlegte Kid, ob er in Schleiden noch schnell eine Currywurst mit Fritten essen sollte, entschied sich aber dagegen. *So weit kommt es noch, ich lass mich doch nicht von dem Gesundheitswahn meiner Frau tyrannisieren!* Er überlegte, worauf er Appetit hatte, fuhr dann weiter bis nach Blumenthal und holte sich beim Metzger zwei 300 Gramm-Rumpsteaks.
Als Kid den Hausflur betrat, umhüllte ihn ein blumiger Duft. Er versuchte, den Geruch einer Pflanze zuzuordnen. Bei seinem letzten Frankreichurlaub hatte es oft ähnlich gerochen. Waren es Kräuter der Provence? Er öffnete die Tür zum Wohnzimmer und bekam sofort die Antwort. Lavendel! Senna hatte im Garten den Lavendel geschnitten und zum Trocknen überall in der Wohnung verteilt. In bescheidenen Mengen würde er den Duft ja als angenehm empfinden, aber hier roch es, als ob die gesamten Lavendelfelder der Provence in seinem Wohnzimmer blühten! *Hoffentlich wird das Aroma der Steaks dadurch nicht beeinflusst,* dachte Kid und begrüßte Senna, die in der Küche stand und gerade ein Telefongespräch beendete.
„Hallo, Schatz! Das war Luzie, sie kommt gleich vorbei. Ich hab ihr er-

zählt, wie gesund wir uns ernähren und da wurde sie neugierig und hat sich sozusagen selbst zum Essen eingeladen. Es gibt ein Gemüsegericht! Ich war heute am Markt und hab tolle Sachen eingekauft."

Das war der Moment, wo Kid Farbe bekennen musste. Er räusperte sich und holte tief Luft.

„Ich auch", sagte er mit fester Stimme.

„Wie? Du warst auch auf dem Markt?"

„Nein, beim Metzger. Ich habe mir zwei Rumpsteaks gekauft. Ich mach deinen Gesundheitstrip gerne mit, aber nicht jeden Tag! Ab und zu werde ich mir kochen, worauf ich Lust habe und heute hab ich Lust auf Fleisch."

Senna stand wie versteinert an der Küchenzeile und fixierte ihre Lavendelsträucher auf der Fensterbank. Es war mucksmäuschenstill im Raum. Kid hielt den Atem an und wartete auf ihre Reaktion.

„Okay, wie du meinst! Deinen Cholesterinspiegel möchte ich nicht haben. Gerade bei deinem Stress auf der Arbeit wäre eine gesunde Ernährung so wichtig. Ich koche extra so vitaminreich mit wenig Fett. Du solltest mir dankbar sein! Aber du, du wertest meine Arbeit immer ab! Iss du deine Steaks, Luzie und ich werden uns eine gesunde, leckere Gemüsepfanne machen."

Für Senna war das Gespräch beendet. Sie drehte sich um und schälte die Möhren.

Kid wusste, dass er seine Frau jetzt in Ruhe lassen musste, und ging duschen. Danach versuchte er vorsichtig, wieder mit ihr ins Gespräch zu kommen.

„Und, wie war dein Tag?"

„Du brauchst jetzt nicht so scheinheilig vom Thema ablenken! Ich bin immer noch enttäuscht, wie wenig du meine Mühen schätzt."

„Aber Senna, ich schätze…"

Weiter kam er nicht.

„Ich will nichts mehr hören! Du kannst die eine Herdplatte hier benutzen und deine ekelhaften Steaks selbst braten."

Anschließend standen beide wortlos nebeneinander am Herd. Kid hatte das Fleisch nur kurz von beiden Seiten angebraten und es dann in Alufolie gewickelt. Es sollte im Backofen noch eine Zeit lang garen.

Luzie hatte ein perfektes Timing. Senna holte die Gemüsepfanne genau in dem Moment vom Herd, als ihre Freundin klingelte.

Sie saßen gemeinsam am Küchentisch und Kid musste sich alle zwei Minuten anhören, wie lecker das Gemüse schmeckte. Luzie konnte sich denken, was zwischen den beiden vorgefallen war, als sie das Fleisch auf Kids Teller sah. Sennas ständige Bemerkungen fand sie jedoch unpassend.
Kid störte sich nicht daran. Die Steaks waren innen rosarot, so wie er sie am liebsten mochte. Der Fleischgeruch hatte inzwischen den Lavendelduft in seiner Nase verdrängt und bei jedem Biss freute er sich über seine Entscheidung. Er hatte das erste Steak gegessen, als Luzie ihn ansprach.
„Du schaffst doch nicht etwa zwei von diesen riesigen Steaks…?"
„Und ob ich die schaffe!", antwortete er.
„Auf den Punkt genau gebraten – sieht wirklich gut aus!", entgegnete Luzie, während sie lustlos in ihrem Gemüse rumstocherte.
„Willst du mal probieren?" Diesmal lächelte Kid in Sennas Richtung.
„Also, wenn du mich so fragst…"
Senna hatte genug gehört. Wutentbrannt sprang sie auf, warf ihre Serviette auf den noch halbvollen Teller und ging.
Luzie und Kid sahen ihr verdutzt hinterher. Diesen Gefühlsausbruch fanden beide überzogen. Luzie verabschiedete sich schnell und Kid blieb noch eine Weile im Wohnzimmer. Er dachte über Senna nach. Sie hatte sich in den letzten Wochen doch sehr verändert.

XXXII
Dienstag

Teresa saß an ihrem Schreibtisch und betrachtete ihre sieben Rosen. *Schade, die ersten lassen schon langsam die Köpfe hängen; und ich weiß immer noch nicht, von wem ich die Blumen überhaupt habe.* Sie ließ ihre Gedanken in der Vergangenheit schweifen. Ihr Ex-Mann war der letzte, der ihr Blumen geschenkt hatte – vor anderthalb Jahren zu ihrem 37. Geburtstag. Elf Jahre waren sie verheiratet gewesen. Kennengelernt hatte sie ihn kurz nach ihrem Germanistikstudium bei einem Urlaub in Deutschland. Sie heirateten bereits nach einem Jahr – viel zu schnell, war sie heute der Meinung. Zwei Jahre später beantragte sie die deutsche Staatsangehö-

rigkeit. Ursprünglich wollte sie Lehrerin werden, hatte sich dann aber für das BKA entschieden. Die Aufnahmeprüfung bestand sie mühelos. Nach ihrer Ausbildung kam sie ins IK 23. Sie fand es damals toll, in der gleichen Abteilung wie ihr Mann zu arbeiten. Letztendlich hatte sich es aber als Fehler entpuppt. Man hatte kaum noch Freiräume und die Konflikte kamen zwangsläufig. Die Scheidung vor drei Monaten war dann nur konsequent.
Sie wollte so schnell wie möglich weg von der BKA und ihrem Ex-Mann und hatte mit ihrem Vorgesetzten über die Möglichkeiten einer Versetzung diskutiert. Da sie zu einer Landesbehörde nur mit einem Tauschpartner wechseln konnte, schlug ihr Vorgesetzter ihr zunächst eine Hospitation beim Kölner Polizeipräsidium vor. Er kannte Arndt Siebert seit der polizeilichen Grundausbildung und so klappte alles recht schnell. Nun war sie hier und fühlte sich sehr wohl.
Der Rosenkavalier hatte allerdings den falschen Zeitpunkt gewählt. Noch war sie nicht bereit, sich auf eine neue Affäre einzulassen.

Fisch hatte Solveig in sein Büro gebeten und ihr klipp und klar gesagt, dass er ihr gestriges Verhalten nicht tolerieren würde. Sie sei hier bei der Kriminalpolizei und nicht in einem Nagelstudio! Solveig stand mit hängenden Schultern im Raum und vermied jeglichen Blickkontakt. Ihr war alles so peinlich, am liebsten hätte sie geheult! Sie schluckte mehrfach und konnte nicht vermeiden, dass ihre Augen feucht wurden. Fisch, im Grunde genommen ein herzensguter Chef, sah ihre Scham und schlug wieder versöhnlichere Töne an. Für ihn sei das Thema erledigt, sie solle zukünftig sich mehr auf die Arbeit als auf ihre Fingernägel konzentrieren.

Anschließend hatte Fisch Teresa und Kid hinzu gerufen, um die nächsten Ermittlungsschritte abzusprechen.
„Dass der Haftrichter gestern Abend einen Haftbefehl gegen Krostow erlassen hatte, dürfte euch allen bekannt sein.“ Fisch glaubte, in Kids Gesicht eine gewisse Genugtuung zu erkennen.
„Rechtsanwalt Dr. Rautenstrauch muss wohl außer sich gewesen sein. Er hat sofort einen Haftprüfungstermin beantragt. Wir müssen bis dahin Beweise oder Indizien zusammentragen und der Staatsanwaltschaft liefern, ansonsten wird unser Tatverdächtiger aus der Haft entlassen.

Der Bolzenschneider mit den Blutanhaftungen ist heute Morgen per Kurier zum LKA gebracht worden. Ich habe da schon angerufen und gesagt, die sollen so schnell wie möglich die DNA- und Faserspuren aus der Wohnung und von der Leiche mit denen von Krostow abgleichen. Das Tatmotiv dürfte im Spielermilieu zu finden sein. Teresa und Kid, ihr bekommt den Auftrag, alle bei der Razzia angetroffenen Personen zu vernehmen. Vielleicht erfahren wir etwas über eine Verbindung zu Dümmer. Ich will auch wissen, für wen Krostow arbeitet. Nach allem was Arthur uns über die Spielerszene berichtet hatte, dürfte er das Geld für diesen… Wie hieß er noch?“

„Zinsemann“, half Teresa Fisch auf die Sprünge.

„Genau, für diesen Zinsemann eingetrieben haben. Arthur hat ihn identifiziert, steht alles in seinem Bericht. Noch Fragen?“

„Äh, für mich hattest du noch keinen Auftrag“, warf Solveig leise in die Runde.

„Du bleibst heute in meiner Nähe – ich hab noch genug Verwaltungskram und Kurierdienste zu verteilen. Falls Kalle morgen wieder fit ist, könnt ihr Teresa und Kid unterstützen.“

***

Paul sah die Schlagzeile im Express: *Mord in Köln-Chorweiler kurz vor der Aufklärung!* Er las den Artikel und erfuhr, dass gegen einen Tatverdächtigen aus dem Spielermilieu ein Haftbefehl erlassen wurde. Bislang würde dieser zum Tatvorwurf schweigen; man hoffte, ihn aber über die DNA-Spuren überführen zu können.

Sie hatten einen unschuldigen Mann verhaftet, der keine Aussage machte. Warum schwieg er? Paul dachte einen Moment lang darüber nach und hatte kein gutes Gefühl bei der Sache. So wie er den Bericht verstanden hatte, wurden an der Leiche fremde DNA-Spuren gefunden. Spätestens wenn sie jetzt sämtliche mikroskopische Spuren abglichen, würden sie feststellen, dass der Festgenommene nicht ihr Täter war und ihn aus der Haft entlassen.

Mit DNA überführten sie die meisten Mörder – das konnte man fast täglich in der Zeitung lesen. Wie hätte er vermeiden können, dass seine DNA auf der Leiche landete? Wahrscheinlich war das unmöglich; heutzutage reichte ja schon ein Haar aus, um eine Tat aufzuklären! Solange man aber auf ihn nicht aufmerksam wurde, konnte ihm nichts passieren; seine DNA war schließlich nirgendwo registriert. Trotzdem konnte Paul immer noch schlecht schlafen. Wenn ihn seine Alpträume nicht quälten, beschäftigte ihn ein anderer, ebenfalls beängstigender Gedanke. Die letzten Nächte wurde er jedes Mal plötzlich wach und hatte das Gesicht des Hausmeisters aus der Severinstraße vor Augen. Natürlich konnte der eins und eins zusammenzählen; bestimmt hatte er der Polizei schon eine Beschreibung von seiner Person gegeben. Bei einer Gegenüberstellung würde seine Aussage ihn in den Knast bringen! Das durfte nicht passieren. Er musste eine Lösung finden.

***

Teresa und Kid studierten den Bericht mit der Liste und der Lichtbildmappe von der Razzia am Samstag. Arthur und Costa hatten alle angetroffenen Personen überprüft; sofern Vorstrafen beziehungsweise Erkenntnisse aus den Kriminalakten vorlagen, hatten sie diese und die aktuellen Meldeanschriften unter den jeweiligen Namen vermerkt. Schon an den Lichtbildern konnte man erahnen, für wen Krostow arbeitete: Yannos „Sharky" Magalanis stand etwas abseits vom Spieltisch neben Krostow und einem anderen durchtrainierten Mann namens Loukas Potsotakis. In den letzten Jahren hatte man Magalanis bei Razzien in verschiedenen Lokalitäten mit hohen Bargeldsummen angetroffen.
Kid hatte sich auf einem separaten Zettel noch einmal alle dreizehn Namen aufgeschrieben und Notizen gemacht.

Dimitros:	Geschäftsführer
Magalanis:	Zinsemann
Krostow:	Geldeintreiber
Potsotakis:	Geldeintreiber
Papadimous:	Groupier

Hinter den restlichen acht Namen hatte er das Wort „Spieler" mit Fragezeichen versehen.

„Okay, abzüglich Krostow sind das zwölf Vernehmungen. Wie sollen wir vorgehen?" fragte Teresa.
„Ich würde vorschlagen, alle Personen telefonisch vorzuladen – das geht am schnellsten! Viele kommen eh nicht, die lassen sich von ihren Rechtsanwälten vertreten. Von den Spielern erhoffe ich mir noch am

ehesten Angaben. Man muss denen oder ihren Verteidigern nur vernünftig erklären, dass es hier um Mord geht und ihre Mandanten von uns nicht verdächtigt werden. Außerdem kann man ja nebenbei auch darauf hinweisen, dass die Richter im Falle einer umfassenden Aussage die Teilnahme am unerlaubten Glückspiel möglicherweise wohlwollend beurteilen werden."

„Glaubst du wirklich, dieser Krostow ist unser Mörder?"

„Zumindest ist er unser Hauptverdächtiger. Vielleicht war er nur Mittäter und Potsotakis hat Dümmer ermordet. Wenn einer von beiden es war, dann hat er im Auftrag gehandelt. Das sind Handlanger von Magalanis; die machen, was der ihnen sagt. Ich bin mir nur nicht sicher, welche Rolle der Geschäftsführer Dimitros spielt. Der wirkte sehr arrogant und schien die Fäden im Hintergrund zu ziehen. Theoretisch könnte der auch der Auftraggeber gewesen sein."

„Warum hat Dümmer nicht das Haus zusammen geschrien, als bei ihm eingebrochen wurde? Spätesten, als er die Geldeintreiber sah, hätte er doch ahnen müssen, dass es ihm an den Kragen ging."

„Vielleicht hatte er ja geschrien und die Nachbarn haben den Lärm ignoriert. Nachbarschaftshilfe scheint man dort nicht zu kennen. Jeder geht dem anderen aus dem Weg."

„Ich wäre auf den Balkon geflüchtet und hätte die ganze Siedlung wach geschrien!"

„Du bist ja auch eine Frau." Kid baute sich mit breiter Brust vor Teresa auf und versuchte, böse zu gucken. „Wir Männer schauen der Gefahr ins Auge und kämpfen, bevor wir schreien. Wir neigen von Geburt an zum Heldentum und…"

Teresa schüttelte den Kopf und unterbrach ihn mitten im Satz. „Wie dumm ihr Männer doch seid! In so einem Fall würdet ihr euch für den Heldentod entscheiden, aber bei der kleinsten Erkältung jammert ihr tagelang herum."

„Wenn wir jammern, dann ist das niemals eine kleine Erkältung, dann ist das eher eine lebensbedrohende, extrem schmerzhafte Grippe, an deren Symptomen schwache Menschen normalerweise sterben würden. Ihr Frauen könnt froh sein, dass ihr so schlimme Grippen nicht bekommt!" Kid hatte sichtlich Spaß an dieser Unterhaltung.

„Oh, ihr armen Männer! Bevor du dich noch mehr vor mir aufplusterst, möchte ich noch einmal zu unserem Fall zurückkommen. Warum gab

es keine Kampfspuren in der Wohnung? Warum hatte Dümmer sich nicht gewehrt?"
„Vielleicht haben der oder die Täter erst mit ihm verhandelt und ihn dann im Laufe des Gespräches überraschend angegriffen und getötet. Keine Kampfspuren sprechen nicht unbedingt gegen unsere Tatverdächtigen."
„Mir kommt das trotzdem alles etwas seltsam vor."

Solveig hatte Kalle am Morgen eine SMS geschrieben und ihm gute Besserung gewünscht. Den ganzen Tag hatte sie gehofft, er würde sich bei ihr melden, aber vergeblich. Vielleicht lag er krank im Bett und hatte ihre Nachricht noch gar nicht gelesen, dachte sie und überlegte, ob sie ihm einen Krankenbesuch abstatten sollte. Würde er sich überhaupt freuen, wenn sie käme? Warum hatte er ihr nicht gesagt, dass es ihm nicht gut ging? Stattdessen hatte er nur Fisch angerufen und sich krankgemeldet. Wollte er nicht mit ihr sprechen? Bei diesem Gedanken erschrak sie. War er wie alle Männer doch nur auf eine Affäre aus gewesen und ließ sie jetzt wie eine heiße Kartoffel fallen? Konnte sie sich so geirrt haben? Egal, welche Möglichkeit hier der Grund für sein Schweigen war – es wäre dumm, ihn jetzt zu besuchen. Sollte er sie tatsächlich nur benutzt haben, dann würde sie es ihm aber heimzahlen! Alleine der Gedanke, er könnte anderen Kollegen von seinem Sexabenteuer erzählen, brachte sie zur Weißglut. Nein, nicht mit ihr! Sie würde ihn bloßstellen und zwar vor versammelter Mannschaft.

Auf der Heimfahrt überlegte Kid, wie er Sennas Laune wieder aufbessern könnte. Seit gestern Abend hatte sie kein Wort mehr mit ihm geredet. Sie hatte ihm bewusst den Rücken zugedreht und als er heute Morgen aufstand, lag sie in gleicher Position im Bett. Er hatte sie einen Moment lang beobachtet und ihre Atemgeräusche aufmerksam verfolgt. Sie waren etwas ruhiger und nicht so gleichmäßig wie gewöhnlich. Kid wusste, was das bedeutete und tat das, was er immer tat, wenn sie sich schlafend stellte. Er streichelte ihr übers Haar und die Wangen. Doch diesmal ließ sie sich nicht besänftigen; sie wischte seine Hand zur Seite und zog sich die Bettdecke bis über die Ohren. Er hatte jetzt zwei Möglichkeiten: ein Vital-Frühstück am Bett, dazu einen frischen

Blumenstrauß aus dem Garten und eventuell eine ausgiebige Massage – oder Abstand halten, bis sich ihre Stimmung wieder normalisiert hatte. In dieser spürbar angespannten Atmosphäre entschied er sich lieber für die zweite Möglichkeit.
Heute Abend musste er allerdings irgendeinen Trumpf aus dem Ärmel ziehen. Früher waren sie in ein gutes Restaurant gegangen, wenn sie Meinungsverschiedenheiten auszuräumen hatten. Am Anfang ihrer Ehe hatten sie einmal beschlossen, Konflikte nicht vor den Kindern, am besten gar nicht zu Hause, auszutragen. Sie waren beide der Meinung, dass man in einer neutralen Atmosphäre sich besser unter Kontrolle hatte und keiner den anderen anschrie oder beleidigte. Das hatte bisher wunderbar geklappt. Aber heute konnte er sie ja schlecht zum Essen einladen, wenn genau dieses Thema der Streitpunkt war. *Schatz, lass uns ausgehen! Ich lade dich in ein Steakrestaurant ein!* Sie würde ihm ihre volle Müslischüssel entgegen werfen! Dann hätte er seine Koffer packen und erstmal für zwei Wochen in ein Hotel ziehen können.
Senna war nicht bestechlich. Auch wenn er sie heute mit einem Mitbringsel überraschte, würde sie sich keine Freude anmerken lassen. Dennoch fragte sich Kid, ob er nicht doch durch eine kleine Aufmerksamkeit Pluspunkte sammeln konnte. In Kall hielt er am Blumenladen gegenüber vom Bahnhof an.

Kid ging in die Küche und suchte eine Blumenvase. Durch die Fenster im Wintergarten konnte er sehen, dass Senna in den Blumenbeeten hinter dem Haus arbeitete. Sie hatte seine Ankunft noch nicht bemerkt. Er schnitt die Blumen an, stellte sie ins Blumenwasser und wollte die Vase gerade auf den Wohnzimmertisch platzieren, als er sah, dass mitten auf dem Tisch bereits eine Vase mit einem großen bunten Blumenstrauß stand!
Verwundert ging er nach draußen und sprach seine Frau an.
„Hi, Senna. Wie ich sehe, bist du fleißig." Mit diesem alltäglichen Satz wollte er erst einmal ihre Stimmung testen. Wider Erwarten antwortete sie völlig freundlich, als ob es nie eine Meinungsverschiedenheit zwischen ihnen gegeben hätte.
„Oh, ich hab dich gar nicht kommen gehört! Ich wollte bei diesem schönen Wetter dieses Beet mal in Schuss bringen. Guck mal hier die Tulpen! Blühen die nicht schön?"

„Wunderschön! Was ist denn das Weiße daneben?"
„Jasmin. Habe ich auch neu gepflanzt."
„Da bist du ja in deinem Element. Apropos Blumen, ich hab dir einen Strauß mitgebracht und, äh, da steht schon einer auf dem Wohnzimmertisch..." Kid wusste nicht, wie er sich verhalten sollte.
„Danke für die Blumen. Davon kann man nie genug bekommen!"
„Ja und was ist mit dem anderen Strauß?"
„Wie gesagt, ich finde, man kann nie genug Blumen im Haus haben."
„Jetzt sag schon, von wem hast du die Blumen?" Kid spürte einen leichten Anflug von Eifersucht in sich aufkommen.
„Ach, Schatz! Sei nicht so neugierig! Wenn du Hunger hast, im Kühlschrank sind noch Tofutaler und Kräuterquark. Du kannst dir aber auch Bockwürste warm machen, im Spind steht noch ein Glas." Dann wandte Senna sich wieder ihrem Beet zu. Kid hakte nicht weiter nach; er hatte auch seinen Stolz.

XXXIII

Dienstag (eine Woche später)

Am letzten Donnerstag hatte Rechtsanwalt Doktor Rautenstrauch beim zuständigen Staatsanwalt einen möglichst zeitnahen Vernehmungstermin beantragt. Sein Mandant wollte sich nun doch zum Tatvorwurf äußern. Nach Rücksprache mit Fisch wurde der Termin auf den heutigen Dienstag, 09:00 Uhr, gelegt. Die Vernehmung sollte in einem Vernehmungsraum der Justizvollzugsanstalt in Köln stattfinden. Teresa, Fisch und Kid hofften auf ein Geständnis, da die bisherigen Indizien noch kein klares Bild abgaben.

Teresa und Kid hatten in der letzten Woche die acht Beschuldigten wegen der Teilnahme am unerlaubten Glücksspiel zur Vernehmung vorgeladen. Der Hinweis auf die Mordermittlung hatte Wirkung gezeigt; sieben von ihnen erschienen im Polizeipräsidium Köln.
Die Beamten mussten sich jedes Mal die typischen Ausreden anhören: *Man wollte gar nicht spielen, nur mal zuschauen.* Oder *Ich war zum ersten Mal in so einer Runde.* Erst nachdem ihnen Costas Beobachtungen vor-

gehalten wurden, gaben sie kleinlaut bei und waren geständig. Teresa und Kid gingen gar nicht so nachhaltig auf ihre eigene Teilnahme am Glücksspiel ein, sondern befragten sie umfassend zu den Strukturen der Glücksspielszene und zu den Personen im Hintergrund. Hierzu legten sie ihnen Fotos der bei der Razzia angetroffenen Personen vor. Nach und nach erhärtete sich ihr bereits gehegter Verdacht.
Dimitros hatte in dem Laden das Sagen. Als „Geschäftsführer" kassierte er bei jedem Spiel fünf Prozent Tischgeld.
Kredithai Magalanis wurde von allen Sharky genannt. Er vergab während des Spiels Kredite, die meist innerhalb einer Woche, spätestens jedoch nach zehn Tagen mit zehnprozentigem Aufschlag zurückgezahlt werden mussten. Alle Spieler wussten, dass Sharky keinen weiteren Aufschub duldete und ihm zur Durchsetzung seiner Ansprüche Krostow und Potsotakis zur Seite standen.
Papadimous war der Groupier. Zu ihm konnten sie nur sagen, dass er sehr professionell das Spiel leitete und ansonsten sehr wortkarg sei.
Dimitros und die anderen Beschuldigten erschienen nicht zur Vernehmung. Sie ließen sich durch Rechtsanwälte vertreten.

***

Paul hatte sich drei Wochen Urlaub genommen. Sein Polier war nicht begeistert – eine weitere Bauabnahme stand an und er hatte kaum Arbeiter zur Verfügung. Da Paul aber in letzter Zeit sehr zerstreut und unkonzentriert war, genehmigte er ihm diese Auszeit.
Die ersten vier Urlaubstage verbrachte Paul in verschiedenen Cafés und Kneipen in der Severinstraße. Er musste den Namen und die Adresse des Hausbesitzers herausfinden. Das war der Nachteil an der Schwarzarbeit: Man hatte keine Personalien ausgetauscht! Immer wieder versuchte er, mit anderen Gästen ins Gespräch zu kommen, in der Hoffnung, sie wüssten etwas über den Eigentümer des explodierten Hauses. Die Leute sprachen überwiegend kölsch und Paul musste sich gut konzentrieren, um alles zu verstehen. Dennoch ergaben seine Recherchen nur magere Erkenntnisse. Sein Spitzname lautete Hennes, er sei in diesem Viertel groß geworden und sollte im Rheinauhafen in einem der Kranhäuser wohnen – das war erstmal alles! Keiner kannte seinen Nachnamen, jeder nannte ihn Hennes oder Henn. Damit konnte er ihn natürlich an kei-

nem Briefkasten finden. Im Internet hatte er anschließend recherchiert, dass nur im nördlichen Kranhaus Eigentumswohnungen verkauft wurden; die beiden anderen Kranhäuser waren Bürogebäude.
Heute am fünften Urlaubstag spazierte er am Rheinufer entlang und beobachtete das Kranhaus. Er würde ihn auf Anhieb wieder erkennen, da war er sich sicher.

***

Solveig stand mit mehreren Aktenordnern am Kopierer. Fisch wollte die kompletten Ermittlungsakten dreimal kopiert haben; zwei davon mussten heute noch zur Staatsanwaltschaft gebracht werden. Während des Kopiervorganges schaute sie nervös aus dem Fenster und dachte an Kalle. Er war die gesamte letzte Woche krank gewesen und hatte sich erst am Freitag, nachdem sie ihm schon drei SMS geschrieben hatte, bei ihr gemeldet. Seine Stimme war noch sehr schwach, insofern hatte sie ihm schnell verziehen. Was er ihr dann aber mitgeteilt hatte, gefiel ihr überhaupt nicht. Seine Freundin würde dieses Wochenende aus Itzehoe zurückkommen, sie habe um eine Aussprache gebeten. Seitdem hatte sie von ihm nichts mehr gehört. Solveig hatte gehofft, ihn heute Morgen zu sehen, weil er nur bis gestern krankgeschrieben war. Als sie dann in das leere Büro kam, rief sie direkt Fisch an und fragte, ob Kalle sich noch weiterhin krank gemeldet hatte. Dies war zum Glück nicht der Fall: Er war heute Morgen schon früh zu einer Besprechung bei der Staatsanwaltschaft gefahren – es ging um den Fall mit den Menschenknochen.
Während sie die Kopien in die Ordner heftete, ertappte sie sich dabei, wie sie ständig auf ihre Uhr schaute. Drei Stunden war er jetzt mindestens weg, eigentlich müsste er bald zurück sein! Er hätte ja eine Notiz auf ihrem Schreibtisch hinterlegen oder ihr zumindest eine SMS schicken können! Kalle hatte angeblich nicht gewusst, worüber seine Freundin genau mit ihm sprechen wollte. Ging es um die endgültige Trennung oder um einen neuen Versuch?

Im Eingangsbereich der Justizvollzugsanstalt Köln mussten Teresa und Kid ihre Dienstausweise und Waffen abgeben und erhielten dafür einen Besucherausweis, den sie sich ans Revers hefteten. Danach ging es durch die Sicherheitsschleuse. Teresa wirkte überrascht, als die Metalldetektoren anschlugen, obwohl sie vorher alle metallenen Gegenstände abgelegt hatte. Kid wusste, dass die Warnleuchte auch bei dem kleinsten Metallstück blinkte. Da Teresa aber heute weder Schmuck noch Gürtel trug und sie ihre Uhr vorher in die Schale gelegt hatte, rätselte Kid, was den Alarm ausgelöst haben könnte. *Sie wird doch nicht ein Piercing haben?*, fragte er sich und betrachtete sie genauer. Sie trug ein hautenges dunkelblaues Strickkleid, eine anthrazitfarbene Lederjacke und schwarze Stiefel. Er konnte nichts erkennen, was auf Körperschmuck unter dem Kleid hindeuten würde. Aber das hatte ja nichts zu bedeuten, dachte er, während zwei Justizbeamte Teresa baten, die Taschen komplett zu leeren. Anschließend wurde sie mit einem Handscanner abgetastet. Kid beobachtete das Spiel und war etwas enttäuscht, als der Beamte auf die Metallverzierung an ihren Stiefeln zeigte. Erst dann wurden sie in das Gebäude hineingelassen.

Der Weg zu den Vernehmungsräumen im zweiten Obergeschoss war gut ausgeschildert. Doktor Rautenstrauch war vor ihnen eingetroffen und saß mit einer Akte in der Hand im Wartezimmer. Als er die Kriminalbeamten sah, kam er ihnen sofort entgegen, begrüßte sie freundlich und teilte ihnen mit, dass sein Mandant heute umfassend aussagen werde. Kid empfand die Begrüßung eine Spur zu freundlich.

Eine Justizbeamtin brachte sie in den Vernehmungsraum und schloss hinter ihnen ab. Anschließend wurde auf der gegenüberliegenden Seite eine Tür geöffnet und der Gefangene hereingeführt. Der fensterlose Raum war mit vier Holzstühlen und einem Tisch sehr spärlich eingerichtet. An der Tischkante und an der Wand befanden sich Alarmknöpfe. Wenn Teresa und Kid in Not einen der Knöpfe drücken würden, wären in wenigen Sekunden zahlreiche Justizbeamte im Raum, um den Gefangenen zu überwältigen.

Krostow begrüßte seinen Anwalt und sah die Beamten grimmig an.

„Ich nix Mörder! Warum ihr mich in Knast stecken?“

„Herr Krostow, setzen Sie sich erstmal hin, wir werden jetzt alles in Ruhe besprechen. Wir haben von Ihnen Fingerabdrücke und Faserspuren in der Wohnung des ermordeten Dümmer gefunden. Daher sind Sie dringend tatverdächtig“, erwiderte Kid, der die Vernehmung führte, während Teresa auf dem Laptop protokollierte.

Krostow drehte sich fragend zu seinem Anwalt um.

„Sagen Sie den Beamten alles, so wie wir es besprochen hatten.“ Doktor Rautenstrauch nickte seinem Mandanten aufmunternd zu.

„Okay, ich war in Wohnung. Aber Mann war schon tot!"
„Erklären Sie uns das bitte genauer. Können Sie sich an das genaue Datum und die Uhrzeit erinnern?"
„Das muss vor zwei, drei Wochen gewesen. Jetzt ich mich erinnere, es war sonntagnachmittags spät. Sechs Uhr oder so."
„Sind Sie sich sicher?"
„Ja, auf Heimweg Loukas wollte Ouzo kaufen, Geschäfte aber geschlossen, weil Sonntag."
„Sie waren also nicht alleine in der Wohnung?"
„Mein Kumpel Loukas auch dabei."
„Loukas Potsotakis?"
„Ja."
„Woher kannten Sie Felix Dümmer?"
„Kennen uns von Stani."
„Stani?"
„Konstandinos Dimitros, der Geschäftsführer vom Restaurant Akropolis, wird Stani genannt", antwortete Doktor Rautenstrauch für seinen Mandanten.
„Warum wollten Sie ihn aufsuchen?" Kid schaute Krostow direkt in seine dunklen Augen. Der hielt seinem Blick stand. Kid meinte, ein verächtliches Funkeln zu erkennen.
„Der mir schuldete Geld."
„Ihnen?"
„Ja", antwortete Krostow zögernd.
„Wieso schuldete er Ihnen Geld?"
„Habe ihm geliehen."
„Wann und wie viel?"
„1000 Euro vor vier Wochen", kam es wie aus der Pistole geschossen zurück. Diese Antwort hatte er mit seinem Anwalt abgesprochen, da war Kid sich sicher.
„Spielschulden?"
Krostow drehte sich fragend zu seinem Anwalt herum, der ihm zu Hilfe kam.
„Mein Mandant verweigert die Aussage zu dieser Frage."
„Arbeiten Sie für Yannos Magalanis?"
„Keine Aussage", wiederholte Doktor Rautenstrauch in schärferem Tonfall.

„Wir müssen diese Fragen stellen, schließlich hätte Ihr Mandant ein Motiv für die Tat gehabt."
„Herr Moritz, mein Mandant wird alle Fragen, die ihn selbst in irgendeiner Weise belasten könnten, nicht beantworten. Glauben Sie wirklich, ich hätte meinem Mandanten geraten, Ihnen ein Tatmotiv zu liefern, wenn ich nicht von seiner Unschuld überzeugt wäre? Herr Potsotakis kann alle Angaben bestätigen."
„Herr Doktor Rautenstrauch, was wir glauben, spielt hier keine Rolle. Sie mussten uns ein Motiv liefern, warum ihr Mandant in der Wohnung des Felix Dümmer gewesen war – schließlich ist die Spurenlage eindeutig. Er soll uns jetzt erklären, wie er in die Wohnung kam und was dann passiert war."
„Wir haben geklingelt, aber Felix machte nicht offen", gab Krostow an. „Loukas öffnet Tür mit Draht und dann lag er da tot in Schlafzimmer."
„Beschreiben Sie bitte die Wohnung und die genaue Lage der Leiche."
„Kleine Wohnung, zwei Zimmer, nicht viel aufgeräumt. Im Schlafzimmer lag Haufen Wäsche. Loukas wollte Schrank aufmachen und trat gegen Haufen Wäsche. Auf einmal war Laken oben weg und da lag er. Gesicht grau, Mund halb offen. Wir sind sofort aus Wohnung."
„Haben Sie in der Wohnung oder an der Leiche etwas verändert?"
„Nein, wir wollten nix wie raus."
„Überlegen Sie bitte genau." Kid konnte sich noch genau an die Situation erinnern, wie er die Leiche entdeckt hatte und war sich sicher, dass sie zugedeckt war.
„Wir nur reden wollten mit Felix. Bei Anblick von Toten bekamen wir Panik, sind raus, nichts verändert. Ging alles schnell."
„Warum haben Sie nicht sofort die Polizei angerufen?"
„Angst, wir hatten Angst! Polizei würde denken, wir wären Mörder. Wir Ausländer und dann mit Einbruch in Wohnung – nicht gut für uns! Nach zwei Tage wir hörten im Radio Leiche gefunden, dann war zu spät für Polizei gehen."
Die Indizien sprachen nicht gegen diese Aussage. *Jetzt müssen wir möglichst schnell Loukas Potsotakis vernehmen*, überlegte Kid und sah Teresa fragend an. Sie verstand, was er von ihr wollte und rief ihm das Stichwort „Bolzenschneider" zu.
Das hatte er fast vergessen! Die Untersuchungen beim LKA hatten

keine Übereinstimmung mit den Tatverdächtigen ergeben. Das Blut an dem Bolzenschneider konnte bisher keiner Person zugeordnet werden.
„Herr Krostow, wir haben bei Ihnen einen Bolzenschneider mit menschlichen Blutanhaftungen sichergestellt. Woher stammt das Blut?"
„Keine Aussage. Sie werden ja festgestellt haben, dass das Blut nicht vom Opfer stammt. Den Bolzenschneider kann er überall her haben", antwortete Doktor Rautenstrauch.
„Okay, dann haben wir vorerst keine Fragen mehr."
Teresa druckte das Protokoll aus und reichte es dem Gefangenen. Kid registrierte, dass Krostow mit links unterschrieb und musste unweigerlich an Tanita Jostovic denken. Sie wurde von einem Rechtshänder ermordet. *Wo liegt die Verbindung zwischen diesen beiden Morden?*, fragte er sich, wurde aber sofort aus seinen Gedanken gerissen.
„Ich möchte noch mal kurz für meinen Mandanten sprechen. Bitte aber nicht mitschreiben, geht das in Ordnung?"
Kid nickte dem Anwalt zu.
„Wir wissen doch alle, wie es in der Spielerszene abläuft. Da wird schon mal gedroht, vielleicht gibt es auch einmal eine Tracht Prügel, aber einen Mord begeht man doch nicht für ein paar Euro."
„Es wurden schon aus viel geringeren Gründen Morde begangen, das können Sie uns glauben."
„Mein Mandant hat den Wohnungseinbruch gestanden, für den Mord haben Sie keine Beweise. Er hat einen festen Wohnsitz und sein soziales Umfeld ist hier in Köln. Wo sehen Sie da eine Fluchtgefahr? Denken Sie nicht auch, dass man den Haftbefehl außer Kraft setzen sollte?"
„Ihr Mandant hatte nicht alle Fragen beantwortet, die zur Aufhellung der Tat hätten führen können. Für mich ist der Tatverdacht gegen ihn noch nicht ausgeräumt. Ich werde dem Staatsanwalt aber Ihre Argumente mitteilen."

***

Solveigs Nerven waren bis zum Zerreißen gespannt, als sie die kopierten Akten auf Fischs Schreibtisch legte. Es war 12:00 Uhr und sie konnte nicht länger arbeiten, weil sie ihre Tochter vom Kindergarten abholen musste. Kalle wusste, dass sie dienstags und freitags nur bis mittags arbeitete. Warum hatte er sich nicht kurz gemeldet? Konnte er sich nicht denken, wie sehr sie auf eine Nachricht von ihm wartete? Vielleicht war ihm im Moment alles zuviel. Krankheit, Arbeit in zwei Kommissionen, die bevorstehende Trennung… Mit diesen Gedanken tröstete sich Solveig auf dem Weg zum Parkhaus.

Fisch kam aus der Mittagspause und ging am Geschäftszimmer vorbei, als eine tiefe weibliche Stimme ihm durch die nur einen Spalt weit geöffnete Tür hinterher rief, er möge mal in sein Fach gucken – dort liege ein Schreiben vom Landeskriminalamt.
Das war typisch Veronika Huber, sie erkannte jeden Sachbearbeiter am Klang seiner Schritte. Seit über zwanzig Jahren arbeitete sie als Angestellte im Geschäftszimmer des KK 11. Die jüngeren Kollegen hatten Probleme mit ihrem forschen Auftreten, doch allgemein galt sie als die Seele der Dienststelle.
Fisch nickte ihr dankend zu und öffnete den Brief noch auf dem Weg zu seinem Büro. Es war das Gutachten über den DNA-Abgleich der Haare von der Pelzjacke mit der DNA der aufgefundenen Frauenleiche. Identisch! Jetzt hatten sie den zweiten Nachweis, dass Tanita Jostovic die Ermordete in dem Revisionsschacht war. Normalerweise würde Fisch das Schreiben jetzt dem Aktenführer geben, aber bei der angespannten Personalsituation musste er zusammen mit Kid die Akte nebenbei führen. Er kopierte das Gutachten und heftete es direkt in die Akten. Beim Durchblättern der Zweitakten stutzte er. Hier fehlte doch was! Er nahm sich die Hauptakte und verglich den Inhalt. Sofort entdeckte er, was fehlte: Manche Blätter hatte der Staatsanwalt handschriftlich auf der Rückseite beschrieben; diese waren gar nicht kopiert worden! Eigentlich war Fisch nicht aus der Ruhe zu bringen, aber diese Solveig kostete ihm den letzten Nerv. Selbst so einen einfachen Auftrag erledigte sie fehlerhaft! So konnte das nicht weitergehen. *Na, die kann sich morgen auf einiges gefasst machen. Diese Unkonzentriertheit lasse ich nicht mehr durchgehen. Beim nächsten Fehler muss sie zu ihrer Dienststelle zurück!*
Das Klingeln des Telefons riss ihn aus seinen Gedanken. Es war Becker-Olsen, ihr zuständiger Staatsanwalt, der sich nach dem Vernehmungsergebnis Krostow erkundigen wollte. Zudem wollte er heute noch ins Polizeipräsidium kommen, um mit allen Kommissionsmitgliedern den Fall zu erörtern. Da Teresa und Kid noch nicht zurück waren, einigten sie sich auf einen Termin um 15:30 Uhr.

Keiner der Anwesenden war wirklich über das Vernehmungsergebnis überrascht. Becker-Olsen hatte ihnen vorab mitgeteilt, dass ein Rechtsanwalt Holthoff ihm vor einer Stunde eine schriftliche Stellungnahme seines Mandanten Loukas Potsotakis geschickt habe. Damit war zu rechnen – die Rechtsanwälte hatten sich natürlich abgestimmt! Potsotakis hatte Krostows Angaben eins zu eins bestätigt.
Sie besprachen den Stand der Ermittlungen und Becker-Olsen fasste das Ergebnis dann zusammen.
„Die Leiche in dem Revisionsschacht in der Severinstraße wurde als Tanita Jostovic identifiziert. Sie wurde von einem Rechtshänder erstochen. Bisher gibt es keine Verbindung zwischen ihr und dem Leichenfundort. Nach der Beschreibung des Hauseigentümers hatte zumindest ein Täter beim U-Bahn-Bau gearbeitet. Was haben denn die Ermittlungen bei der Baufirma ergeben? Sie wollten doch dem Hauseigentümer die Lichtbilder von allen zur Tatzeit bei der Firma Mohr beschäftigten Arbeitern vorlegen."
„Wir hatten am Freitag Herrn Frings die Fotos gezeigt. Er war sich absolut sicher, dass der Mann nicht dabei war", antwortete Kid.
„Das scheint eine Sackgasse zu sein. Der kann sich die Jacke ja von einem Freund oder Verwandten geliehen haben."
Bei dem Wort „geliehen" machte es *klick* bei Kid. *Geliehen, leihen, Leihfirma…*
„Wir sollten die Personalchefin mal fragen, ob sie uns auch die Mitarbeiter von Leiharbeitsfirmen herausgesucht hatte. Sie war neu in der Abteilung; durchaus möglich, dass sie das vergessen hatte."
„Gute Idee, erledigen Sie das bitte direkt morgen. Kommen wir zum zweiten Mordopfer. Felix Dümmer war der Lebensgefährte der Jostovic. Er verkehrte im Spielermilieu und hatte dort Spielschulden. Krostow und Potsotakis sind dringend tatverdächtig, weil sie in der Wohnung waren und ein Motiv hatten. Sie handelten mutmaßlich im Auftrag von Magalanis, einem bekannten Geldverleiher in der Spielerszene.
Den Wohnungseinbruch haben die beiden zugegeben. Auch, wenn sie den Mord bestreiten, sprechen die Indizien trotzdem gegen sie. Krostow ist nicht verheiratet, arbeitslos und hat seine sozialen Kontakte im Ausland. Fluchtgefahr liegt somit weiterhin vor. Er bleibt bis zum Haftprüfungstermin in Untersuchungshaft. Der Haftbefehl gegen Potsota-

kis ist mittlerweile außer Vollzug gesetzt: Er ist Deutscher, verheiratet, hat zwei schulpflichtige Kinder und wohnt seit zwanzig Jahren in Köln. Solange sich Potsotakis regelmäßig bei der Polizei meldet und keine weitere Belastungsmomente hinzukommen, können wir den Haftbefehl nicht vollstrecken."

Becker-Olsen kramte umständlich in seiner Aktentasche, zog einige Blätter heraus und reichte sie Fisch.

„Hier, der Haftbefehl, und dann habe ich noch einen Durchsuchungsbeschluss für Potsotakis Wohnung. Vollstrecken Sie den Beschluss und kleben Sie seine Kleidung ab. Wenn auf der Leiche Faserspuren von ihm sind, geht er in Haft. Ich möchte auch, dass Sie ihn so schnell wie möglich vernehmen.

Was ist mit den Faserspuren an der Opferkleidung, gibt es schon Ergebnisse?"

„Das LKA ist total überlastet. Ich hatte heute Morgen noch dort angerufen und auf die zeitliche Dringlichkeit hingewiesen. Morgen, spätestens übermorgen werden wir die Ergebnisse der Untersuchungen haben", antwortete Fisch.

„Es muss eine weitere Verbindung zwischen den beiden Morden geben! Ich kann mir nicht vorstellen, dass ein Paar ganz zufällig innerhalb von einem Jahr ermordet wird."

„Jostovic war keine Spielerin und sie war fast mittellos, so dass sie als Geldverleiherin auch nicht in Frage kam. Warum sollte sie von einem aus dem Spielermilieu umgebracht worden sein?" fragte Teresa, die sich bisher aus Diskussion zurückgehalten hatte.

„Vielleicht wusste sie zuviel?" Becker-Olsen hielt fest an dem Glauben, dass die Täter in den Spielerkreisen zu suchen waren.

Bisher hatte Kid die gleiche Meinung vertreten. Mittlerweile kamen ihm jedoch Zweifel.

„Wenn Krostow und Potsotakis bei Dümmer Geld eintreiben wollten und ihn deshalb umgebracht hatten, warum haben sie dann nicht den Fernseher, den Pelzmantel oder zumindest das Geld aus der Wohnung mitgenommen?"

„Der Fernseher war ihnen vielleicht zu sperrig. Den Wert des Pelzes hatten sie nicht erkannt und das Geld nicht gefunden… Es kann für alles eine Erklärung geben! Mal sehen was Potsotakis noch im Detail aussagt. Der kleinste Widerspruch kann uns weiterhelfen."

„Einen Widerspruch gilt es auf jeden Fall zu klären: Warum war die Leiche entgegen Krostows Aussage zugedeckt, als Teresa und ich sie entdeckt hatten?"
„Sehen Sie, das wäre so ein Widerspruch. Ich verlasse mich auf Sie."

Eine dicke Wolkendecke zog von Westen heran. Paul stand angelehnt an einem Geländer im Rheinauhafen und beobachtete seit Stunden das nördliche Kranhaus. Ursprünglich wollte er den Kerl in seiner Wohnung aufsuchen und dort töten. Diesen Plan verwarf er, weil er nicht ungesehen an dem Empfangsservice vorbei in das Gebäude kommen würde. Jetzt am späten Nachmittag kamen viele Bewohner nach Hause. Hennes war aber nicht dabei. Paul spürte die ersten Regentropfen und machte sich auf den Weg nach Hause. Morgen wollte er später kommen und die Abendstunden abdecken. Irgendwann würde er ihn erwischen, da war er sich sicher. Er hatte auch schon einen Plan, wie er dann vorgehen würde.
Die Vierzimmerwohnung lag im Erdgeschoss eines vierstöckigen Mehrfamilienhauses. Potsotakis war vollkommen überrascht, als Kid ihm den Durchsuchungsbeschluss aushändigte. Noch während des Lesens rief er seinen Anwalt an, der ihm riet, der Maßnahme zuzustimmen. Erst danach ließ er die Beamten in seine Wohnung.
Während Teresa und Kid zwei Stunden lang die Wohnung durchsuchten, klebten zwei Beamte der Kriminalwache Potsotakis Bekleidung ab, um Fasern für den Abgleich zu sichern. Beweismittel für den Einbruch oder den Mord fanden sie nicht. Potsotakis sollte für den nächsten Tag zur Vernehmung ins Polizeipräsidium vorgeladen werden, lehnte das jedoch mit dem Hinweis ab, er habe sich bereits über seinen Anwalt geäußert; die Beamten sollen sich an ihn wenden.

Kid fuhr mit seinem PKW die A1 in Richtung Euskirchen; im Radio erklang „Lady in Black" von Uriah Heep. Unwillkürlich musste er an Teresa und ihr dunkelblaues, fast schwarzes Kleid denken. Sie hatte kein Gramm zuviel auf den Rippen. Er musste schmunzeln, als er an Doktor Rautenstrauchs Blicke während der Vernehmung in der JVA dachte. Ihm waren Teresas femininen Rundungen auch nicht entgangen. Ständig schielte er zu ihr hinüber und lächelte freundlich, wenn sie seinen

Blick erwiderte. Kid musste sich eingestehen, dass auch er sie immer wieder heimlich musterte. Keine Frage, die Frau übte auf ihn einen besonderen Reiz aus. Auf der einen Seite war sie sehr geheimnisvoll und zurückhaltend, auf der anderen Seite gab sie ihm das Gefühl einer ganz besonderen Sympathie. So richtig wohl fühlte er sich nicht in dieser Situation; er hatte auch schon versucht, ihre Beweggründe in einem Gespräch herauszufinden. Sie wechselte dann aber immer geschickt das Thema.

Langsam bekam er schon ein schlechtes Gewissen. Wie konnte er an andere Frauen denken, wo er doch selbst eine tolle Ehefrau hatte? Obwohl, so toll hatte die sich in den letzten Tagen nicht verhalten. Dieser unsinnige Diätwahn – und dann die Geheimnistuerei mit den Blumen! Bis heute hatte sie ihm nicht erzählt, von wem sie die bekommen hatte.

Um 22:30 Uhr kam Kid völlig abgespannt zu Hause an und freute sich schon auf Couch und Fernsehen. Als er das Wohnzimmer betrat, verging ihm die Freude: Senna hatte schon wieder die Möbel umgestellt! Normalerweise hätte ihn das nicht besonders aufgeregt; seine Frau liebte halt Veränderungen und dekorierte ständig neu um. Doch diesmal war sie zu weit gegangen: Die Couch stand an der anderen Wand und somit quer zum Fernseher!

„Hallo, Schatz! Habe dich gar nicht kommen gehört!"

„Du hast die Möbel umgestellt!", antwortete Kid ohne ein Wort der Begrüßung. Er war sichtlich angefressen.

„Ja, gefällt es dir? Das wollte ich schon immer machen, jetzt komme ich beim Putzen besser an das große Fenster."

„Und ich bekomme beim Fernsehen einen steifen Hals!"

„Jetzt stell dich mal nicht so an, du schaust sowieso zuviel Fernsehen! Lies lieber ein Buch oder lass uns öfter mal was unternehmen. Wir waren auch schon lange nicht mehr zusammen joggen."

„Du und dein Gesundheitstrip! Wenn ich so spät nach Hause komm, bin ich einfach nur müde und hab keine Lust mehr auf Unternehmungen. Dann freue ich mich auf Couch und Fernsehen!"

„Du hättest nicht zum Mordkommissariat wechseln sollen. Früher hatten wir viel mehr Zeit füreinander."

„Sorry, ich bin echt platt. Hab jetzt kein Bock auf diese Diskussion!"

Kid nahm sich eine Flasche Kölsch aus dem Kühlschrank und setzte sich in den Garten.

XXXIV
Mittwoch

Mittlerweile war es zu einem Ritual geworden. Teresa nahm eine verblühte Rose aus der Orangensaftflasche heraus und steckte dafür eine neue hinein. So behielt sie einen ständigen Bestand von sieben blühenden Rosen. Anschließend beugte sie sich wie jeden Morgen zu dem Strauß hinunter und sog den Duft der Blüten tief ein. Es war ein angenehmes, inspirierendes Aroma.
Danach machte sie die Klebestreifen von Potsotakis Kleidung für den Kurier versandfertig, damit der sie gleich zum Landeskriminalamt nach Düsseldorf mitnehmen konnte.

Um 09:00 Uhr saßen sie bei Fisch und Kid im Büro und besprachen die anstehenden Aufgaben. Kid hatte mit seiner Vermutung Recht gehabt: Vor einer halben Stunde hatte ihm die Personalchefin am Telefon erzählt, dass die Firma Mohr wegen der Größe der Baustelle in der Severinstraße ausnahmsweise auf Personal einer Leihfirma zurückgreifen musste. Sie ließ bei diesem Gespräch nicht unerwähnt, dass sie ihre Mitarbeiterin schon zurechtgewiesen habe, weil ihr diese Information vorenthalten worden sei.
Kalle sollte eigentlich mit Solveig die Personalchefin aufsuchen und sich Namen und Fotos von den Arbeitern der Leiharbeitsfirma geben lassen. Solveig hatte jedoch vor zehn Minuten bei Fisch angerufen und ihm mitgeteilt, sie könne erst nach Mittag kommen. Im Kindergarten gab es Läuse und sie müsse ihre Tochter zu Hause betreuen.
Kalle war froh, den Auftrag alleine erledigen zu können, so konnte er die „heikle" Aussprache mit Solveig noch etwas hinauszögern.
Teresa und Kid hatten den Auftrag, sich mit Potsotakis Anwalt in Verbindung zu setzen. Um 09:30 Uhr rief Teresa Rechtsanwalt Holthoff an und informierte ihn darüber, dass sie seinen Mandanten heute zu dem Tatvorwurf verantwortlich vernehmen wollen. Der Anwalt verwies auf das umfassende schriftliche Geständnis und erklärte, dass ihm das heute nicht so recht sei. Kid, der bei dem Gespräch anwesend war, erlebte Teresa jetzt so, wie er so noch nie gesehen hatte. Sie ratterte den Tatverdacht und Potsotakis Motiv herunter und endete ihren Vortrag mit

den Worten: „Wenn Ihr Mandant nicht *innerhalb der nächsten Stunde* hier im Polizeipräsidium ist, werden wir dem Richter nahe legen, den Haftbefehl wieder in Vollzug zu setzen. Sie wissen, wie Sie mich erreichen." Anschließend legte sie auf.

Die Personalchefin zog sich noch mal ihren Rock zurecht, zupfte an ihrer weißen Bluse herum und fuhr mit der Hand durch ihr lockiges Haar, bevor sie ihre Sekretärin anwies, den Beamten der Kriminalpolizei hereinzubitten. Leicht enttäuscht musste sie feststellen, dass es diesmal nicht der nette sympathische Beamte vom letzten Mal war. Dafür war er ohne Begleitung einer Kollegin, jünger und auch nicht gerade unattraktiv.

„Hallo Herr Kommissar, setzen Sie sich bitte. Kann ich Ihnen einen Kaffee anbieten?"

Sie zeigte ihr freundlichstes Lächeln.

„Nein, danke. Jansen mein Name, von der Mordkommission Köln. Sie wurden ja bereits von meinem Kollegen informiert. Ich hätte gerne die Liste und die Fotos mit den Leiharbeitern", antwortete Kalle, dem ihre Blicke nicht entgangen waren.

„Oh, entschuldigen Sie bitte, ich habe mich gar nicht vorgestellt. Mourinho, wie der Fußballtrainer." Sie ging um ihren Schreibtisch und reichte ihm die Hand. „Liste ist übertrieben, auf der Baustelle waren zwei Leiharbeiter eingesetzt. Sie hätten die Namen ja schon viel früher bekommen, wenn meine Mitarbeiterin…"

„Schon gut, ist nicht weiter schlimm", unterbrach Kalle sie.

„Sie haben also immer noch nicht den Mörder geschnappt. Dann war er also nicht dabei gewesen?"

„Wobei?"

„Na, bei den Lichtbildern, die ich Ihrem netten Kollegen beim letzten Mal mitgegeben hatte."

„Wie kommen Sie denn darauf, dass der Mörder bei der Firma Mohr gearbeitet hatte?" Kalle wusste, dass diese Information noch nicht an die Presse gesteuert wurde und das Kid ihr das mit Sicherheit nicht erzählt hatte.

„Ach, Herr Kommissar. Ihr Kollege hatte zwar was von Zeugen und so gesagt, aber ich kann doch eins und eins zusammenzählen. Mir können Sie nichts vormachen. Ich habe doch Recht oder?" Bei diesen Worten

zog sie einen Mundwinkel nach oben und versuchte, ein Kniepen anzudeuten, als wollte sie sagen: *Das bleibt unter uns!* Der Versuch scheiterte jedoch kläglich. Kalle sah das halbgeöffnete Auge und die in Falten gezogenen Gesichtshälften und konnte ein Grinsen nur gerade so unterdrücken. Weil er aber keine Lust hatte, sich mit ihr auf einen Smalltalk einzulassen, antwortete er kurz und bündig.
„Sie haben natürlich ein Recht auf Ihre eigene Meinung, aber es ist trotzdem voreilig, so zu denken. Kann ich nun die Listen haben?"

Um 10:30 Uhr erschien Loukas Potsotakis in Begleitung seines Anwaltes im Foyer des Polizeipräsidiums Köln. Teresa wurde gerade über die Ankunft des Beschuldigten informiert, als Kid in ihr Büro platzte und ihr mitteilte, dass von Krostow keine Faserspuren auf Dümmers Leiche festgestellt wurden. *Schade, das wäre ein guter Einstieg in die Vernehmung gewesen*, dachte Teresa. Noch hatten sie die Hoffnung auf die Faserspuren von Potsotakis, obwohl die Untersuchung noch einige Tage dauern würde.
Diesmal vernahm Teresa den Beschuldigten und Kid schrieb mit. Die Aussage deckte sich weitgehend mit Krostows Angaben. Bei dem Punkt, wie sie die Leiche vorfanden, hakte Teresa nach und bat den Beschuldigten, sich genau zu erinnern. Potsotakis wusste noch, wie erschrocken er war und dass der Anblick dieses leichenblassen Gesichtes ihn an einen Zombie erinnert hatte. Er hatte ihn spontan sofort wieder zugedeckt, um das Horrorbild aus seinem Kopf zu verbannen. Erst dann habe er hinter Krostow die Wohnung fluchtartig verlassen.

Ihre Augen leuchteten hoffnungsvoll, als Kalle ihnen die Fotos und Personalien der beiden Leiharbeiter gab. Und tatsächlich, Alter und Körpergröße beider Männer entsprachen der Beschreibung von Herrn Frings! Sofort überprüfte Teresa die Namen und den aktuellen Wohnort der Männer, während Kid den Hauseigentümer anrief. Er erreichte ihn auf seinem Handy und sie verabredeten sich für 16:00 Uhr in seiner Wohnung.

Solveig kam um 15:00 Uhr zum Dienst. Sie betrat Kalles Büro und bekam gerade noch mit, wie er „ich freue mich auf dich!" ins Telefon

säuselte. Sie war ohnehin schon geladen, doch das war jetzt der Tropfen, der das Fass zum Überlaufen brachte! Bevor er nur ein Wort sagen konnte, schrie Solveig ihn an.
„Du charakterloses, egoistisches Schwein! Hast dich wieder mit deiner Tussi versöhnt und dich nicht getraut, mich zu informieren. Ein bisschen Anstand hätte ich dir zugetraut. Du bist so armselig wie alle Männer. Ich hasse dich!“ Ihre Stimme wurde immer lauter. Tränen vor Wut und Enttäuschung liefen ihr die Wangen hinunter und verwischten ihr Makeup. Sie bekam nicht einmal mit, dass bereits einige Kollegen aufmerksam wurden und sich neugierig auf den Flur versammelt hatten.
„Und, hast bestimmt vor deinen Kollegen angegeben, dass du mich gevögelt hast? Bist jetzt bestimmt ein toller Hecht in deren Augen?“
„Solveig, ich bitte dich, ich kann dir alles erklären…“
„Halt die Klappe! Du hättest mich anrufen können! Jetzt will ich von dir nichts mehr hören. Arschlöcher wie dich gibt es wie Sand am Meer.“
„Etwas leiser! Der ganze Flur kann dich hören!“
„Na und, ist mir doch egal! Soll doch jeder wissen, was du für ein Schwein bist. Erst eine alleinerziehende Mutter anbaggern und dann den Schwanz einziehen. Ich finde dich zum Kotzen…“
In diesem Moment platzte Fisch ins Büro.
„Was ist denn hier los? Dürfte ich euch bitten, eure privaten Fehden in eurer Freizeit auszutragen. Wir haben wichtigere Dinge zu erledigen. Ich brauche ein zweites Team und zwar sofort.“
„Du kannst dir für deinen Mitarbeiter neues Frischfleisch suchen, ich habe auf diese Scheiße keinen Bock mehr! Meine Hospitation ist hiermit beendet. Für den Rest der Woche melde ich mich krank.“ Solveig machte auf dem Absatz kehrt und eilte wutentbrannt an den schaulustigen Kollegen im Flur vorbei in Richtung Ausgang.
Fisch konnte so schnell gar nicht reagieren und beließ es bei einem Kopfschütteln. Er empfand Mitleid mit ihr, war aber auch erleichtert, dass sie ihm die Entscheidung abgenommen hatte. Sie war für die Arbeit in einer Mordkommission einfach nicht geeignet.
Kalle rieb sich schüchtern seinen Nasenrücken. Das schlechte Gewissen stand ihm ins Gesicht geschrieben.

Sie fuhren mit zwei Teams zu den Kranhäusern. Sollte Herr Frings einen der Leiharbeiter auf den Fotos wieder erkennen, würden sie sofort zu dessen Wohnung fahren und ihn festnehmen. Auf der Fahrt wollte Kalle sein Verhalten rechtfertigen, doch Fisch, der anstelle von Solveig mitfuhr, wiegelte direkt ab. Das sei Kalles Privatsache.

XXXV

Um 15:30 Uhr gab Paul die Suche nach einem freien oberirdischen Parkplatz auf. Er fuhr mit seinem PKW zum Harry-Blum-Platz und dort in das Parkhaus im Rheinauhafen. Es war ihm wichtig, seinen Wagen in der Nähe stehen zu haben, um notfalls alleine oder mit seinem Opfer schnell wegfahren zu können. Einen richtig ausgeklügelten Plan hatte er immer noch nicht; er wollte je nach Situation reagieren und sich auf seine Instinkte verlassen. Am helllichten Tage gab es zu viele Zeugen, deshalb hatte er überlegt, den Hausbesitzer zunächst mit seinem PKW aus der Stadt zu bringen. In der letzten Woche hatte er sich im Internet einen täuschend echt aussehenden Spielzeugrevolver bestellt. Ausgerüstet mit dieser Waffe und einem schweren Jagdmesser mit einer 16 cm langen Klinge schlenderte er zu seinem Beobachtungspunkt am nördlichen Kranhaus. Von hier aus konnte er sowohl den Eingang als auch die Straße im Zollhafen gut beobachten.
Nach etwa zehn Minuten wurde er auf einen Mann aufmerksam, der vom Parkhaus kommend in seine Richtung ging. Dieser lässige Gang kam ihm bekannt vor und je näher die Person kam, umso sicherer war Paul, den Hauseigentümer vor sich zu haben. Er schnitt ihm den Weg zum Eingang des Kranhauses ab und trat seitlich von hinten an ihn heran. Dann nahm er den Revolver in die Hand, drückte ihn seinem Vordermann in die Seite und sagte, er solle keine Dummheiten machen und mit ihm einfach zum Parkhaus zurückgehen. Spontan musste Paul an die typischen Hollywoodszenen denken, in denen der Bedrohte vor Angst schlotterte und alles machte, was man von ihm verlangte. Doch der Hauseigentümer hielt sich an kein Drehbuch. Er drückte Paul zur Seite und schrie um Hilfe. Blitzschnell zog Paul das Jagdmesser aus der Gürteltasche und stach zu. Sofort verstummte der Hilferuf; ein lähmendes Entsetzen breitete sich auf seinem Gesicht aus. Paul schaute

sich kurz um und stellte erleichtert fest, dass anscheinend niemand den Schrei zur Kenntnis genommen hatte. Anschließend stützte er sein Gegenüber, der mit schmerzverzerrtem Gesicht beide Hände in die verletzte Stelle drückte.
„Wir werden jetzt schön langsam am Kai entlang in Richtung Parkhaus gehen. Ein Ton und ich steche noch mal zu. Haben wir uns verstanden?"
Hennes Frings stand unter Schock und nickte nur.

Kid und Kalle parkten die Dienstfahrzeuge im Zollhafen unmittelbar vor dem nördlichen Kranhaus. Fisch und Kalle warteten im Auto, während Teresa und Kid sich auf dem Weg zu Herrn Frings machten. Kurz bevor sie die Empfangshalle erreicht hatten, glaubten sie, einen Hilfeschrei gehört zu haben. Sie schauten sich um, konnten jedoch keinen Hilfesuchenden entdecken. Der Ruf war wahrscheinlich vom Kai auf der anderen Seite des Gebäudes gekommen! Ohne ein Wort zu verlieren, eilten sie um das Bauwerk herum und beobachteten die Promenade. Kid warf auch einen Blick in den Rhein – vielleicht war ja jemand die Kaimauer heruntergestürzt. Er hörte und sah das Wasser an die Mauer klatschen, doch nichts deutete auf einen Verunglückten hin. In einiger Entfernung gingen zwei Männer in Richtung Parkhaus, wobei einer den anderen stützte. Vielleicht war der eine Mann gestürzt und hatte eben um Hilfe geschrien. Kid wollte sich schon abwenden, als Teresa ihn darauf aufmerksam machte, dass einer der Männer der Hauseigentümer sein könnte. *Natürlich!*, dachte Kid, er konnte sich noch an diese bunt bestickte Jeansjacke erinnern, die an der Flurgarderobe bei Frings hing.
„Herr Frings! Hallo, Herr Frings!", rief er und ging mit Teresa auf die beiden Männer zu.

Paul drängte den Verletzten zur Eile. Er wollte nicht länger hier auf dem Präsentierteller stehen! Um nicht direkt erkannt zu werden, hatte er sich eine dünne Wollmütze bis tief über die Stirn gezogen. Mit der abgewetzten Lederjacke und der verwaschenen Jeans hätte man ihn für einen Hafenarbeiter halten können. Frings stöhnte leise und humpelte neben ihm her, bis auf einmal jemand seinen Namen rief. Unwillkürlich drehte er sich um und erkannte die beiden Kriminalbeamten! Er wollte wieder schreien, doch diesmal reagierte Paul blitzschnell. Bevor Frings

Luft holen und die erste Silbe rufen konnte, schlug er ihm seinen Ellbogen mit voller Wucht ins Gesicht. Das Nasenbein brach und sofort strömte Blut aus seiner Nase.

Paul konnte in Höhe des nördlichen Kranhauses den Mann erkennen, der eben gerufen hatte. Er und die Frau neben ihm waren höchstens hundert Meter entfernt und liefen jetzt auf ihn zu! Seine Gedanken überschlugen sich. Diesen Moment der Unkonzentriertheit nutzte Frings, um sich mit letzter Kraft aus der Umklammerung zu lösen und wegzuhinken. Er kam gerade einmal einen Meter weit und stand jetzt am Rande der Kaimauer. Paul sprang auf ihn zu und stach ihm das Jagdmesser in den Unterleib. Frings hielt sich stöhnend den Bauch und wollte sich wegdrehen, stieß jedoch gegen das Geländer. Schwankend kippte er vorne über die Brüstung. Sein Angreifer nutzte diesen Moment und zog ihm in einem Ruck die Beine weg. Der bereits schwer verletzte Mann stürzte acht Meter in die Tiefe und schlug klatschend in den Rhein.

Paul hatte den Aufprall nicht abgewartet, sondern sprintete sofort los. Er erhöhte das Tempo, als er den Mann „Stehen bleiben, Polizei!" rufen hörte.

Teresa und Kid hatten die Szene mit Entsetzen verfolgt und rannten sofort los. Kid erreichte als Erster die Stelle, an der Frings in den Rhein stürzte. Er blickte hinunter und sah den Mann in einiger Entfernung an der Wasseroberfläche treiben. Die Strömung hier war schwach, der scheinbar leblose Körper trieb langsam in Richtung Severinsbrücke. Kurzentschlossen entledigte Kid sich seiner Jacke, schlüpfte aus den Schuhen und sprang in den Rhein. Mittlerweile war auch Teresa eingetroffen, die abwechselnd Kid und dem flüchtenden Täter hinterher sah. Für einen kurzen Moment überlegte sie, die Verfolgung aufzunehmen, entschied sich aber schnell dagegen. Kid brauchte ihre Hilfe – hier an der Kaimauer hatte er keine Möglichkeit, den Mann an Land zu ziehen. Während sie parallel zu den beiden im Wasser treibenden Personen am Rand der Mauer entlangging, wählte sie den Notruf der Polizei und schilderte in kurzen knappen Sätzen, was passiert war.

Kid hatte den Mann in einen Rettungsgriff genommen und hielt seinen Kopf über Wasser. Teresa war beruhigt, dass Kid die Lage anscheinend im Griff hatte. Sie rief ihm zu, dass Hilfe unterwegs sei und wählte dann die Nummer von Fisch. Der war völlig entsetzt und wollte sofort zu ihr kommen. Teresa überzeugte ihn, dass er und Kalle ihr nicht helfen könnten; stattdessen sollten sie lieber eine Fahndung nach dem flüchtenden Täter organisieren. Sie gab ihm eine knappe Täterbeschreibung und die Fluchtrichtung durch. Inzwischen waren die ersten Schaulustigen eingetroffen, die neben ihr gingen und aufgeregt Kommentare abgaben. Teresa ignorierte alle Bemerkungen und konzentrierte sich auf Kid. Hin und wieder tauchte er mit dem Kopf unter Wasser, um dann wieder aufzutauchen und nach Luft zu schnappen. *Die nassen Klamotten ziehen ihn nach unten*, dachte sie und hoffte inständig, dass er durchhalten würde. In der Ferne hörte sie Martinshörner. *Wo bleibt nur die Wasserschutzpolizei?*

Jeans, dunkle Lederjacke, männlich, schlank und groß – so hatte Teresa den flüchtigen Täter auf die Schnelle beschrieben. Fisch hatte sofort über Funk eine Fahndung herausgegeben, während Kalle langsam durch den Zollhafen fuhr und links und rechts in jede Ecke blickte.
„Ich glaube nicht, dass der sich hier versteckt hat! Unser Täter ist am Harry-Blum-Platz zuletzt gesehen worden, von dort ist er entweder weiter über die Agrippinawerft in Richtung Rodenkirchen gelaufen oder er hat die Rheinuferstrasse überquert und ist dann weiter in die Innenstadt“, mutmaßte Kalle.
„Oder er hat irgendwo sein Auto geparkt!“, entgegnete Fisch.
„Genau, hier unter dem Rheinauhafen ist doch das längste Parkhaus Europas. Im Nahbereich fahnden die Streifenwagen, sollen wir in die Tiefgarage fahren?“
„Taktisch ergibt es mehr Sinn, wenn wir die Ausfahrt beobachten.“
„Die haben doch mehrere Ein- und Ausfahrten.“
„Wir nehmen die nächstgelegene. Park den Wagen da vorne auf dem Rasenstreifen direkt an der Ausfahrt Rheinauhafen“, ordnete Fisch an.

Erleichtert stellte Paul fest, dass die beiden Polizisten ihn nicht weiter verfolgten. *Die werden aber mit Sicherheit Verstärkung gerufen haben*, ging ihm durch den Kopf. Am Elisabeth-Treskow-Platz benutzte er den Abgang zur Tiefgarage und bezahlte am Parkscheinautomaten das Ticket. Als keiner in seiner Nähe war, riss er sich die Wollmütze vom Kopf

und warf sie in einen Mülleimer. Bisher hatte er hier am Rheinauhafen immer eine Kopfbedeckung getragen, um seine Identifizierung zu erschweren, falls Zeugen sich an ihn erinnern würden.
In dem Moment, als er die Eisentür öffnete, wusste er, dass er einen Fehler begangen hatte. Zuerst las er das Schild *Dieses Parkhaus wird videoüberwacht* und dann sah er überall die Kameras. Jetzt bloß nicht auffallen, dachte er und versuchte, sich wie ein normaler Kunde zu verhalten. Obwohl noch viele Parkplätze frei waren, herrschte hier unten ein geschäftiges Treiben. Personen liefen umher und Autos fuhren im Schritttempo zu den Ausfahrten. Beim Einsteigen zog er die Lederjacke aus und warf sie in den Beifahrerfußraum. In seinem weißen Hemd wirkte er jetzt wie ein Geschäftsmann; niemand würde ihn mit dem Mützenmann von eben in Verbindung bringen! Anschließend reihte er sich mit seinem Auto in die Schlange der Ausfahrenden ein und hoffte, nicht erkannt zu werden.

Die Jeans war schwer wie Blei; der bewusstlose Mann in seinem rechten Arm wog bestimmt hundert Kilogramm! Mit dieser Last versuchte Kid, sich mit letzter Kraft über Wasser zu halten. Lange würde er es nicht mehr aushalten.

Fisch fluchte. Anscheinend hatten heute alle um 16:00 Uhr Feierabend, anders konnte er sich den Strom von Fahrzeugen, die das Parkhaus verließen, nicht erklären. Sie suchten einen jungen Mann mit Wollmütze und Lederjacke. Jeder zweite Wagen war mit einem jüngeren Mann besetzt – jeder davon hätte ihr Täter sein können. Für einen Moment überlegte er, alle an der Ausfahrt zu hindern und die Insassen zu überprüfen. Er wollte aber auf einen vagen Verdacht hin kein Verkehrschaos auslösen und entschied sich dagegen.

Verzweifelt sah Teresa, wie die beiden Männer am Schokoladenmuseum vorbei in Richtung Deutzer Brücke trieben. Sie folgte ihnen auf gleicher Höhe, musste dann aber entsetzt feststellen, dass die ehemalige Hafenanlage hier endete! Während die Schaulustigen stehen blieben und den im Wasser treibenden Männern hinterher schauten, folgte Teresa den Weg um das Museum herum, bis sie über eine Brücke die Bayenstraße am Ufer erreichte. Der erste Rettungswagen kam ihr entgegen und wollte auf die Insel fahren. Der Beifahrer stieg aus, um den Straßenpoller aufzuschließen und umzuklappen. Teresa schrie ihm zu, die Männer würden weiter rheinabwärts treiben, und zeigte nach Norden. Dann spurtete sie an der Uferpromenade entlang in Richtung Holzwerft. Vielleicht hatte Kid dort eine Möglichkeit, an Land zu kommen! Sie betete, dass ihm die Kräfte nicht schwanden.

Nervös und angespannt verließ Paul das Parkhaus und fuhr am Rheinufer entlang nach Süden. Er wählte den Weg über Rodenkirchen, Weiß und Sürth – vielleicht hatte man ja die Autobahnzufahrten schon gesperrt. Einige Streifenwagen kamen ihm entgegen, machten aber keine Anstalten, ihn anzuhalten. Ob der Hauseigentümer wohl überlebt hatte? Paul ging die nächsten Schritte in Gedanken durch. Alles hing davon ab, was die Bullen über ihn herausbekommen würden. Selbst, wenn sie sich die Videobänder ansähen, wäre es für sie nicht einfach, ihn unter diesen vielen Personen wieder zu erkennen. Man sollte die Bullen aber nie unterschätzen! Die würden alles tun, um ihn zu kriegen. Er musste seine Wohnung verlassen und heute noch untertauchen.

Teresa sah Kid an der Holzwerft und am Leystapel vorbei treiben und rannte weiter. Inzwischen fuhren mehrere Fahrzeuge mit Blaulicht und Martinshorn an ihr vorbei. Zwei uniformierte Kollegen standen mit Funkgeräten in den Händen auf der Deutzer Brücke; sie gaben offensichtlich Positionsmeldungen durch.
In Kid keimte Hoffnung auf, als er den Mann auf dem vor Anker liegenden Schiff an der Frankenwerft sah. Mit einem kräftigen linken Armschlag versuchte er, so nahe wie möglich an das Schiff heranzukommen. Der Mann an Bord rief ihm irgendetwas zu, doch er konnte nichts verstehen. Dann sah er den Rettungsring in seinen Händen! *Nur nicht vorbei treiben*, dachte Kid und strengte sich noch mehr an. Auf einmal flog der rot-weiße Ring durch die Luft und landete einige Meter vor ihm. Beherzt griff er zu und hakte sich ein. Diese Verschnaufpause war dringend nötig – viel länger hätte er es nicht mehr geschafft.

Teresa wollte das Schiff betreten, doch der Zugang war versperrt. Sie lief zurück und beobachtete vom Ufer aus, wie ein Schnellboot der Wasserschutzpolizei eintraf und neben dem Rheinschiff stoppte. Jetzt ging al-

les sehr schnell. Teresa sah, wie Kid und Frings in das Boot gehievt und nach einigen Minuten zu einem freien Anleger gebracht wurden. Dort übernahmen Rettungssanitäter die beiden Männer. Die Rettungswagen fuhren sofort los, noch bevor Teresa sie erreichen konnte. Hoffentlich ging es Kid gut, dachte Teresa voller Sorge und informierte Fisch, während sie zu den Kranhäusern zurück lief. Die letzten fünfzehn Minuten waren ihr wie eine Ewigkeit vorgekommen.
Fisch und Kalle waren bereits eingetroffen und hatten Kids Schuhe und Jacke eingesammelt. Sie inspizierten gemeinsam den Tatort und fanden Blutspuren am Geländer. Zehn Minuten später erschien das angeforderte Team der Kriminalwache. Die Beamten übernahmen die Spurensicherung.

Sie suchten einen etwa 1,90 Meter großen Mann, bekleidet mit Jeans und dunkler Lederjacke und einer schwarzen Strickmütze – so lauteten die Meldungen in Radio Köln. Paul war ein wenig beruhigt; vielleicht waren die Bullen so blöd und hatten gar nicht an die Möglichkeit gedacht, er könnte mit dem Auto abgehauen sein! Von dem Niedergestochenen hatten sie nichts erwähnt. Dessen ungeachtet würde er trotzdem erst einmal für eine Weile verschwinden. Nach einer ausgiebigen Dusche packte er Klamotten und Kulturbeutel in seine Sporttasche. Nachdenklich ging er durch seine Wohnung und überlegte, was er noch bräuchte. Er hatte noch keine genaue Vorstellung, wo er hinfahren sollte. Vorsichtshalber nahm er noch seinen Schlafsack mit.
Kid und Frings wurden beide ins Sankt Antonius-Krankenhaus nach Köln-Bayenthal gebracht. Teresa, Fisch und Kalle saßen ungeduldig im Wartebereich vor der Notambulanz. Teresa war besonders nervös. Sie fand es tragisch, wie Kid auf einer Trage transportiert wurde und befürchtete eine schlimmere Verletzung. Bisher hatte noch kein Arzt Zeit gehabt, ihnen Auskünfte zu geben.
Nach zwanzig Minuten öffnete sich die Tür und Kid wurde in einem Rollstuhl herausgefahren. Er war in Decken eingehüllt und lächelte ihnen zu. Sofort sprangen sie auf und umarmten ihn. Fisch ergriff dann als erster das Wort.
„Für den Rest der Woche ist Dienstsport gestrichen, dass das schon einmal klar ist!“, scherzte er.

„Jawohl, Chef“, antwortete Kid mit leicht verschnupfter Stimme.
„Konntest du den Mann nicht früher an Land bringen? Teresa hatte sich richtig Sorgen gemacht!“
Teresa warf ihrem Vorgesetzten einen kurzen bösen Blick zu, bevor sie sich dann wieder lächelnd Kid zuwandte.
„Ach nee, ich dachte, lass dich mal was treiben! Genieß den Blick auf die Altstadt und die vielen Blaulichter…“
„Schluss mit der Flachserei, wie geht es dir?“ fragte Teresa.
„Gut, bis auf eine leichte Unterkühlung und einen kleinen Schnupfen, keine Klagen.“
„Das war schon eine tolle Leistung!“ Kalle nickte ihm anerkennend zu.
„Meine Ausbildung zum Rettungsschwimmer vor zwanzig Jahren musste sich ja mal irgendwann lohnen. Was ist mit Frings?“, wechselte er das Thema.
„Wir wurden noch nicht informiert. Um ihn werden wir uns später kümmern. Kannst du die Klinik verlassen?“
„Ja.“
„Dann komm“, sagte Fisch und schaute auf die Uhr.
„So? Ich bin doch nackt!“ Kid zeigte auf die Krankenhauswolldecken.
Teresa wollte was erwidern, verzichtete dann aber auf einen Kommentar. Kalle, der Kids Jacke und Schuhe in den Händen hielt, bot ihm an, ein paar weitere trockene Sachen aus seiner Wohnung zu holen.

Frings war schwer verletzt und kam sofort in den Operationssaal. Die Wunde in der Seite war nur oberflächlich, der Stich in den Bauch dagegen hatte den Dickdarm verletzt. Frings drohte, innerlich zu verbluten. Fisch hatte die Einsatzleitstelle verständigt und ließ den Patienten zu seinem Schutz im Krankenhaus überwachen. Um 19:00 Uhr erfuhr er, dass Frings den Eingriff überlebt hatte. Heute und morgen sei er aber noch nicht vernehmungsfähig.
Die Fahndungsmaßnahmen waren ergebnislos verlaufen. Jetzt konnten sie nur noch hoffen, dass sich ein Bürger meldete, der den Flüchtenden gesehen hatte.

Senna hatte von dem Vorfall im Rheinauhafen im Radio gehört, aber zu keinem Zeitpunkt eine Verbindung zur Arbeit ihres Mannes gesehen.

Als Kid sie anrief, war sie vollkommen entsetzt und in größter Sorge um ihn. Nachdem er ihr versichert hatte, dass es ihm gut ginge, schimpfte sie, weil er sich in so eine Gefahr gebracht hatte.
Zu Hause fiel sie ihm in die Arme und heulte. Sie hatte noch am späten Abend ein Steak gebraten und ihm beim Essen versprochen, dass sich demnächst einiges ändern würde. Der Gedanke, dass er hätte tot sein können, sei ihr unerträglich gewesen. Ihr sei bewusst geworden, dass es viel wichtigere Dinge als Fitnesswahn gebe. Sie würde zwar zukünftig weiterhin auf eine gesunde Ernährung achten, ihn aber nicht zwingend mit einbeziehen. *Und was ist mit der Couch?* hatte Kid sie schelmisch gefragt. Die dürfte ihr Held zurück an die alte Wand stellen, war ihre Antwort.

Am frühen Abend fuhr Paul mit seinem Ford Focus ohne genaues Ziel in Richtung Eifel. Radio Köln meldete, der Zustand des aus dem Rhein geretteten Mannes sei kritisch. Der Sprecher bat Zeugen, sich zu melden, und nannte die Rufnummer der Kölner Polizei. Das waren keine guten Nachrichten. Paul wusste immer noch nicht, wohin er fahren wollte und überlegte schon, ob er bei seiner Mutter in Reifferscheid Unterschlupf suchen sollte. Er hatte sie jetzt viele Jahre nicht mehr besucht und lange Zeit keinen Kontakt zu ihr gehabt. Der Gedanke an seine Kindheit schmerzte ihn auch jetzt; eine alte Wunde wurde wieder aufgerissen.

XXXVI
Donnerstag

Sie saßen bei Fisch und Kid im Büro und besprachen die Ereignisse des Nachmittages. Die Ermittler stellten sich die Frage, ob die Tat im Zusammenhang mit den anderen Morden stand. Wollte ihr Mörder den Zeugen töten, weil er ihn hätte identifizieren können? Frings könnte die Antwort wissen; sie mussten ihn so schnell wie möglich vernehmen.
Als Fisch im weiteren Gespräch erwähnte, dass er gestern das Parkhaus sperren wollte, um die ausfahrenden Autos zu kontrollieren, horchte Kid auf.
„Dieses supermoderne Parkhaus unter dem Rheinauhafen wird doch mit Sicherheit videoüberwacht! Ich werde mir mit Teresa die Bänder ansehen, vielleicht haben wir Glück."

„So im Nachhinein überlegt wäre der Täter ja schön blöd, so nah am Tatort in der Tiefgarage zu parken. Der ist bestimmt zu Fuß quer durch die Stadt oder mit der Bahn gefahren. Unauffälliger kann man in einer Großstadt doch nicht fliehen! Aber versucht ruhig euer Glück. Ich habe hier noch einiges zu tun – ihr wisst schon, Pressemitteilung und so. Kalle, du bleibst am Telefon erreichbar, falls Hinweise aus der Bevölkerung eingehen. Du kannst auch noch mal im Krankenhaus anrufen, vielleicht können wir Frings ja doch früher befragen."

Teresa und Kid nahmen den Abgang am Harry-Blum-Platz zur Tiefgarage. Kid, noch immer verschnupft, warf sein Tempotaschentuch in den Mülleimer neben dem Parkscheinautomaten und stutzte. *Was ist das denn?*, fragte er sich und fischte eine Wollmütze hervor.
„Sieh mal, Teresa!"
„Das gibt es doch nicht! Wie bist du denn auf die Idee gekommen, dort zu suchen?" Teresa war entgangen, dass er sich seines Taschentuches entledigt hatte.
„Männliche Intuition", antwortete er und verdrehte kokett seine Augen.
„Wenn das die Mütze von unserem Messerstecher ist, haben wir seine DNA. Und würden ihn auf den Bändern sehen!"
Wenige Minuten später saßen sie in einem kleinen, fensterlosen Raum; Herr Cem Türkan, verantwortlich für die Sicherheit in der Tiefgarage, legte das Videoband von gestern in den Recorder. Enttäuscht stellten sie fest, dass, je nach Entfernung zur Kamera, die meisten Personen nur undeutlich zu erkennen waren.
„Boah, hätte nicht mit so vielen Menschen in der Tiefgarage gerechnet! Die meisten sind zu weit weg; wie sollen wir da unseren Täter erkennen? Als Anhaltspunkt haben wir nur diese dunkle Lederjacke – nicht gerade Erfolg versprechend."
„Die Mütze kann kein Zufall sein, die wird unserem Täter gehören! Dann werden wir ihn auf dem Video auch finden", machte Teresa ihrem Kollegen Mut.
Alle paar Sekunden hielten sie das Band an und zoomten sich die weiter entfernten Personen heran. Die Bildqualität verschlechterte sich dadurch aber, so dass man eine Lederjacke kaum von einem Blouson aus anderem Material unterscheiden konnte.

„Stopp das Band!", schrie Teresa plötzlich. „Hast du da hinten rechts in der Ecke den Mann gesehen?"
„Der stieg in sein Auto. Das machen alle!"
„Ja, aber achte mal auf seine Körperhaltung; er wirkt total angespannt und hat sich vor dem Öffnen der Fahrzeugtür kurz nach links und rechts umgesehen. Dann zieht er seine Jacke aus und wirft sie nach unten in den Beifahrerfußraum. Warum legt er die Jacke nicht einfach auf den Sitz? Ich find das sehr auffällig!"
Kid spulte das Band zurück, zoomte die Szene so nah wie möglich heran und stellte auf Zeitlupe um. Jetzt erkannte auch er, wie verdächtig die Person sich verhielt. Es sah aus, als würde er sich erst nach Verfolgern umsehen, bevor er die Tür öffnete und seine Jacke auszog. Kid schätzte ihn auf ungefähr dreißig. „Du hast Recht! Alter und Figur könnten auch passen. Kannst du den Fahrzeugtyp erkennen?"
„Da fragst du die Falsche! Diese Mittelklassewagen sehen doch heute alle gleich aus. Aber guck mal, das Kennzeichen kann man fast erkennen! Ich würde sagen, K für Köln, dann ein Buchstabe und vier Zahlen."
„Herr Cem, würden Sie uns bitte das Band von der Kamera an der Ausfahrt Rheinauhafen einlegen, ab dem Zeitpunkt der hier eingeblendeten Uhrzeit?" Kid rutschte unruhig auf dem Holzstuhl hin und her.
Nach wenigen Minuten hatten sie einen schwarzen Ford Focus ihrem Verdächtigen zugeordnet.
Als sie wieder auf der Dienststelle eintrafen, hatte Kalle bereits den Halter des Fahrzeugs festgestellt und überprüft. Über das Bezirksamt ließ er sich das bei der Anmeldung vorgelegte Foto zufaxen. Es handelte sich um den bisher noch nicht kriminalpolizeilich in Erscheinung getretenen Paul Schmittgen, 33 Jahre alt, wohnhaft in der Buchfinkenstraße in Köln-Godorf.
Bewaffnet und mit Schutzwesten ausgerüstet fuhren die beiden Teams in den südlichsten linksrheinischen Kölner Stadtteil. Der Ford Focus stand weder vor dem Haus noch in der näheren Umgebung. Die Ermittler parkten ihre Dienstfahrzeuge im Kuckucksweg vor der Johannes Gutenberg-Realschule und gingen von dort zu Fuß. Ihr Verdächtiger wohnte in einem Sechsfamilienhaus. Vor dem Haus schrubbte eine Frau die Außentreppe. Kid wollte die Lage peilen und bat die anderen, hier an der Ecke einen Moment zu warten. Er ging auf die Frau zu, die in diesem Moment einen Eimer mit dreckigem Wasser ausschüttete. Obwohl

er noch einen Ausfallschritt machte, spritzten einige Tropfen auf seine Schuhe und seine Hose.
„Können Sie denn nicht aufpassen, wohin Sie laufen!?“, polterte die Frau los.
Kid ignorierte ihre unverschämte Äußerung und wies sich mit seiner Kriminalmarke aus.
„Entschuldigen Sie bitte, ich bin von der Polizei und bräuchte von Ihnen eine Auskunft. Könnte ich mal kurz im Flur mit Ihnen sprechen?“
Die Frau trocknete sich die Hände an ihrem Kittel ab und starrte stirnrunzelnd auf die Kriminalmarke.
„Kriminalpolizei? Wollen Sie mich verhaften?“ fragte sie und lachte laut.
„Nicht so laut, bitte!“ Kid machte einen Schritt ins Treppenhaus und gab ihr ein Zeichen, ihm zu folgen.
„Putzen Sie sich die Schuhe ab, ich hab hier gerade gewischt. Worum geht es überhaupt?“ Sie war sichtlich enttäuscht, dass der Beamte nicht auf ihren Spaß eingegangen war.
„In welcher Etage wohnt Herr Schmittgen?“, flüsterte Kid ihr zu.
„In der zweiten. Der ist aber nicht da.“
„Woher wissen Sie das?“
„Der ist gestern Abend weggefahren. Ich wohne hier auf Parterre und hab gesehen, wie er in sein Auto stieg. Das stand direkt vor meinem Fenster.“
„Vielleicht ist er wieder zurückgekommen.“
„Nee, das hätte ich mitbekommen! Außerdem hatte er eine Tasche und einen Schlafsack in den Kofferraum gepackt. Der ist bestimmt verreist. Was hat der denn angestellt?“
„Nichts, ich wollte ihn nur sprechen. Wo könnte er hingefahren sein?“
„Keine Ahnung. Den sieht man kaum, und wenn, dann grüßt er kurz und ist weg.“
„Wohnt er alleine in der Wohnung?“
„Ja, der bekommt auch nie Besuch.“
Woher sie das wohl wusste, dachte Kid und war froh, in einem freistehenden Haus ohne neugierige Nachbarn zu wohnen. Er gab den anderen ein Zeichen, ebenfalls zu kommen. Die Frau sah die drei Kriminalbeamten, wandte sich wieder Kid zu und zog mit dem Zeigefinger ihr rechtes unteres Augenlid herunter.

„Ja, ja, nur *sprechen*!"
Noch bevor die Ermittler ihren frisch geputzten Hausflur betraten, brachte sie ihren Standardspruch: „Schuhe abputzen!"
Trotz Aussage der Nachbarin konnte man nicht ausschließen, dass der Verdächtige nicht doch in seiner Wohnung war. Kid lauschte an der Tür, hörte aber nichts. Erst dann klingelten sie. Nachdem ihnen nicht geöffnet wurde, bestellte Fisch einen Schlüsseldienst zum Öffnen der Wohnungstür. Sie brauchten Hinweise auf Schmittgens möglichen Aufenthaltsort.

Ihr Verdächtiger war nicht zu Hause. Fisch rief sofort die Einsatzleitzentrale an und gab eine Fahndung nach dem Verdächtigen und seinem Fahrzeug heraus.
Die Zweizimmerwohnung war zweckmäßig, aber gemütlich eingerichtet. Der quadratische kleine Flur war nicht möbliert, lediglich an einer Wand hing eine Garderobe mit drei Haken. Im Wohnraum gegenüber der Eingangstür stand eine einfache Couchgarnitur um einen rechteckigen Glastisch. Der große 3-D-Fernseher auf der HiFi-Bank erinnerte Kid an den Flachbildschirm in Frings Wohnung, nur ein paar Nummern kleiner. Links vom Flur gelangten die Beamten in eine kleine Küche mit Einbauschränken, einem Klapptisch und einem ebenfalls klappbaren Stuhl. Teresa wunderte sich, wie aufgeräumt es hier war – eine Junggesellenküche hatte sie sich schmuddeliger vorgestellt! Das Schlafzimmer befand sich auf der gegenüberliegenden Seite und war schlicht mit einem Schrank und einem breiten Bett eingerichtet.
Vier Stunden durchsuchten sie jeden Raum, jedes Behältnis. Sie konnten jedoch keine Hinweise auf Felix Dümmer oder Tanita Jostovic finden.
Auf der Rückfahrt zur Dienststelle rief Arndt Siebert an. Die Kollegen aus dem Sankt Antonius Krankenhaus hätten angerufen: Frings sei bei Bewusstsein, man könne ihn kurz sprechen.

Paul hatte sich gestern Abend in einem Supermarkt in Kall ein paar Dosen Bier, Salzstangen und Chips gekauft. Anschließend fuhr er nach Rescheid und von dort den Forstweg in das Waldgebiet an der Grube Wohlfahrt. Hier kannte er sich wie in seiner Westentasche aus, hier hatte er als Jugendlicher unendlich viele Stunden verbracht. Um Mitternacht ging er in den Wald und spürte sofort die alte Vertrautheit mit dieser Umgebung. Er verhielt sich so lautlos wie möglich und konnte in einiger Entfernung ein Rudel Wildschweine auf ihren Streifzügen hören. Andere würden die nächtlichen Geräusche im Wald beängstigen, ihn beruhigten sie! Er war seit der Nacht, in der er mit Felix seinen Stiefvater in den Schacht gelegt hatte, nicht mehr hier gewesen. Ihm wurde jetzt bewusst, wie sehr er seinen Wald vermisst hatte. Vielleicht sollte er ein paar Tage hierbleiben, dachte er, als er sich um 02:00 Uhr in seinem Auto zum Schlafen legte.

Es war eine unruhige Nacht; viele Gedanken gingen ihm durch den Kopf. Solange er sich nicht sicher sein konnte, ob sie ihm auf der Spur waren, wollte er seine Mutter nicht aufsuchen. Die Bullen würden ihn dort zuerst suchen, das wäre ein zu großes Risiko.

Um 07:50 Uhr klopfte ein älterer Mann auf das Autodach und weckte ihn. Schlaftrunken kurbelte Paul die Scheibe herunter und fragte, was das sollte. Dies sei ein Privatweg, wenn er nicht sofort verschwände, würde er die Polizei rufen, geiferte er Paul an. *Nur kein Aufsehen erregen*, dachte Paul und entschuldigte sich. Er rieb sich die müden Augen und fuhr los.

Der Stationsarzt gab ihnen fünf Minuten, danach bräuchte der Patient dringend wieder Ruhe. Frings trug eine Gesichtsmaske und hing an einem Infusionsschlauch. Mit schwacher, röchelnder Stimme beantwortete er die Fragen der Beamten. Als sie ihm anschließend das Foto von Schmittgen zeigten, nickte er ihnen zu.

Zurück auf der Dienststelle verteilte Fisch die anstehenden Aufgaben. Teresa und Kid sollten alles über Schmittgen in Erfahrung bringen und feststellen, ob es eine Verbindung zu Felix Dümmer gab. Fisch kümmerte sich um das Fahndungsplakat und Kalle blieb die Aufgabe, den Durchsuchungsbericht zu schreiben.

Paul fuhr zurück nach Rescheid und parkte vor dem kleinen Supermarkt. Einen Moment lang überlegte er, ob er vielleicht weiter nach Belgien fahren sollte, entschied sich aber letztlich dagegen. Er kaufte sich einige Lebensmittel, packte sie in seinen Rucksack und ging zurück in seinen Wald.

Am frühen Nachmittag besprachen die Beamten ihre Ermittlungsergebnisse. Teresa und Kid hatten Schmittgens letzte Wohnorte ermittelt und dabei festgestellt, dass er als Jugendlicher an der gleichen Adresse wie Felix Dümmer gemeldet gewesen war. Ein Beamter der Polizeiwache Schleiden klärte sie darüber auf, dass es sich um ein Heim für schwererziehbare Kinder handelte. Das war die Verbindung, die sie gesucht hatten! Damit war Schmittgen dringend tatverdächtig, die beiden Morde begangen zu haben. Seine Mutter wohnte in Reifferscheid, nicht weit von dem Kinderheim entfernt.

Kid konnte es gar nicht fassen. Ihr Verdächtiger kam auch aus dem Kreis Hellenthal, ganz in der Nähe von seinem Wohnort! *Schmittgen…* Er überlegte, ob er den Namen schon einmal gehörte hatte, konnte sich aber nicht entsinnen. *Muss ich Senna mal fragen, die kennt eigentlich Gott und die Welt.*

Da klingelte sein Handy. Es war Senna. *Das war jetzt aber Gedankenübertragung,* dachte Kid und nahm ab. Senna wollte wissen, wie es ihm ginge und ob er wieder länger arbeiten müsse. Er sei schließlich seit gestern gesundheitlich angeschlagen und solle sich lieber mal schonen. Kid wunderte sich; normalerweise redete seine Frau weniger zimperlich mit ihm! Anscheinend stand sie immer noch unter Schock wegen seiner nicht ganz ungefährlichen Rettungsaktion. Interessiert hörte sie sich die neue Entwicklung in ihrem Fall an – und kannte tatsächlich den Namen Schmittgen! Sie erinnerte sich an das Drama vor ungefähr fünfundzwanzig Jahren, als man der Frau den Jungen wegnahm, den sie nicht zur Schule geschickt hatte. Einige Jahre später sei ihr Mann auf einmal spurlos verschwunden gewesen. Man munkelte damals, er habe die alte Hexe sitzen lassen und sei ausgewandert. Kid kannte die Geschichte auch, die seinerzeit in allen umliegenden Dörfern die Runde gemacht hatte. Der Name Schmittgen war ihm allerdings nicht mehr geläufig gewesen. Er legte auf und bemerkte erst jetzt, dass alle Augen auf ihn gerichtet waren. Nachdem er seine Kollegen aufgeklärt hatte, teilte Fisch die Teams ein. Teresa und Kid sollten die Mutter vernehmen. Er selbst und Kalle würden zu dem Jugendheim fahren.

Paul setzte sich auf einen Baumstamm am Rande einer Lichtung, schnitt eine dicke Scheibe vom Ardenner Schinken ab und aß dazu ein trockenes Brötchen. Diesen Schinken hatte seine Mutter früher auch gekauft. *Iss, damit du groß und stark wirst,* sagte sie jedes Mal, wenn sie ihm die dick belegten Scheiben zum Abendbrot reichte. Irgendwann hasste er den

Schinken – genauso, wie er seine Mutter gehasst hatte, als sie den Mann ins Haus schleppte. Wie hatte seine Mutter ihm das nur antun können? Sie hatte ihn hintergangen – sie war an allem schuld! Paul wischte sich ein paar Tränen aus den Augen und warf einem neugierigen Specht Brotkrumen zu. Bei seinem letzten Besuch hatte er sich geschworen, sie nie mehr zu besuchen. Er konnte es nicht ertragen, seine Mutter so depressiv mit hängenden Schultern durch das Haus schleichen zu sehen. Seit er sie geschlagen hatte, redete sie kaum noch mit ihm. Aber was hätte er tun sollen, als sie ihn immer wieder anschrie: „Du hast es getan, du hast es getan!“ Sie konnte es nicht wissen, aber sie ahnte es natürlich. Zu oft hatte sie die Streitgespräche mitbekommen, in denen er nicht selten Morddrohungen gegen seinen Stiefvater ausgesprochen hatte.
Ach, Mama! Könnte ich doch nur die Zeit zurückdrehen. Paul packte seine Sachen zusammen und machte sich auf den Weg nach Reifferscheid.

Die Straße war nicht asphaltiert und von Schlaglöchern übersät. Fisch und Kalle folgten im Schritttempo der Beschilderung, bis mitten im Wald das Jugendwohnheim vor ihnen lag. Im Eingangsbereich saß ein Jugendlicher auf der untersten Treppenstufe und malte mit einem Stock gelangweilt Kreise in den Dreck. Fisch hätte ihn auf höchstens zwölf Jahre geschätzt, wusste aber, dass er älter sein musste. Sie hatten sich telefonisch angekündigt und hierbei erfahren, dass in dem Jugendheim nur 14- bis 18-Jährige untergebracht waren. Die Frage nach dem verantwortlichen Sozialpädagogen beantwortete der Junge mit einem kurzen Blick über die Schulter, was wohl *Parterre rechts* heißen sollte.
Fisch schätzte den Betreuer auf Mitte fünfzig. Er begrüßte die Beamten freundlich, bat sie an seinen Arbeitstisch und bot ihnen Filterkaffee an.
„Wissen Sie, ich arbeite seit dreiundzwanzig Jahren in diesem Heim. Das alte Forsthaus wurde seinerzeit umgebaut zu einem Wohnheim für bis zu zehn Jugendliche. Ich bin sozusagen der letzte Dinosaurier von damals, die anderen Erzieher der ersten Stunde haben alle schon das Handtuch geschmissen und arbeiten wieder in der Stadt. Es war nicht immer einfach mit den Kids, die ja aus schlimmsten Familienverhältnissen zu uns kamen.“
Fisch überlegte kurz, den Mann zu unterbrechen, entschied sich aber dagegen, weil er wissen wollte, was in solchen Kindern vor sich ging. Der Pädagoge erzählte ihnen von den hohen Anforderungen der so-

zialen Arbeit in Jugendwohnheimen; er sprach von den gespaltenen Persönlichkeiten vieler Jugendlicher, die in ihrer Kindheit psychischer und körperlicher Gewalt ausgesetzt waren, von ihren Problemen, die Umwelt angemessen wahrzunehmen und von ihrem entsprechend aggressiven Verhalten.

„Ich hoffe, Ihnen mit meinen Ausführungen gedient zu haben. Haben Sie bestimmte Fragen?"

„Danke, das war ein sehr interessanter Einblick in Ihre Arbeit. Wir brauchen Informationen über Paul Schmittgen und Felix Dümmer. Können Sie sich an diese beiden erinnern?" fragte Fisch.

„Paul Schmittgen… Natürlich kenne ich Paul! Ein großer, kräftiger Kerl, der mit Vorsicht zu genießen war."

„Wie meinen Sie das?"

„Paul war eine dieser gespaltenen Persönlichkeiten. Manchmal war er total sozial, kümmerte sich um die jüngeren Heimbewohner, war sozusagen unser verlängerter Arm in der Gruppe; zu anderen Zeiten verhielt er sich äußerst aggressiv. Er hatte immer wieder Ausraster, wo er bei der kleinsten Kleinigkeit andere Jugendliche oder auch uns Erzieher bedrohte. Einmal schlug er einen älteren Jugendlichen brutal zusammen, weil der einem Jüngeren den Nachtisch weggenommen hatte. Ach ja, ich erinnere mich jetzt! Der jüngere war Felix! Ein schmächtiges Kerlchen, hing immer an Pauls Seite, wenn der nicht gerade in den Wäldern herumlungerte. Was ist aus den beiden geworden?"

„Felix ist tot."

„Oh Gott, das ist ja schrecklich! Und was ist mit Paul?"

„Zu ihm können wir nicht viel sagen. Wissen Sie, wo er sich aufhalten könnte? Kennen Sie noch andere Freunde von ihm?"

„Nee, der hatte keine Freunde. Wenn überhaupt, dann war es Felix. Paul war eigentlich ein Einzelgänger, der am liebsten nach der Schule alleine durch die Wälder streifte. Aber fragen Sie doch seine Mutter; die wohnte in Reifferscheid, so weit ich mich erinnere."

Trude Schmittgen hatte seit einigen Jahren kein Telefon mehr. Sie lebte wie eh und je völlig zurückgezogen am Ortsrand von Reifferscheid. Kid hatte die Frau vorher noch nie gesehen, konnte jetzt aber die Kids verstehen, die sie als *Hexe* bezeichneten. Sie kam in einem weiten dunkelblauen Kleid zum Tor und polterte, noch bevor Kid einen Satz sagen konnte, los, sie sollten verschwinden! Die nachfolgenden Schimpftiraden beendeten Kid und Teresa, indem sie ihr ihre Kriminalmarken entgegenhielten. Die Frau war sofort mucksmäuschenstill und blieb wie angewurzelt stehen. Einen Moment lang sagte keiner etwas, bis sie ihr Schweigen brach.

„Geht es um Paul? Hat er was angestellt?"

Interessant, die Möglichkeit, ihrem Sohn könne etwas passiert sein, zog sie gar nicht in Betracht. In ihrem rauen, faltigen Gesicht konnte Kid dennoch ihren Kummer erkennen.

„Wir wissen es nicht. Können wir vielleicht ins Haus gehen und dort in Ruhe reden?"

Sie führte ihre Besucher in die Wohnküche. Das Haus wirkte auf die Beamten kalt und ungemütlich. Überall sahen sie dunkle Schimmelflecken an den Wänden und Decken. Es roch modrig und feucht. Kid fragte sich, wann hier wohl das letzte Mal gelüftet worden war. Während sie den Flur durchquerten, warf Kid rechts einen Blick durch die geöffnete Wohnzimmertür. Er blickte auf die gegenüberliegende Tapete, die ihm merkwürdig vorkam. War das eine Strukturtapete oder ein seltsamer Putz? Er musste zweimal hingucken, um zu erkennen, dass dort Unmengen von Lederpeitschen hingen! Von dieser Sammelleidenschaft hatte er noch nie gehört.

Als Frau Schmittgen die Küchentür öffnete, strömten ihnen unangenehme Essensgerüche entgegen. Kid tippte auf altes Fett, gemischt mit verschiedenen Kräuteraromen. Die Hausherrin bot ihnen einen Platz auf der gepolsterten Eckbank an. Kid sah, wie Teresa dezent den Staub wegwischte, bevor sie sich setzte.

„Was ist jetzt mit meinem Jungen?"

„Wir ermitteln in zwei Tötungsdelikten zum Nachteil einer Tanita Jostovic und einem Felix Dümmer. Sagen Ihnen diese Namen etwas?" Den Angriff auf den Hauseigentümer hatte Kid erstmal nicht erwähnt.

„Dümmer ist hier in der Eifel ein häufiger Name. Ich kenn diese Leute aber nicht. Was hat das mit meinem Sohn zu tun?"

„Ihr Sohn war mit Felix früher befreundet gewesen; sie waren gemeinsam in dem Jugendwohnheim in Rescheid."

„Ich weiß davon nichts. Hat mein Sohn das gemacht?" Sie versuchte, standhaft zu bleiben, doch in ihren Augen bildeten sich Tränen.

„Frau Schmittgen, wir gehen derzeit noch Hinweisen nach und müssen

dringend Ihren Sohn sprechen. Wissen Sie, wo er sich aufhalten könnte?"
„Der wohnt in Köln. Ich weiß nicht einmal, wo!" Jetzt kullerten ihr die ersten Tränen die Wangen hinunter.
„Wann haben Sie ihn zum letzten Mal gesehen?"
„Das ist schon einige Jahre her", schluchzte sie.
„Hat er Freunde, Verwandte oder Bekannte?"
„Ich bin seine einzige Verwandte."
„Und Freunde?"
„Kann ich mir nicht vorstellen", antwortete sie mit triefender Nase und zog sich ein Papiertaschentuch aus dem Ärmel.
„Warum können Sie sich nicht vorstellen, dass er Freunde hat?"
Frau Schmittgen konnte ihre Gefühle nicht mehr unterdrücken. Sie nahm ihre Hände vors Gesicht und heulte wie ein kleines Kind. Teresa setzte sich neben sie, streichelte ihr das Haar und sprach beruhigend auf sie ein. Sie übernahm die weitere Befragung.
„Noch wissen wir nicht, ob Ihr Sohn was mit den Morden zu tun hat. Würden Sie ihm solche Taten zutrauen?"
„Darf eine Mutter ihren Sohn verdächtigen? Bin ich dann eine schlechte Mutter?"
„Sie haben ein Zeugnisverweigerungsrecht und müssen daher keine Fragen beantworten, mit denen sie Ihren Sohn belasten würden. Aber stellen Sie sich vor, Ihr Sohn hätte zwei Menschen getötet. Könnten Sie es dann verantworten, wenn Sie ihn in Schutz nähmen und er weitere Morde begehen würde? Würden Sie sich dann als gute Mutter fühlen?"
Frau Schmittgen brach erneut in Tränen aus und schüttelte ihren Kopf.
„Ja."
„Was, ja?"
„Ich traue es ihm zu", nuschelte sie zaghaft in ihre vor der Nase gehaltenen Hände.

Eine geschlagene Stunde stand Paul im Dickicht am Waldrand und beobachtete sein Elternhaus. Einige Male hatte er seine Mutter am Küchenfenster gesehen. Ihr schien es soweit gut zu gehen. Er war sich immer noch nicht schlüssig, ob er einfach hingehen und mit ihr reden sollte. Falls die Bullen ihn identifiziert hatten, dann waren sie bestimmt schon hier gewesen. Er brauchte Gewissheit und trat aus dem Gebüsch hervor.

Das Auto kam am Ende der Straße um die Ecke gebogen, als Paul am Tor stand und klingeln wollte. Im letzten Moment sprang er zur Seite und schlich dicht an der Buchenhecke entlang zur Rückseite des Hauses. Hier war die Heckenbepflanzung an einer Stelle nicht so dicht, so dass er sich durchzwängen konnte. Geduckt lief er an der Hauswand entlang bis zu der Stelle, von wo aus er das Tor beobachten konnte. Dieses Haus stand am Ende einer Zufahrtsstraße. Wenn der PKW-Fahrer sich nicht verfahren hatte, dann wollte er zu seiner Mutter!
Genau so kam es auch. Eine Frau und ein Mann stiegen aus. Noch konnte Paul ihre Gesichter nicht erkennen. Seine Mutter ging zum Tor; er hörte sie in ihrer typischen Art und Weise schimpfen. Dann kam sie mit den beiden zum Haus. Paul erschrak: Das waren die beiden Bullen vom Rheinauhafen!
Er hockte sich unter das auf Kipp stehende Küchenfenster und lauschte dem Gespräch.

Fisch und Kalle fuhren den Schotterweg zurück bis zur Landstraße, als sie die Meldung über Funk hörten: Eine Streifenwagenbesatzung von der Polizeiwache Schleiden hatte den Ford Focus vor einem Supermarkt in Rescheid entdeckt! Sofort schaltete Fisch sich in den Funkverkehr ein und mahnte, wie gefährlich der Fahrzeughalter sei. Er ließ sich die Adresse geben und wies die Beamten an, den PKW nur zu beobachten; auf keinen Fall sollten sie das Geschäft betreten!
Das Navigationsgerät zeigte zweieinhalb Kilometer an. Drei Minuten später waren sie vor Ort. Fisch hatte sich einen größeren Supermarkt vorgestellt und war überrascht, als er das Geschäftslokal im Erdgeschoss eines Wohnhauses sah. Er ließ sich die Rufnummer des Ladens geben und telefonierte dann mit der vollkommen überraschten Besitzerin. Erst, nachdem sie versicherte, der Ford Focus stünde schon seit heute Morgen vor ihrer Tür und im Laden selbst sei kein einziger Mann, war Fisch beruhigt. Er ging mit Kalle in den Supermarkt. Die Ladenbesitzerin saß selbst an der Kasse; die beiden einzigen Kundinnen schoben ihre Einkaufswagen in ihre Nähe. Neugierig hörten sie zu.
„Ich habe das im Radio gehört; dieser Mörder soll in unserem Dorf sein? Das ist ja unglaublich! Muss ich meinen Laden schließen?“ fragte die Frau mit Panik in ihrer Stimme.

„Langsam, von Mörder ist hier noch nicht die Rede. Es geht um einen versuchten Totschlag und wir arbeiten mit Nachdruck an seiner Ergreifung. Dafür benötigen wir Ihre Hilfe. Seit wann steht das Fahrzeug hier – und haben Sie den Fahrer gesehen?"
„Ich weiß nicht genau, seit wann. Gegen neun Uhr war mir der Wagen aufgefallen. Ich hatte mich über das Kölner Kennzeichen gewundert und geärgert, weil der Parkplatz eigentlich für meine Kunden gedacht ist."
Fisch zeigte der Frau das Lichtbild von Paul Schmittgen.
„Kennen Sie den Mann?"
„Kennen nicht, aber heute Morgen gegen acht hat ein fremder Mann hier ein paar Lebensmittel eingekauft. Das könnte der gewesen sein."
„Hat er was gesagt?"
„Nee. Nur *Guten Tag* und *Auf Wiedersehen.*"
„Was hatte er denn eingekauft?"
„Nicht viel. Ardenner Schinken, ein paar Brötchen und Cola. Sah aus wie Proviant für eine Wanderung."
„Können Sie beschreiben, wie er ausgesehen hat?"
„Groß, kräftig, trug 'ne Jeans und einen dunkelblauen Pulli mit Kapuze."
Inzwischen betrat ein älterer Mann den Verkaufsraum und sprach die Besitzerin direkt an.
„Was ist denn hier los, Käthe? Haben sie dich überfallen oder was macht die Polizei vor deinem Laden?"
Nachdem man den Mann informiert hatte, warf er einen Blick nach draußen und schaute sich den Ford Focus an.
„Der Wagen stand heute Morgen unten im Wald, auf einem Forstweg oberhalb der Grube Wohlfahrt. Der Fahrer hatte geschlafen und ich hab ihn weggescheucht."
Fisch zeigte auch ihm das Foto.
„Ja, das ist der Kerl. Eigentlich war er ganz freundlich. Ist auch direkt weggefahren."
„Können Sie uns die Stelle zeigen, wo der Wagen stand?"
„Selbstverständlich", antwortete er und ging gezielt zum Zeitschriftenregal. Er nahm sich eine Wanderkarte heraus und faltete sie über der gegenüberliegenden Kühltruhe aus.
„Hier auf dem Forstweg, mitten im Rescheider Wald!"

Er tippte mehrmals mit dem Zeigefinger auf die Stelle.
„Danke!“ Fisch kreiste den Ort ein, ging zurück zur Kasse und bezahlte die Wanderkarte.

Trude Schmittgen erzählte ihnen ihre Lebensgeschichte. Teresa und Kid hatten das Gefühl, sie war erleichtert, mit jemandem zu reden. Sie beschönigte nichts und berichtete von ihrer Erbschaft, ihrem Verhältnis zur Dorfgemeinschaft, der Geburt ihres Sohnes, wie sie ihn großgezogen und wie sie es versäumt hatte, ihn rechtzeitig einzuschulen. An dieser Stelle musste sie mehrfach schlucken. Sie glaubte, es wäre alles anders gekommen, wenn sie diesen Fehler nicht begangen hätte. Sie schilderte, wie sich ihr Sohn veränderte und immer aggressiver wurde, von ihren Problemen mit dem Jugendamt und dass Paul letztendlich als schwer erziehbarer Jugendlicher in das Jugendheim kam. Zum Schluss beschrieb sie Pauls Verhältnis zu ihrem Ehemann Heinrich. Sie hatte es nie verstanden, warum beide sich so hassten. Durfte sie nicht auch einmal glücklich sein? Hätte sie sich Paul zuliebe von ihrem Mann trennen müssen? Dann sprach sie über den Tag, an dem Heinrich verschwand.
„Niemals hätte er mich einfach so verlassen, niemals! Er wurde ermordet, da bin ich mir sicher.“
„Sie sagten, er war Pilze sammeln und kam nicht zurück?“
„Ja, im Rescheider Wald oberhalb der Grube Wohlfahrt. Das war Pauls Revier.“
„Wie meinen Sie das?“
„Dort hing er früher nach der Schule und an den Wochenenden ständig rum. Ich hatte ihn gefragt, ob er Heinrich gesehen hätte und er schüttelte den Kopf. Ich sah aber das Funkeln in seinen Augen. Ich kenne meinen Sohn und weiß, wenn er lügt.“
„Glauben Sie, er hat was mit dem Verschwinden Ihres Mannes zu tun?“
Trude stand auf und stellte sich an das Küchenfenster. Sie ließ sich einen Moment Zeit, bevor sie antwortete.
„Er hat ihn ermordet.“

Paul saß zusammengehockt unter dem Fenster und hielt sich die Ohren zu. Er konnte nicht hören, wie seine Mutter Heinrich als liebenswürdigen Menschen beschrieb. Sie hatte schon immer vor der Wahrheit ihre

Augen verschlossen. Am liebsten hätte er laut geschrien, was Heinrich für ein hinterlistiges Arschloch gewesen war! Bei seiner Mutter schleimte er herum und ihn schikanierte er, wo er konnte. Die ersten Jahre, wo er ihm körperlich unterlegen war, hatte sein Stiefvater ihm noch Angst einjagen können. Wenn seine Mutter nicht in der Nähe war, kam er mit einer Peitsche auf ihn zu, holte weit aus und ließ den Riemen knapp neben seinem Körper auf den Boden klatschen. *Du hast zu gehorchen!*, rief er dann wie ein Wahnsinniger. Je größer und kräftiger Paul wurde, umso mehr wandte sich das Blatt zu seinen Gunsten. An seinem vierzehnten Geburtstag hatte er sich ihm zum ersten Mal ernsthaft widersetzt. Er griff nach dem Lederriemen und riss sie seinem Stiefvater aus der Hand. Anschließend nahm er die Peitsche doppelt geschlungen in beide Hände und ging auf ihn zu. Heinrich wich bis an die Wand zurück und Paul drückte ihm die schmalen Lederriemen an den Hals. Er versuchte, sich zu befreien und schlug seinem Stiefsohn in den Bauch. Paul drückte unbeeindruckt immer weiter zu. Erst als er nur nach ein zaghaftes Röcheln hörte, ließ er von ihm ab. Von dem Tag an hatte Heinrich ihn nie wieder bedroht.
Als er seine Mutter sagen hörte, er hätte ihren Mann ermordet, zuckte er zusammen. Wieso ließ sie ihn schon wieder im Stich? Sie war eine Verräterin! Er schlich sich zurück hinters Haus und lief in den Wald. Er musste verschwinden – am besten ins Ausland.

Fisch überlegte. Der Rescheider Wald musste wirklich eine besondere Anziehung auf Paul Schmittgen ausüben. Warum sonst hatte er so viel Zeit in seiner Kindheit dort verbracht und warum flüchtete er jetzt dorthin? Langsam konnte er sich ein Bild von der Persönlichkeit seines Verdächtigen machen. Der Wald war recht groß und unübersichtlich, Paul würde sich aber hier wie in seiner Westentasche auskennen. Da lag es nahe, hierhin zu fliehen. Fisch griff zum Telefon und forderte eine Einsatzhundertschaft für die Durchsuchung des Waldes an. Bis zu deren Eintreffen sollten die Kollegen der Wache Schleiden mit weiteren Streifenwagen das Gelände grob absperren.
Inzwischen hatte Kalle den Ford Focus inspiziert. Die Türen waren verschlossen; durch die Fenster konnte er nichts erkennen, was auf einen möglichen Aufenthaltsort von Schmittgen schließen lassen könnte. Er informierte Fisch und schlug vor, den Wagen nach Köln abschleppen zu

lassen, damit sich dort die kriminaltechnische Untersuchungsstelle um die Spuren kümmern konnte.
„Nein, das machen wir anders!“, antwortete Fisch knapp, nahm sich einen großen Stein und schlug kurzerhand die Seitenscheibe ein. „Abschleppen lassen und Spuren sichern können wir später. Wir müssen jetzt sofort rein – möglicherweise finden wir wichtige Hinweise im Handschuhfach oder Kofferraum.“
Da hätte ich auch selbst drauf kommen können, dachte Kalle.

Auf dem Weg zum Tor stoppte Kid und drehte sich zu Trude Schmittgen, die mit gesenktem Blick im Türrahmen stand um.
„Entschuldigen Sie bitte meine Neugierde, eine Frage hätte ich noch: Ich habe an der Wohnzimmerwand die Peitschen hängen sehen. Wie kommen Sie zu dieser ungewöhnlichen Sammelleidenschaft?“
„Mein Mann war der Sammler. Die meisten sind Reitgerten und stammen aus dem Nachlass seines Vaters. Heinrich hatte mir mal erzählt, dass er als Kind zwei- oder dreimal wegen Ungehorsam ausgepeitscht wurde. Sein Vater muss ein Tyrann gewesen sein. Als er dann starb, wollte er unbedingt die Peitschen haben – ich weiß auch nicht, warum! Ich dachte, wenn er daran Freude hat, soll er sie ruhig sammeln. Ich hab ihm dann die letzten beiden Jahre bis zu seinem…“ Sie atmete mehrfach tief durch, der Gedanke an seinen möglichen Tod machte ihr schwer zu schaffen.
„…Also, ich hatte ihm zweimal zu Weihnachten Bullenpeitschen geschenkt. Die bekommt man hier bei uns in der Eifel auf vielen Trödelmärkten. Ich kann mich von dieser Erinnerung nicht trennen, deswegen hängen die Peitschen noch immer an der Wand.“
In diesem Moment klingelte das Handy; Fisch rief an. Kid bedankte sich kurz und nahm auf dem Weg zum Auto das Gespräch entgegen.

Deprimiert von dem, was er gehört hatte, marschierte Paul abseits der Ortschaften zurück nach Rescheid. Die Bullen waren hinter ihm her! So schnell hatte er damit nicht gerechnet. *Jetzt nur keinen neuen Fehler begehen*, ermahnte er sich selbst und überlegte, wie viel die Polizei wissen könnte. Sie hatten ihn am Rheinauhafen gesehen und wahrscheinlich über die Videokamera im Parkhaus identifiziert. Über das Kennzeichen waren

sie an seine Personalien gekommen und wollten jetzt von seiner Mutter wissen, wo er sein könnte. Er konnte zwar nicht alles verstehen, was in der Küche geredet wurde, aber eigentlich dürften die Beamten nichts über seinen Aufenthalt erfahren haben. Was konnten sie ihm überhaupt vorwerfen? Sein Stiefvater war längst verwest und verrottet und der Schacht war bestimmt schon zusammengefallen und zugewuchert. Von dieser Seite drohte ihm keine Gefahr. Bei Tanita war er nur Gehilfe; er konnte die Wahrheit sagen und käme möglicherweise mit einer Bewährungsstrafe davon. Bei der Ermordung von Felix sah es anders aus. Auf Mord stand eine lebenslange Haftstrafe. Aber hier gab es keine Zeugen und außerdem wurden bereits zwei Männer in Haft genommen. Vielleicht hatten die kein Alibi und gehen für ihn in den Knast – so was sollte schon vorgekommen sein! Dann wäre da allerdings noch die Messerattacke. Hierbei wurde er beobachtet und wenn der Mann nicht überlebte, würde man ihn lange wegsperren.
Sollte er sich besser der Polizei stellen und auf ein mildes Urteil hoffen? Welche Möglichkeiten blieben ihm noch? Paul ging in Gedanken seine Chancen durch und entschied sich dann für seinen Wald. Für den Fall, dass man ihn an den Grenzen suchen würde, wollte er sich hier für ein paar Tage verstecken und warten. Wasser gab es genug und wenn er gut haushielte, käme er mit seinem Proviant bestimmt zwei Tage hin. Danach würde er sich ins Ausland absetzen.

Die Durchsuchung des Pkw führte weder zur Auffindung von beweiserheblichen Gegenständen noch zu Hinweisen auf Schmittgens Aufenthaltsort.
Teresa und Kid kamen in Rescheid an, als Fisch gerade über die Euskirchener Leitstelle ein Abschleppunternehmen anforderte. Anschließend koordinierten er und Kid die eintreffenden Streifenwagen und positionierten sie mit Hilfe der Wanderkarte weiträumig um den Rescheider Wald. Zufällig war eine Einsatzhundertschaft an diesem Tag in einem gemeinsamen Übungseinsatz mit den Kölner Sondereinsatzkräften. Der Verband und zwei Diensthundeführer wurden aus dem Einsatz an der Rurtalsperre ausgelöst und nach Rescheid beordert. Innerhalb von vierzig Minuten trafen sie ein; einige Kräfte wurden in die Umstellung mit eingebunden, der Rest bekam den Befehl, den Wald von der Grube Wohlfahrt ausgehend zu durchsuchen.

Der Hundertschaftsführer ließ seine Beamten in einer Polizeikette den Wald durchkämmen. Zwischen den einzelnen Polizeibeamten bestand ständiger Sichtkontakt. Gleichzeitig forderte ein Beamter Paul Schmittgen über Lautsprecher zur Aufgabe auf. Hinter den Reihen gingen weitere Beamte, unter anderem die Abschnittsführer und zwei Beamte mit ihren Diensthunden. Diese sollten erst eingesetzt werden, wenn der Verdächtige entdeckt würde.

Schon aus der Entfernung hörte und sah Paul die Streifenwagen kommen. Es war nicht mehr weit bis Rescheid; er überlegte, ob er noch bis zu seinem Auto gehen sollte. Falls sie seinen Wagen noch nicht entdeckt hatten, wäre er schnell weg von hier. Außerdem war sein Schlafsack noch im Kofferraum. Im Schutze der Bäume und Sträucher glaubte er, es wagen zu können und ging wachsam in Richtung Supermarkt. Er stellte sich verdeckt hinter die Kirche und beobachtete die Menschenmenge an seinem Fahrzeug. Etwas weiter weg stand ein Streifenwagen. Fluchend zog er sich zurück und machte sich auf den Weg in seinen Wald.

Sie schritten langsam aber stetig durch den Mischwald. Da man sie angewiesen hatte, auf jedes nur denkbare Versteck zu achten, gingen die Blicke immer wieder nach oben in die Baumkronen. Nach einer Stunde hatten sie etwa die Hälfte durchsucht. Hier wurde der Wald dichter und es wurde zunehmend schwierig, sowohl in den Bäumen als auch auf dem Boden nach Verstecken Ausschau zu halten. Plötzlich schrie ein Beamter laut auf; sofort eilten ihm Kollegen zu Hilfe. Ihr Kamerad hing bis zur Hüfte in einem Erdloch und stöhnte vor Schmerzen. Sie zogen den Verletzten vorsichtig heraus und lehnten ihn an den nächsten Baum. Der Ersthelfer der Truppe eilte herbei und untersuchte seinen Kameraden. Zum Glück hatte er sich nur das Knie verdreht. Nach Stabilisierung des Beines würde er gestützt zum Parkplatz zurückhumpeln können.
Als der Diensthundeführer auf gleicher Höhe war, zog sein Hund zur Seite und wollte den verletzten Beamten beschnuppern.
„Halt den Köter zurück, ich gehöre zu den Guten! Rauschgift habe ich auch nicht dabei“, scherzte der Kollege, während der Ersthelfer sein Bein schiente.
„Keine Bange, es ist kein Rauschgifthund. Er wird gerade zum Leichen-

spürhund ausgebildet und du scheinst ja noch nicht zu verwesen“, konterte der Hundeführer.
Er sah das Loch im Boden und bog ein paar Wurzeln und Gestrüpp zur Seite.
„Hier scheint ein größerer Hohlraum zu sein! Es ist alles aber sehr verästelt und zugewachsen.“
„Dann kann unser Verdächtiger unmöglich da hineingeklettert sein; außerdem hat dein Hund bisher nicht angeschlagen.“
„Das hat nichts zu bedeuten. Wer weiß, wie tief es da runter geht und ob es noch Abzweigungen gibt? Ich melde das dem Einsatzleiter.“
Inzwischen wurde die Lücke in der Polizeikette wieder geschlossen und die Durchkämmung des Waldes fortgesetzt.

Paul setzte sich ins Gras und blickte von einer Anhöhe aus auf seinen Wald. Zunächst waren drei Streifenwagen zu erkennen, die weiträumig das Areal absperrten. Nach und nach kamen weitere Einsatzfahrzeuge hinzu und schlossen die großen Lücken. Hier konnte er nicht bleiben, er musste fliehen!
Doch im nächsten Moment ging ihm ein anderer Gedanke durch den Kopf. Warum fliehen? Er war ja gar nicht in seinem Wald! Wenn sie ihn dort nicht fanden, würden sie wieder wegfahren und bestimmt kein zweites Mal kommen. Paul entschied sich abzuwarten und versteckte sich hinter einer Brombeerhecke.

Fisch beorderte Teresa und Kid in den Wald; sie sollten sich das Erdloch näher anschauen. Kid konnte es immer noch nicht fassen. Quasi vor seiner Haustür sollte sich ein Mörder versteckt halten! Er musste unbedingt Senna warnen.
„Schatz! Gut, dass du anrufst. Wenn du wüsstest, was hier bei uns los ist. Schon vier Streifenwagen sind an unserem Haus vorbeigefahren. Überall Blaulichter! Hier muss was Schreckliches passiert sein!“ Senna ließ ihren Mann gar nicht zu Wort kommen.
„Schatz, beruhig dich, ich kann dir das erklären. Hörst du eigentlich kein Radio?“
„Ich war im Garten. Was ist denn los?“
„Ich fahre gerade von Rescheid zur Grube Wohlfahrt und…“
„Was, und du kommst gar nicht vorbei? Du hättest doch Bescheid geben können, ich…“

Diesmal unterbrach Kid sie mitten im Satz.
„Senna, ich hab nicht viel Zeit! Hör mir bitte kurz zu. Wir suchen einen Gewaltverbrecher, der sich allem Anschein nach hier im Rescheider Wald versteckt hält. Geh bitte sofort ins Haus und schließ alle Türen und Fenster. Im Radio berichten sie von der Durchsuchung des Waldes."
„Aber…"
„Schatz, bitte tu, was ich gesagt hab! Ich meld mich später wieder."

Am Besucherparkplatz der Grube Wohlfahrt sahen sie, wie der verletzte Beamte, gestützt von einem Kameraden, zu einem Rettungswagen humpelte. Zwei andere Beamte gingen ausgerüstet mit einer Leiter, einem Seil und einer Einsatztasche in den Wald hinein.
„Das müssen die angeforderten Kollegen vom technischen Zug sein", rief Kid Teresa zu und schloss sich ihnen an.
Von Weitem konnte man das Stimmengewirr der Beamten wahrnehmen. Sie standen in einem Halbkreis neben einer großen Eiche und schauten in einen Schacht hinein. Sie hatten das obere Geäst soweit wie möglich freigelegt und konnten mit ihren Taschenlampen ungefähr einen Meter tief gucken. Nachdem Kid mit dem Hundeführer gesprochen hatte, war auch er der Meinung, dass es noch andere Zugänge zu diesem Hohlraum geben und ihr Verdächtiger sich hier aufhalten könnte. Er ordnete an, den Schacht zu untersuchen.
Radio Euskirchen hatte einen Reporter zum Besucherbergwerk geschickt, der von dort aus live berichtete. Das normale Programm wurde immer wieder unterbrochen, um die Personenbeschreibung des flüchtigen Paul Schmittgen durchzugeben. Obwohl hier ein Gewaltverbrecher frei herumlaufen sollte, scheuten einige Sensationslustige nicht die Gefahr und schauten vom Waldrand aus interessiert zu.
Trude hatte die Meldung im Radio ebenfalls gehört und machte sich kurzerhand mit dem Fahrrad auf dem Weg zum Rescheider Wald.

Die Leiter half ihnen nicht weiter; überall blieben sie an den Baumwurzeln hängen. Kid nahm das Seil, schwang es um die Eiche und ließ es in den Schacht fallen.
„Du willst doch nicht schon wieder den Held spielen und in den Schacht klettern?", fragte Teresa entsetzt.

Noch bevor Kid antworten konnte, nahm ein junger Beamter der Einsatzhundertschaft das Seil in die Hand und prüfte, ob es ihn halten würde.
„Sie brauchen sich nicht ihre Klamotten dreckig zu machen. Meinem Einsatzanzug ist das egal. Ich gehe runter", sagte er, schwang das Seilende um die Hüften und ließ sich in Bergsteigermanier den Schacht hinunter gleiten.
„Okay, seien Sie aber vorsichtig! Ich will wissen, wo der Schacht hinführt. Es ist durchaus möglich, dass es Verbindungen zu den Gängen des Erzbergwerkes gibt. Das wäre die ideale Fluchtmöglichkeit für unseren Verdächtigen."
Einen Meter konnte der Beamte sich problemlos hinunterhangeln, danach musste er mit einem kleinen Seitenschneider Wurzelwerk durchtrennen, um noch tiefer zu gelangen. Nach etwa zwei Metern wurde der Schacht breiter.
„Ich habe jetzt mehr Platz und kann bis zum Boden leuchten", rief er nach oben.
„Wie tief ist es denn noch? Kann man erkennen, ob der Schacht in einer Richtung weiterführt?" Kid stand gebeugt über der Öffnung und leuchtete nach unten. Der junge Bereitschaftsbeamte hielt sich geblendet die Hand vor die Augen.
„Das sind bestimmt noch sechs bis sieben Meter. Noch kann ich nichts erkennen! Ich steige tiefer hinab."
Nach ungefähr fünf Metern kam eine Seitennische.
„Hier ist ein Durchgang. Moment, ich leuchte mal hinein."
Plötzlich hörten die oben wartenden Beamten einen lauten Schrei.
„Was ist passiert? Brauchen Sie Hilfe?", schrie Kid hinunter und versuchte mit seiner Taschenlampe irgendetwas zu erkennen.
„Alles in Ordnung, ich hatte mich nur erschreckt. Das müssen Sie sich angucken – hier liegt ein Skelett! Eindeutig ein menschliches Skelett!"
Kid brauchte einige Sekunden, bis er sich gefasst hatte. Dann sagte er Teresa, sie solle den Erkennungsdienst hierhin bestellen. Die Spuren am PKW könnten später noch gesichert werden.
„Beschreiben Sie genau, wo das Skelett liegt."
„In einer Nische, vielleicht zwei Meter tief."
„Okay. Lassen Sie alles, wie es ist. Reicht das Seil bis zum Boden?"
„Ja."

„Dann klettern Sie nach unten und sagen mir, ob der Schacht in eine Richtung weiterführt."
Erleichtert, die Nische verlassen zu können, folgte er Kids Anweisung und war nach wenigen Minuten unten.
„Hier geht es nicht mehr weiter."
„Bleiben Sie erstmal dort. Ich werde jetzt mit einer Kamera bis zur Nische klettern. Vielleicht brauche ich gleich noch Ihre Hilfe."
Kid zog sich seine Jacke aus und wandte sich Teresa zu.
„Jetzt muss ich doch wieder den Helden spielen. Oder willst du klettern?"
„Ich möchte dein männliches Ego nicht verletzen. Zeig mir, wie mutig du bist", erwiderte sie spöttisch und ärgerte sich, dass sie ein Kleid trug. Ansonsten hätte sie keine Probleme damit gehabt, in den Schacht zu steigen. Sportlich war sie schon immer gewesen.

Lange konnte sich Paul nicht mehr hinter dem Brombeerstrauch verstecken. Hinter ihm lag ein Feld und er hörte schon einen Traktor immer näher kommen. Er musste sich einen neuen Beobachtungsposten suchen; in einem Bogen um den Ort Zehnstelle herum ging er nach Wittscheid, überquerte dort die Landstrasse und schlich sich zum Parkplatz der Grube Wohlfahrt.
In Höhe des Sägewerkes blieb er stehen und traute seinen Augen nicht: War das nicht seine Mutter, die dort mit ihrem Fahrrad auf der Landstraße fuhr? Er hatte nicht immer freie Sicht und erhöhte sein Schritttempo, um sich an einer anderen Stelle die Fahrradfahrerin genauer anschauen zu können. Und tatsächlich, er hatte sich nicht geirrt! Sie hatte noch das gleiche Kleid an wie eben. In Höhe des Parkplatzes zum Besucherbergwerk versteckte er sich in einem Gebüsch und beobachtete das Treiben auf der gegenüberliegenden Seite. Eine Armada von Polizeifahrzeugen und einige Beamte in Einsatzanzügen standen dort herum. Seine Mutter hatte ihr Fahrrad am Straßenrand abgestellt und ging zu den Beamten. Was hatte das zu bedeuten?

Kid fotografierte das Skelett im Hohlraum, so gut er konnte. Anschließend sah er sich die kleine Höhle genauer an. Etwas Glitzerndes fiel ihm auf dem steinigen Boden auf. Er wischte den Dreck etwas beiseite und legte eine Kette mit einem Amulett frei. *Schwarz angelaufen, aber es scheint Silber zu sein*, vermutete Kid und schaute sich den Anhänger genauer an. *Interessant, ein doppeltes Pentagramm. Vielleicht können wir diesen Menschen schon damit identifizieren!* Er steckte den Schmuck in einen kleinen Plastikbeutel.

Nachdem Kid und der junge Bereitschaftspolizist aus dem Schacht geklettert waren, übernahmen die Beamten vom Erkennungsdienst die weitere Spurensicherung.
Mittlerweile hatte die Polizeikette das Ende des Waldes erreicht. Die Durchsuchung verlief ergebnislos – Paul Schmittgen war nicht in diesem Areal gewesen. Teresa und Kid gingen zum Besucherparkplatz zurück, der inzwischen mit Einsatzfahrzeugen der Polizei zugeparkt war. Zahlreiche Mannschaftswagen standen zudem am Straßenrand. Kid sprach kurz mit dem Hundertschaftsführer und entließ anschließend den Verband aus dem Einsatz. Auf dem Weg zum Dienstwagen entdeckte er unter den Schaulustigen Pauls Mutter.
„Was macht die denn hier?"
„Sie wird im Radio den Fahndungsaufruf gehört haben und macht sich Sorgen um ihren Sohn. Das kann man doch nachvollziehen. Lass uns mit ihr sprechen; irgendwie tut sie mir leid!", antwortete Teresa und ging auf die kleine Menschenansammlung zu.
„Haben Sie meinen Sohn gefunden?" rief sie ihnen entgegen. Die umstehenden Personen schauten sie entsetzt an. *Das ist also die Mutter von dem gesuchten Verbrecher!*
Teresa nahm Frau Schmittgen am Arm und führte sie ein Stück zur Seite, wo sie sich ungestört unterhalten konnten. Kid nickte ihr freundlich zu.
„Nein Frau Schmittgen, wir haben Ihren Sohn noch nicht gefunden. Hatte er sich in der Zwischenzeit bei Ihnen gemeldet?"
„Nein. Als ich im Radio gehört habe, dass Sie ihn hier suchen, bin ich sofort los. Er ist doch mein einziges Kind, ich…"
Sie konnte den Satz nicht beenden, weil Kid einen Niesreiz nicht mehr unterdrücken konnte. Gerade rechtzeitig zog er noch sein Taschentuch

aus der Jackentasche, wobei ihm das Tütchen mit der Silberkette auf den Boden fiel.
Trude stockte und schaute mit aufgerissenen Augen nach unten.
„Woher haben Sie das?“ Sie schrie Kid geradezu an.
„Äh, was meinen Sie?“ Ihm war gar nicht aufgefallen, dass er etwas verloren hatte.
Sie bückte sich und hielt ihm den Beutel mit der Kette hin.
„Woher haben Sie die?“
„Kennen Sie die Kette?“
„Mein Mann hatte immer eine silberne Kette mit einem doppelten Pentagramm getragen. Dieses Amulett war ihm sehr wichtig; er glaubte, es würde ihn beschützen. Er hatte es von seine Mutter geschenkt bekommen. Woher haben Sie die Kette?“
Teresa und Kid sahen sich an. Erst vor wenigen Stunden hatte sie von ihr erfahren, unter welchen mysteriösen Umständen ihr Mann vor fünfzehn Jahren verschwunden war. Einer von ihnen musste ihr die traurige Wahrheit sagen.
„Frau Schmittgen, wir haben diese Kette in einem alten Schacht neben menschlichen Knochen gefunden. Es tut uns leid.“
Bei diesen Worten hielt Teresa mitfühlend ihre Hände. Trude Schmittgen blieb jedoch gefasst.
„Wie wurde er ermordet?“
„Wir wissen noch nicht, ob hier überhaupt ein Mord vorlag. Außerdem steht noch nicht fest, dass es sich hier um Ihren Mann handelt. Die Gebeine werden beim Landeskriminalamt untersucht und erst dann können wir etwas zur Todesursache sagen. Erstmal ist es wichtig, über die DNA und über das Zahnschema die Person zu identifizieren.“
„Bitte informieren Sie mich.“
„Wir werden uns die Vermisstenakte ansehen und müssen Sie später noch ausführlich vernehmen. Das Untersuchungsergebnis vom Landeskriminalamt kann noch einige Zeit dauern.“
„Sagen Sie meinem Sohn, dass ich ihn liebe.“
Tiefbetrübt und niedergeschlagen wandte Trude Schmittgen sich ab und trottete durch die Menschenmenge zu ihrem Fahrrad.

Paul ärgerte sich, kein Fernglas eingesteckt zu haben. Seine Mutter hatte mit den Polizisten gesprochen und war dann völlig geknickt weggeradelt. Zu gerne hätte er gewusst, was da gesprochen wurde. Mit einer gewissen Genugtuung sah er die ersten Polizeifahrzeuge vom Parkplatz fahren. Sie hatten also die Suche beendet; bald konnte er in seinen Wald zurückkehren.

Er war so in seinen Beobachtungen vertieft, dass er die Waldarbeiter gar nicht kommen hörte. Vier Männer standen plötzlich auf dem Forstweg hinter ihm und fragten, was er dort im Gebüsch machen würde.

Erschrocken drehte er sich zu ihnen um und wollte gerade etwas von Notdurft sagen, als einer der Männer mit dem Zeigefinger auf ihn wies.

„Ey, das ist doch der Kerl aus dem Radio! Der Verbrecher, den sie suchen!"

Paul sah sich die Männer der Reihe nach an. Ihre Augen leuchteten angriffslustig. Einen kurzen Augenblick überlegte er, ob er sich mit seinem Messer verteidigen sollte, verwarf diese Idee aber sofort. Stattdessen schnappte er sich seinen Rucksack und sprintete los. Die Männer hatten in ihren Arbeitsanzügen und den schweren Stiefeln keine Chance, ihn einzuholen. Der Vorsprung vergrößerte sich stetig, so dass die Männer nach ungefähr hundert Metern kurzatmig stehen blieben. Paul drehte sich im Lauf um und erkannte, dass einer von ihnen in ein Handy sprach. Jetzt blieb ihm keine Wahl – er musste so schnell wie möglich abhauen! Gleich würde es hier von Bullen nur so wimmeln. Noch in Sichtweite der Waldarbeiter bog er links in einen kleinen Forstweg. Die Männer sollten denken, er würde nach Süden zu den Ortschaften Schnorrenberg oder Neuhaus flüchten. Stattdessen verließ er am Ende des Waldstreifens den Weg wieder und rannte auf dem Feld parallel zur Landstrasse 17 weiter nach Westen in Richtung Rescheid. Er war schon über einen Kilometer gelaufen, als er die ersten Sirenen hörte. Vor der Einmündung nach Rescheid und Schwalenbach gab es kaum Sichtschutz, und er musste sich in das hohe Gras legen, weil ein Polizeiwagen mit hohem Tempo vorbeischoss. Paul sah dem Blaulicht eine Weile hinterher; vermutlich wollte der Fahrer nach Neuhaus.

Anschließend überquerte er die Landstraße und beobachtete eine Frau, ungefähr in seinem Alter, die aus der Bäckerei am Ortseingang kam und gerade in ihren VW Golf steigen wollte. Ein Blitzgedanke schoss ihm durch den Kopf. Ohne weiter darüber nachzudenken, spurtete er los und riss die Beifahrertür des Golfes auf. Die Fahrerin schrie auf und

wollte aus ihrem Auto fliehen. Paul hielt sie am Oberarm fest und zog sie zurück. Mit der anderen Hand nahm er seinen Revolver aus dem Rucksack und hielt ihn ihr an den Kopf.
„Noch einen Ton und ich knall dich ab! Ist das klar?"
„Ja, ja" wimmerte sie.
„Wie ist dein Name?"
„Joanna. Bitte tun Sie mir nichts!"
„Dir passiert nichts, wenn du genau das machst, was ich dir sage." Paul schaute sich um, ob irgendjemand den Schrei mitbekommen hatte. Zum Glück war sie die einzige Kundin in der Bäckerei; die Verkäuferin war anscheinend gerade in der Backstube.
„Also, du fährst jetzt los, einfach die Straße entlang bis nach Hellenthal."

Die Frau am Dachgeschossfenster des Nachbarhauses hatte er nicht gesehen. Während im Hintergrund der Reporter in Radio Euskirchen gerade die Fahndung nach dem zu Fuß flüchtenden Mann durchgab, verfolgte sie mit Entsetzen den Überfall auf dem Parkplatz der Bäckerei. Sofort wählte sie 110 und schilderte dem Beamten ihre Beobachtungen.

Nach dem Anruf des Waldarbeiters hatte die Einsatzleitstelle in Euskirchen sofort die eingesetzten Kräfte informiert und eine Ringalarmfahndung eingeleitet. Die Streifenwagen mussten vorher festgelegte taktische Punkte anfahren und von dort Kennzeichen passierender Fahrzeuge notieren sowie nach verdächtigen Personen Ausschau halten. Fisch forderte zusätzlich über den Leiter der Kölner Spezialeinheiten die Einsatzkommandos von der Rurtalsperre an. Kid, der hier in der Gegend alle Schleichwege kannte, beteiligte sich mit Teresa an der Nahbereichssuche.
Der Funkspruch über das Fluchtfahrzeug erreichte sie in Schnorrenberg: Ihr Verdächtiger sollte in Rescheid in einen silbernen VW Golf gestiegen sein und eine Geisel genommen haben. Sie waren höchstens einen Kilometer entfernt. Kid drückte aufs Gaspedal und Teresa meldete über Funk, dass sie die Verfolgung aufnehmen würden. Auf der Kreisstraße 68 beschleunigte Kid auf 150 km/h. In den langen Kurven hatte Teresa jedes Mal das Gefühl, der Wagen würde ausbrechen. Obwohl Kid ihr

versicherte, jede Kurve zu kennen, hielt sie sich krampfhaft am Sitz und Türgriff fest. Kurz vor Hellenthal musste er stark abbremsen, weil es hier in Serpentinen bergab ging. Wie aus heiterem Himmel sahen sie zwei Schleifen vor sich den silbernen Golf. Teresa gab sofort eine Lagemeldung durch. Postwendend meldete sich Fisch, sie sollten den Verdächtigen in sicherem Abstand verfolgen; er würde ihnen die mobilen Einsatzkräfte entgegenschicken. Der Golf fuhr in Hellenthal rechts auf die Landstraße 159, passierte das Wildgehege und bog am Ortsende von Harperscheid wieder nach rechts ab. Weiter ging es dann über Dreiborn nach Gemünd. Kid ließ sich auf den Geraden weit zurückfallen und schloss in den Ortschaften auf, während Teresa ständig Positionsmeldungen durchgab. In Gemünd kamen ihnen die ersten Fahrzeuge des mobilen Einsatzkommandos entgegen und übernahmen nahtlos die weitere Observation. Teresa schaltete auf deren Funkkanal um, so dass sie auf dem Laufenden blieben und den Spezialkräften folgen konnten.

Joanna sagte keinen Ton. Sie hielt sich an die Geschwindigkeitslimits, fuhr sogar eher einen Tick langsamer. Paul grübelte. Er fühlte sich leer und ausgelaugt. In seinem Kopf herrschte Chaos; egal, wie er sich entschied, es war immer falsch! Wohin sollte er flüchten? Hatte alles noch einen Sinn?
„Wohin jetzt?“, fragte plötzlich seine völlig verängstigte Fahrerin.
Paul musste sich erst einmal sortieren. Sie waren bereits im Nationalpark und vor ihnen lag eine Einmündung.
„Nach Heimbach“, entschied er spontan.
„Ich bin auf Reserve.“
„Nimm die nächste Tankstelle und halt's Maul! Ich muss nachdenken.“

Am frühen Morgen waren die Spezialeinheiten der Kölner Polizei in die diesjährige Übungslage eingewiesen worden: Die Verfolgung zweier bewaffneter Männer, die soeben eine Bank ausgeraubt hatten. Während der Durchführung dieser Übung erhielt der Hundertschaftsführer Fischs Anruf.
So kam es, dass die Kölner Spezialeinheiten mit allen Übungsfahrzeugen die Observation und Verfolgung Paul Schmittgens durchführen konnten. Oberste Priorität hatte nun die gefahrlose Befreiung der Geisel. Die

Einsatzkräfte, die nicht in der unmittelbaren Verfolgung beteiligt waren, fuhren bestimmte strategische Punkte an, die sich in der vermuteten Fluchtrichtung befanden. Ein Fahrzeug stand auf dem Tankstellengelände in Heimbach.

Paul verfolgte die Nachrichten in Radio Euskirchen. Sie suchten ihn immer noch im Bereich Rescheid. Das war gut; so hatte er einen zeitlichen Vorsprung und musste nicht überstürzt handeln.
An den Zapfsäulen der Tankstelle standen die Autos in einer Schlange. Joanna reihte sich mit ihrem Golf hinten an. Paul fühlte sich beim Anblick der vielen Menschen unbehaglich. Er drückte seiner Fahrerin den täuschend echt aussehenden Spielzeugrevolver in die Seite.
„Mach jetzt keine Zicken! Wir werden gemeinsam aussteigen, tanken und dann bezahlen. Ein falsches Wort und ich drücke ab."
„Ja." Sie wusste natürlich, wen sie im Auto hatte. Der Mann hatte nichts mehr zu verlieren. Er würde sie erschießen, da war sie sich sicher!

Die beiden Beamten des mobilen Einsatzkommandos (MEK) beobachteten aufmerksam den silbernen Golf, als dieser die Tankstelle anfuhr. Die Beamten gingen in den Kassenraum; einer blätterte in den Zeitschriften herum, während der Andere die verschiedenen Motorölsorten inspizierte. Sie waren ein eingespieltes Team. Sobald sich eine gute Gelegenheit ergäbe, würden sie den Geiselnehmer überwältigen.
Wenige Minuten später stellte sich ein roter VW Passat zwei Autos hinter dem Golf in die Reihe.

Paul stand immer direkt neben Joanna. Er ließ sie tanken und schaute sich unauffällig um. Die Leute tankten, gingen oder kamen aus dem Kassenraum; keiner beachtete sie.
„Volltanken?" fragte sie vorsichtig.
„Ja."
Paul wusste nicht, wie lange er diesen Wagen noch brauchen würde, aber er wollte auf alles vorbereitet sein. Er zog einen Hunderteuroschein aus seiner Jeanstasche; überrascht nahm Joanna den Schein entgegen. Sie war völlig verwirrt – ein Kidnapper, der seiner Geisel Geld zum Tanken gab? Damit hatte sie überhaupt nicht gerechnet.

Sie gingen eng beieinander zur Kasse. Im Raum hielten sich mehrere Personen auf. Eine Frau stand mit zwei quengelnden Kindern an der Eistruhe und ein Teenager suchte in einem Kühlregal nach Getränken. Paul sah von der anderen Seite des Raumes zwei Männer kommen. Einer trug einen schwarzen Kanister, der andere hielt eine Zeitschrift in den Händen. *Irre ich mich oder gucken die beiden mich an?* Paul wurde stutzig und rückte näher an seine Fahrerin. Die Männer wollten sich hinter ihnen anstellen, wurden aber von den beiden Kindern mit ihren Eistüten überholt. Laut streitend, wer das bessere Eis in den Händen hielt, hampelten sie in der Schlange herum. Ihre Mutter ermahnte sie zur Ruhe und stellte sich daneben.

Draußen stand der rote VW Passat mit geöffneter Fahrertür an der Zapfsäule. Die Fahrerin war ausgestiegen und ließ unglücklich ihre Handtasche fallen. Während sie ihre Sachen einsammelte, nahm sie ein kleines Messer in die Hand und stach in den Vorderreifen des silbernen VW Golfs. Anschließend ging sie gemächlich in den Kassenraum. Paul hatte nicht bemerkt, wie sie den beiden Männern stumm zunickte.

Die beiden Beamten warteten auf den günstigsten Moment und verhielten sich möglichst unauffällig. Die Nachbarin von der Bäckerei glaubte, eine Pistole in den Händen ihrer Zielperson gesehen zu haben und auch jetzt sah es so aus, als würde er der Geisel eine Waffe in die Seite drücken. Vielleicht würde sich eine gute Gelegenheit ergeben, wenn ihre Zielperson gleich bezahlte. Ihre Kollegin kam herein und gab ihnen das verabredete Zeichen. Draußen stand jetzt das präparierte Fahrzeug; eine weitere Option, falls sie hier nicht zum Zuge kamen.

Warum braucht der so lange an der Kasse?, fragte sich Paul ungeduldig. Der Mann vor ihm hatte erst umständlich seine Kreditkarte gesucht und dann schien das Lesegerät die Karte nicht zu akzeptieren. Paul wurde nervös, nicht zuletzt aufgrund der Nähe zu der Frau an seiner Seite. Er roch ihr süßes Parfum. Die Sehnsucht nach einem vertrauten Menschen erwachte in ihm. Für einen kurzen Moment vergaß er seine dramatische Situation. Noch nie stand er einer Frau so nahe wie heute. Ob sie seine Unsicherheit spürte? Er ließ den Arm mit dem Revolver etwas sacken und hoffte, dadurch die Nackenmuskulatur etwas zu entspannen.

Den Beamten war natürlich nicht entgangen, dass ihre Zielperson die Waffe nach unten richtete. Sie wägten kurz das Risiko für die Geisel und unbeteiligten Personen ab. Ein kurzer Seitenblick, ein kaum wahrnehmbares Nicken, dann zählte einer von ihnen mit den Fingern langsam bis drei.
Fast synchron zogen sie ihre Waffen. Die Aufgaben waren stillschweigend verteilt worden. Während einer auf die Zielperson stürmte, sollte der andere die Geisel zu Boden zerren.

Eine Zeitlang hatten sie Ruhe gegeben, doch als der Junge die Verpackung seines Eises aufriss und sein Bruder es ihm nachmachen wollte, griff die Mutter ein und wollte ihnen das Eis wieder abnehmen. Sofort gingen die Streitereien von neuem los.
Genau in diesem Moment sah die Mutter die Waffen in den Händen der beiden Männer hinter ihr. Jetzt ging alles blitzschnell. Sie schrie voller Panik und wollte sich schützend über ihre Kinder werfen, die beide jedoch zur Seite wichen. Einer ihrer Söhne lief einem der Männer zwischen die Beine, so dass er ins Straucheln kam und stürzte. Der andere Mann rempelte sie um; im Fallen griff sie noch nach ihren Kindern.

Paul reagierte auf der Stelle. Beim Geschrei der Kinder hatte er sich umgedreht und die bewaffneten Männer gesehen. Sofort umklammerte er Joanna und hielt ihr den Revolver an die Schläfe – gerade noch rechtzeitig, bevor er selbst in den Lauf einer Waffe sah. Im Augenwinkel nahm er wahr, wie sich der andere Mann abrollte und sofort wieder auf den Beinen stand. Laut „Polizei!“ brüllend, richtete auch er seine Waffe auf ihn. An der Eingangstür stand eine Frau, die ebenfalls eine Waffe in den Händen hielt. Die Lage war unberechenbar: Eine schreiende Mutter mit zwei weinenden Kindern neben seinen Füßen, hinten im Raum lag ein junger Mann mit ausgestreckten Armen am Boden, vor ihm stand ein zitternder Mann vor der Kasse und schließlich der Kassierer, der mit aufgerissenem Mund und großen Augen hinter der Kasse stand.
„Waffe auf den Boden, sofort!“
Paul schaute von einem Beamten zum anderen. Solange er den Revolver auf die Frau richtete, würden sie nicht schießen.
„Ich sagte Waffe auf den Boden!“ wiederholte der Beamte seinen Befehl.

„Ich will freien Abzug, sonst erschieße ich die Frau.“ Paul krümmte demonstrativ den Finger am Abzug, so dass sich der Hahn spannte und die Trommel etwas drehte.
Augenblicklich änderte der Beamte seinen Tonfall.
„Machen Sie doch keine Dummheiten. Das hat doch alles keinen Sinn. Das Gelände ist umstellt, Sie haben keine Chance. Lassen Sie die Frau frei und wir werden eine Lösung finden.“
„Ich werde jetzt den Raum verlassen und wegfahren. Wenn nur ein Bulle uns verfolgt, werde ich die Frau töten, haben Sie mich verstanden?“ Paul wirkte ernst und entschlossen.
„Machen Sie doch nicht alles noch schlimmer…“
„Lassen Sie uns vorbei“, unterbrach Paul ihn schroff und zog seine Begleiterin zum Ausgang. Die Polizistin an der Tür trat einen Schritt zur Seite, hielt aber weiterhin ihre Waffe auf Paul gerichtet.

Mittlerweile waren weitere Kräfte des mobilen und des Sondereinsatzkommandos eingetroffen, die zunächst die Passanten aus der Schusslinie brachten und sich anschließend hinter ihren Autos oder der meterhohen Grundstücksmauer verschanzten. Paul sah die Mündungen ihrer Waffen und hoffte, sie würden ihm nicht in den Kopf schießen. Finaler Rettungsschuss, so hieß es im Fernsehen. Er drückte den Revolver noch fester seiner Geisel an den Kopf und ging langsam zum VW Golf.

Teresa und Kid waren auch vor Ort. Sie hatten den Funkverkehr verfolgt und waren über die Lage informiert. Sie gingen zum Kommandoführer des MEK, der in seiner Großraumlimousine den Einsatz leitete. Besonnen und abgeklärt gab er seine Anweisungen; er betonte nochmals, dass ein Schusswaffengebrauch auf einem Tankstellengelände fatale Folgen haben könnte. Als der Geiselnehmer mit der Frau ins Freie trat, waren keine Passanten in der Nähe. Eine Beamtin sprach in ein Megaphon und versuchte, ihn zur Aufgabe zu überreden. Paul wiederholte nur seine Forderung: er töte die Frau, wenn man ihn verfolgen würde.

Paul öffnete mit der linken Hand die Beifahrertür und sah erst jetzt den platten Vorderreifen. Laut fluchend trat er vom Auto weg und umfasste die Frau noch fester. Panik kam in ihm auf. Hätte er doch nur eine echte Waffe in seinen Händen! Aber was würde er dann machen? Die Frau an

seiner Seite schluchzte leise; sie hatte Angst. Ihr würde er nichts antun – nein, er würde sich selbst erschießen.
Verzweifelt sah er sich nach einer Lösung um. Vor ihm stand ein roter BMW mit geöffneter Fahrertür! Durch die Heckscheibe erkannte er den im Zündschloss steckenden Fahrzeugschlüssel. Der Fahrer musste panikartig geflüchtet oder von der Polizei aus dem Auto gezerrt worden sein. Hoffnung keimte in ihm auf. Er ging zum BMW, ließ Joanna langsam auf der Beifahrerseite einsteigen, quetschte sich ebenfalls ins Auto und schob sie zur Fahrerseite. Die Mündung seiner Waffe hielt er ihr ständig an den Kopf gedrückt.

Teresa und Kid blieben im Führungsfahrzeug. Hier bekamen sie alle Informationen aus erster Hand und konnten auf einem Monitor die jeweilige Position des Fluchtwagens sehen. Auf einem anderen Bildschirm sahen sie einen Kartenausschnitt von dem Tal und der Umgebung. Der Kommandoführer wies seine Kräfte an, der Zielperson in großem Abstand zu folgen. Er besprach mit seinem Assistenten das weitere taktische Vorgehen. Sie wollten die Zielperson zu einem Fehler zwingen – einen Moment herbeiführen, wo er die Geisel nicht bedrohte und die Einsatzkräfte ihn überwältigen konnten.
Der BMW fuhr durch das Rurtal in Richtung Nideggen. Sofort studierten sie den Straßenverlauf auf der Karte und markierten Stellen, wo der BMW gestoppt werden konnte, ohne Unbeteiligte zu gefährden.

Paul erinnerte sich daran, schon einmal durch dieses Tal gefahren zu sein. Jetzt fiel es ihm ein, es war ein Ausflug mit seiner Schulklasse. Damals fuhren sie mit dem Bus zur Burg Nideggen und gingen von dort wandern. Es hatte ihm überhaupt nicht gefallen; viel lieber wäre er alleine durch die Wälder gelaufen. Seine Lehrerin musste das bemerkt haben; sie ging ständig an seiner Seite und ermahnte ihn, nicht soweit voraus zu laufen.

Eben in der Tankstelle glaubte Joanna, jeden Moment würde die Situation eskalieren. Sie stand Todesängste aus. Jetzt im Auto hatte sie sich langsam wieder beruhigt. Seltsam, dachte sie, alleine mit ihrem Entführer fürchtete sie sich nicht mehr! Stattdessen spürte sie seine Angst

und Unsicherheit und hatte mit einem Mal das Bedürfnis, mit ihm zu reden.
„Darf ich fragen, wie Sie heißen?"
„Warum willst du das wissen?" Das Bild seiner Deutschlehrerin verschwand wieder aus seinem Gedächtnis.
„Wer weiß, wie lange wir noch zusammen verbringen müssen. Sie kennen doch auch meinen Namen."
„Paul."
„Hätten Sie mich wirklich erschossen?"
„Du stellst zu viele Fragen", antwortete er ausweichend.
Die Antwort beruhigte sie. Wäre er wirklich entschlossen gewesen, hätte er eiskalt "ja" gesagt. Sie wunderte sich über ihre Gelassenheit und musste an eine Veranstaltung im Rahmen ihres Studiums als Sozialpädagogin denken. Der Professor hatte über persönliche Schutz- und Abwehrmechanismen doziert, die in Extremsituationen einsetzten, damit Menschen diesen Belastungen gewachsen sein konnten. Sie dachte auch an das Stockholm-Syndrom, laut dem Opfer von Geiselnahmen ein positives emotionales Verhältnis zu ihren Entführern aufbauen konnten. Vielleicht konnte sie ihn zur Aufgabe überreden; ein Versuch war es zumindest wert.
„Sie duzen mich einfach. Wäre es nicht fair, wenn ich auch *du* sage?"
„Mir egal!" Pauls Gefühle waren zwiespältig. Zum einen beängstigte ihn die Nähe zu dieser Frau, zum anderen empfand er die Unterhaltung als angenehm. Ein wenig genoss er sie sogar.
„Was ist passiert? Warum verfolgt dich die Polizei?" Joanna formulierte die Frage absichtlich ohne jeglichen Vorwurf.
„Ich habe Mist gebaut."
„Wirklich so schlimm?" Ihre Worte kamen mitfühlend und tröstend herüber.
Für einen kurzen Moment überlegte Paul, ob er ihr von seinem beschissenen Leben erzählen sollte, wechselte stattdessen aber rasch das Thema.
„Ich habe jetzt keine Zeit für Smalltalk! Die Bullen werden uns nicht einfach so fahren lassen. Wahrscheinlich haben die schon Straßensperren aufgebaut oder führen was anderes im Schilde." Bevor er weiter sprach, schaute er aufmerksam in den Rückspiegel.

„Seltsam, kein Fahrzeug hinter uns. Fahr da links rein, dann werden wir feststellen, ob die Bullen hinter uns sind."

Die Raumüberwachungsanlage funktionierte einwandfrei. Klar und deutlich wurde das Gespräch zwischen Paul und Joanna ins Führungsfahrzeug übertragen. Jeder Polizeibeamte war psychologisch geschult, so dass sich niemand über den Gesprächsinhalt wunderte. Als der BMW die Landstrasse verließ und in die Ortschaft Abenden fuhr, ordnete der Kommandoführer sofort an, alle Ausfallstraßen verdeckt zu observieren. Sechs Einsatzfahrzeuge schickte er in den Ort. Die Besatzungen konnten sich bei Bedarf als Fußstreife dem Zielfahrzeug nähern.
Der BMW fuhr ganz gemächlich durch die Straßen und engen Gassen von Abenden. Am anderen Ende des Ortes hielt der Wagen unter einer Brücke. Kid sah sich die Karte genauer an; das Fahrzeug hielt auf einem Weg, der unter der Landstrasse 249 entlang führte. An diesem Weg grenzte ein Waldgebiet mit Wanderwegen, die zu den Buntsandsteinfelsen führten. In unmittelbarer Nähe befand sich kein Haus.
Die gleichen Gedanken müssen dem Kommandoführer durch den Kopf gegangen sein, dachte Kid, als er kurz darauf seine knappen Anweisungen hörte. Die Einsatzkräfte sollten sich zu Fuß aus allen Richtungen dem Zielfahrzeug verdeckt nähern. Bereits nach dreißig Sekunden meldete das erste Team Sichtkontakt zum Fahrzeug. Den mitgehörten Gesprächen wurde entnommen, dass der Entführer abwarten und später weiterfahren wollte. Um das zu verhindern, schaltete der Einsatzleiter die Elektronik am Zielfahrzeug über Funk aus. Jetzt ließ sich der BMW nicht mehr starten.

„Schalt den Motor ab, wir werden hier zehn Minuten warten und dann über Schleichwege zurück nach Hellenthal fahren."
„Du kannst dich nicht ewig verstecken. Die werden dich kriegen! Vielleicht töten sie dich, weil du mich als Geisel genommen hast."
„Dann ist das halt so."
„Egal, was du gemacht hast – sitz deine Strafe ab und fang ein neues Leben an! Du bist noch jung. Ich will nicht, dass du stirbst!"
„Wer bist du, Mutter Teresa? Dir ist doch egal, was mit mir passiert."
„Ist es nicht! Ich würde dir gerne helfen."

„Still jetzt!“ Paul glaubte, im Rückspiegel einen Mann gesehen zu haben, der sich hinter ein parkendes Auto versteckt hatte.
„Schnell, wir müssen fahren!“
Sie versuchte, den Motor zu starten. Nichts, der Anlasser gab keinen Ton von sich. Sie versuchte es weiter.
„Lass mich mal“, rief er beim vierten Fehlversuch und drehte selbst den Zündschlüssel um. Dann schrie er laut los.
„Was ist das für eine Scheißkarre? Das darf doch wohl nicht wahr sein!“ Wutentbrannt schlug er seinen Revolver auf das Armaturenbrett, bis die Plastikgriffschale zerbrach. Verwundert sah Joanna die Plastiksplitter auf dem Boden fallen.
„Das ist ja eine Spielzeugwaffe! Damit hast du mich die ganze Zeit bedroht?“ Einen Moment überlegte sie, einfach auszusteigen und wegzurennen. Stattdessen wurde sie von Pauls Reaktion überrascht.
„Es tut mir leid. Alles tut mir leid“, antwortete er, öffnete die Beifahrertür und lief in den Wald.

„Zielperson verlässt Fahrzeug“, meldete das Team in der A-Position.
„Was ist mit der Geisel?“ kam prompt die Frage des Einsatzleiters.
„Ist noch im BMW. Wir gehen hin.“
Bisher hatten noch nicht alle Teams ihre endgültigen Standpunkte erreicht. Ständig kamen neue Positionsmeldungen durch. Die Einsatzkräfte erfuhren die Fluchtrichtung der Zielperson und liefen dann in den Wald. Eine genaue Karte des Einsatzgebietes lag nicht vor. Der Beschilderung nach gab es einen Wanderweg, der nach oben zu den Buntsandsteinfelsen führte. Kid kannte sich hier im Rurtal aus und übernahm die Koordination der Annäherung. Er wollte vermeiden, dass alle blindlings bergauf liefen und teilte daher einige Teams an strategischen Punkten im Tal und am unteren Hang ein; sollte ihr Beschuldigter nicht die Richtung zum Felsplateau eingeschlagen haben, würde er diesen Beamten zwangsläufig in die Arme laufen. Danach ließ er die restlichen zwölf Einsatzkräfte in einer Polizeikette nach oben marschieren. Auf der anderen Seite des Felsens gab es keine weiteren Fluchtmöglichkeiten; ein Abstieg an der Steilwand wäre allenfalls mit einer Kletterausrüstung möglich. Kid hoffte, den Geiselnehmer oben einkesseln und zur Aufgabe überreden zu können. Während dieser Gedanken meldete sich das A-Team.

„Geisel wohlauf. Die Waffe der Zielperson liegt im Fahrzeug: Es ist eine Spielzeugpistole! Geisel glaubt nicht, dass er noch weitere Waffen hat. Sie sei nur mit der Attrappe bedroht worden."
„Verstanden, Ende."
Wahrscheinlich wird er keine scharfe Waffe mitführen, dachte Kid. Keiner der bisherigen Opfer wurde erschossen. Vermutlich war auch der Hauseigentümer mit der Spielzeugwaffe bedroht worden. Trotzdem mussten sie aus Gründen der Eigensicherung von einer Bewaffnung ausgehen. Er gab die Informationen an die Kräfte weiter und ordnete an, möglichst restriktiv vorzugehen.

Paul handelte nicht mehr vernunftgemäß, sondern rein intuitiv. Während er achtlos durch den Wald lief, überschlugen sich die Bilder in seinem Kopf. Er sah seinen Stiefvater drohend mit der Peitsche in der Hand. Die Szene wechselte und er erschlug ihn mit einem Stein. Bei diesem Gedanken spürte er noch immer eine Genugtuung. Dann musste er an seine Mutter denken – wie sie ihren neuen Mann anhimmelte und vergötterte! Augenblicklich stieg Hass in ihm auf. Er versuchte, die Erinnerung beiseite zu wischen, doch schon schwirrten neue Ereignisse durch seinen Kopf. Felix, sein bester Freund, wollte ihn erpressen! Das hatte er nicht zulassen dürfen. Er musste ihn töten. Tränen liefen ihm über das Gesicht. Er blieb stehen, lehnte sich an einen Buchenstamm und wischte sich mit dem Ärmel die Augen trocken und den Schweiß von der Stirn. Dann hörte er sie auf einmal kommen. Das Geräusch knirschender und abbrechender Zweige kam immer näher. Er sah sich nach einer Fluchtmöglichkeit um, doch es gab nur eine Richtung, wo seine Verfolger noch nicht waren: Er musste den Berg hinaufsteigen und hoffen, ihnen auf der anderen Seite entkommen zu können.

Die Kräfte waren jetzt auf sich alleine gestellt. Die einsetzende Dämmerung erschwerte den Aufstieg und die Suche nach dem Beschuldigten. Für Teresa und Kid gab es in der Limousine nichts mehr zu tun. Sie verließen das Führungsfahrzeug und gingen ebenfalls zum Buntsandsteinfelsen hinauf. Auf dem Wanderweg hatten sie es zwar wesentlich weiter, kamen dafür aber viel schneller voran. Weit vor ihnen sahen sie die Beamten in ihren Einsatzanzügen in gerader Linie den Berg erklimmen.

Auch Paul hatte den direkten Weg gewählt. Völlig erschöpft erreichte er das Felsplateau und entdeckte entsetzt die Steilwand auf der Rückseite. Fieberhaft suchte er nach einem Ausweg, doch hier oben gab es kein Versteck. Sie würden ihn überall finden! Er ging noch mal zur Felskante und überlegte, ob er vielleicht doch hinunterklettern konnte. Doch das hatte keinen Sinn, dann konnte er direkt in den Tod springen. Warum verdammt noch mal war er auf diesen Moment nicht vorbereitet? Sein Leben war sowieso verpfuscht gewesen, er hätte sich eine echte Waffe besorgen sollen! Er ging am Rande des Plateaus entlang und suchte die Steilwand nach Schlupfwinkeln ab. Er fand jedoch lediglich am äußersten Ende einen kleinen Felsvorsprung, unter den er sich hocken konnte. *Besser wie nix*, dachte er; so würden sie ihn nicht direkt finden. Beim Bücken spürte er das Messer in seiner Jackentasche. Er nahm es heraus und überlegte, was er sich damit antun könnte. Sein Blick fiel auf die Pulsadern seines linken Handgelenks. Dann hörte er die Anweisungen, die sich seine Verfolger zuriefen.

Die Einsatzkräfte hatten das Plateau erreicht. Mit den Waffen im Anschlag gingen sie langsam in Richtung Felskante. Man hatte ihnen gesagt, dass ihre Zielperson nur hierhin geflohen sein konnte. Sie hatten ihn im Wald weder gesehen noch gehört. Jetzt kamen ihnen aber Zweifel auf. Sie waren mit Blickkontakt zum Nachbarmann hochgelaufen; er konnte ihnen unmöglich unbemerkt entgegengekommen sein. Ob er sich so schnell hätte verstecken können und sie dann an ihm vorbeigelaufen waren?

Die ersten Männer waren an der Steilwand angekommen. Vorsichtig schauten sie hinunter und leuchteten mit ihren Taschenlampen die Wand und den Boden ab. Nichts. Es gab keinen Hinweis darauf, dass er sich hier versteckt hielt oder heruntergesprungen war.

Inzwischen kamen Teresa und Kid ebenfalls oben an. Ein Beamter teilte den beiden seine Befürchtungen mit, dass ihre Zielperson einen anderen Weg genommen oder sich versteckt haben könnte.

„Das glaube ich nicht", sagte Teresa. „Den Gesprächen konnten wir entnehmen, dass der Geiselnehmer von der Situation vollkommen überrascht wurde. Bis zum Schluss hat er nicht gewusst, dass er in einem präparierten Auto saß und die Elektronik per Funk ausgeschaltet wurde. Seine Flucht in den Wald war eine Kurzschlusshandlung. Eure Männer

sind ihm direkt gefolgt; er hatte keine Zeit, sich einzugraben oder auf einen Baum zu klettern."
„Vielleicht ist er nicht bergauf gelaufen?"
„Doch", mischte sich Kid ein. „Er muss hier sein, sonst hätten die anderen Teams ihn entdeckt. Wie sieht es in der Steilwand aus?"
„Nichts. Er scheint auch nicht gesprungen zu sein. Das hätte er nicht überlebt und am Boden ist nichts zu erkennen."
„Okay, dann sucht das Plateau ab."

Er hörte sie nur wenige Meter von seinem Unterschlupf entlanggehen. Für einen Moment hatte Paul die Hoffnung gehabt, sie würden die Suche hier oben aufgeben. Minutenlang verharrten sie auf dem Plateau und diskutierten, ob er überhaupt hier sein könnte. Doch dann formierten sie sich und gingen in alle Richtungen los. Gleich würden die ersten Bullen um die Ecke kommen und ihn entdecken. Von seinem ersten Plan, sich die Pulsadern aufzuschneiden war er abgekommen. Es würde zu lange dauern, bis der Tod eintrat. Bis dahin hätten sie ihn gefunden und in ein Krankenhaus gebracht. Er würde wahrscheinlich für immer eingesperrt werden. Nie wieder könnte er seinen Wald aufsuchen. Das musste er verhindern. In diesem Moment sah er die schwarzen Einsatzstiefel.

Sie starteten am Waldrand und gingen auf einer Linie zur Felskante hin. Der Abstand zum nächsten Kollegen betrug circa drei Meter. Das Areal war uneben; sie traten vorsichtig auf, um bei diesen diffusen Lichtverhältnissen nicht in eine der kleinen Spalten zu treten. Der äußerste Rand war besonders rissig, so dass der Beamte dort mehr auf seine Füße als nach vorne schaute. Er war schon zwei Meter an Pauls Versteck vorbei, als er ihn doch noch im Seitenwinkel sah. Sofort brachte er sich in Stellung und zielte mit seiner Automatikwaffe auf den Beschuldigten.
„Keine Bewegung! Das Messer weg!", schrie er.
Seine Kameraden kamen ihm direkt zur Hilfe. Nach wenigen Sekunden standen sie im Halbkreis um ihren Kollegen und zielten ebenfalls auf Paul. Teresa und Kid trafen kurz danach ein und gaben ein Zeichen, Ruhe zu bewahren.
Paul kroch langsam aus dem Vorsprung heraus und richtete sich auf.

Das Messer hielt er weiterhin in seiner Hand.
„Hinlegen und Messer weg!“, schrie der Beamte noch einmal.
Teresa trat einen Schritt vor, hob ihre Hand zum Zeichen, sie wolle mit dem Beschuldigten reden. Anscheinend war er nur mit dem Messer bewaffnet. Wenn sie einen Sicherheitsabstand einhielt, konnte er ihr kaum gefährlich werden; zudem waren dreizehn Waffen auf ihn gerichtet. Sie selbst steckte ihre Pistole wieder ins Holster zurück.
„Herr Schmittgen, Sie haben keine Chance. Folgen Sie den Anweisungen meines Kollegen, legen Sie das Messer weg.“
„Ich gehe nicht in den Knast.“
„Sie werden sich für das, was Sie getan haben verantworten müssen. Machen Sie es doch nicht schlimmer, als es schon ist.“
„Verschwinden Sie!“
„Wir haben mit Ihrer Mutter gesprochen. Sie ist sehr traurig.“
„Was wissen Sie schon!“
„Sie liebt Sie.“
Und wieder stiegen diese zwiespältigen Gefühle in ihm auf; die innige Zuneigung und der abgrundtiefe Hass zu seiner Mutter. Ihm wurde kalt und heiß; wie nach einem Fieberanfall fing er an zu zittern. Seine Mutter liebte ihn nicht – sie hatte ihn noch nie geliebt! Pauls Hände schwitzten. Er erkannte die Ausweglosigkeit seiner Situation und fasste einen Entschluss. Mit beiden Händen ergriff er das Messer und hielt es sich vor die Brust. Er war fest gewillt, sein Leben auf diese Art zu beenden.

Kid stand mit gezogener Waffe seitlich von Paul. Er achtete auf jede seiner Bewegungen, insbesondere auf seine Mimik. Bei seinen letzten Worten sah er seine Entschlossenheit. Kid wusste, dass er wirklich zustechen würde. Ohne zu überlegen schoss er.

Paul schrie noch nicht einmal auf, als die Kugel in seiner Hand einschlug und das Messer zu Boden fiel. Entsetzt starrte er auf die Wunde, die kaum blutete.

Auch die Einsatzkräfte waren einen kurzen Augenblick irritiert. Als sie dann realisierten, dass der Täter unbewaffnet war, stürmten sie los.

Paul sah sie kommen und erwachte aus seiner Schockstarre. Es waren höchstens zwei Meter bis zur Felskante. Ohne zu überlegen rannte er los und sprang. Er hörte noch den Schrei eines Beamten, der im Hechtsprung versuchte hatte, ihn am Bein festzuhalten.

XXXVII

Montag (vier Tage später)

Paul Schmittgen war zwanzig Meter tief in eine Baumkrone gefallen. Nachdem die Feuerwehr ihn geborgen und der Notarzt noch Vitalfunktionen festgestellt hatte, war er mit einem Rettungshubschrauber ins Universitätsklinikum Aachen geflogen worden. Die Ärzte hatten einen Schädelbasisbruch und schwerste innere Verletzungen diagnostiziert und ihn umgehend in ein künstliches Koma versetzt.

Die Beamten hatten am Donnerstag die Nacht durchgearbeitet und waren auch übers Wochenende im Dienst gewesen. Fisch stellte seinen Mitarbeitern frei, heute dienstfrei zu nehmen oder später zu kommen. Teresa machte von diesem Angebot keinen Gebrauch, sie war im Gegenteil schon früh im Polizeipräsidium. Nach diesem Wochenende konnte sie nicht einfach abschalten und ausschlafen – zu viele Dinge gingen ihr durch den Kopf. Dienstlich galt es, jetzt sämtliche Spuren sorgfältig aufzuarbeiten, um alle Mordfälle abschließen zu können. Privat musste sie auch bald eine Entscheidung treffen. Ihre Hospitation lief bald ab und die Zusammenarbeit mit Fisch und Kid hatte ihr doch sehr gefallen. Bei dem Gedanken an Kid fiel ihr ein, dass sie ihm unbedingt noch erzählen musste, an wen er sie erinnerte.

Sie bog auf den Flur des Kriminalkommissariates 11 ab und sah gerade noch einen Mann in ihr Büro verschwinden. *Was hat der denn dort zu suchen?*, fragte sie sich und ging schnellen Schrittes weiter. Laut riss sie ihre Tür auf; der Mann zuckte zusammen und ließ vor Schreck die Rose aus seinen Händen fallen. Teresa war nicht wenig überrascht.

„Arndt? *Du* bist der Rosenkavalier?“ Damit hatte sie nie gerechnet. Sie zog ihren Mantel aus und setzte sich auf einen Stuhl.

Arndt wurde kreidebleich und setzte sich ihr gegenüber. Nach einer kurzen Verschnaufpause konnte er wieder reden.

„Wie konntest du einen alten Mann so erschrecken?“

„Du hast dich in mein Büro geschlichen. Aber ehrlich gesagt hätte ich jemand anderen vermutet."
„Bist du jetzt enttäuscht?" Bevor Teresa etwas erwidern konnte, fuhr er fort. „Du brauchst nicht zu antworten, ich will dich nicht länger im Unklaren lassen. Ich bin nicht der Rosenkavalier, ich bin nur ein Bote."
Das musste Teresa erst einmal sacken lassen. Ein Bote? Jetzt wurde es spannend. Von wem konnten die Rosen kommen?
„Spann mich nicht so lange auf die Folter! Wer hat dich beauftragt?"
„Andrzej Nowak."
„Andrzej Nowak? Du kennst Andrzej? Ich glaub es nicht! Er war meine erste große Liebe. Wie geht es ihm? Woher kennt ihr euch? Wir hatten uns irgendwie aus den Augen verloren."
„Mein Sohn ist mit einer Polnisch-Dolmetscherin verheiratet. Seine Frau wiederum ist mit Andrzej befreundet und arbeitetet hin und wieder mit ihm zusammen."
„Was macht er denn? Lebt er in Deutschland?"
„Er wohnt in Polen, ist aber häufig in Deutschland unterwegs. Er arbeitet für das Goetheinstitut in München und reist in deren Auftrag. Als er in Köln war, brachte meine Schwiegertochter ihn einmal zu uns nach Hause. Ich hab mich lange und gut mit ihm unterhalten. Du kannst dir gar nicht vorstellen, wie überrascht er war, als ich ihm von dir erzählte."
Teresa strahlte über beide Backen. Das war wirklich eine große Freude! Vom achtzehnten bis zu ihrem fünfundzwanzigsten Lebensjahr waren sie ein Paar gewesen. Sie hatten gemeinsam Germanistik studiert und schon ihre Hochzeit geplant. Doch es kam anders; beide wollten nach dem Lernstress und vor der Heirat noch einmal getrennt verreisen. Andrzej fuhr mit Freunden eine Woche nach Las Vegas, während sie mit einer Freundin durch Deutschland reiste. Auf einem Weinfest an der Mosel hatte sie dann ihren späteren Ehemann kennengelernt. Andrzej hatte das nicht verkraftet und sofort jeglichen Kontakt zu ihr abgebrochen.
Umso mehr freute sie sich jetzt, dass er sich wieder meldete. Plötzlich wurde sie hellhörig und sah Arndt neugierig an.
„Weiß er, dass ich geschieden bin?"
„Äh, ja... Er hatte mich danach gefragt."

Kid hatte sich zur Freude von Senna freigenommen. Während sie in ihrem Blumenbeet hantierte, lag er auf einer Liege und genoss die Sonnenstrahlen.
Sie beobachtete ihn und sah, wie er einnickte. *Er braucht unbedingt eine Auszeit*, dachte sie und wünschte sich, er würde auf einer ruhigeren Dienststelle arbeiten. Nach wenigen Minuten vernahm Senna sein leises Schnarchen.
„Nein! Nicht!" schrie Kid plötzlich und war mit einem Schlag wach. Er setzte sich auf den Rand der Liege und rieb sich die Augen. Senna blickte erschrocken herüber.
„Was ist passiert?"
Kid brauchte einen Moment, um sich zu besinnen.
„Nichts, ich habe nur blöd geträumt."
„Von der Arbeit?" fragte Senna besorgt.
„Man wollte mir einen Finger abschneiden. Jetzt träum ich schon von diesen skrupellosen Geldeintreibern! Ich glaub, ich brauche echt mal Urlaub."
„Da wäre ich auch für. Was ist eigentlich aus dem Geldeintreiber, den ihr im Verdacht hattet, geworden?"
„Der wurde am Freitag aus der Untersuchungshaft entlassen. Gegen ihn und seinen Kumpel ermitteln jetzt die Kollegen vom Wohnungseinbruch."
„Dann saß der ja unschuldig im Gefängnis."
„Na ja, unschuldig ist relativ. Lass uns das Thema beenden und den schönen Tag genießen."
Senna hatte gerade frische Blumen geschnitten und hielt sie Kid hin.
„Gefällt dir der Strauß?"
„Ja. Apropos Strauss, die Blumen vor zwei Wochen im Wohnzimmer, was war eigentlich damit?"
„Was soll damit gewesen sein?" fragte Senna scheinheilig zurück.
„Du hast so viele blühende Blumen im Garten, also hast du dir den Strauß nicht selbst gekauft. Von wem war er also?"
„Eifersüchtig?"
„Eher neugierig."
„Okay, ich will dich nicht länger auf die Folter spannen. Hatte mich sowieso gewundert, warum du nicht mehr darauf eingegangen warst. Die sind von Sophie unten aus dem Dorf. Sie hat doch den Bänderriss

im Fuß und ich hab sie zweimal zum Arzt gefahren."
„So was Ähnliches hatte ich mir gedacht."
„Ja, ja, mein schlauer Hauptkommissar."

Epilog

Drei Wochen später trafen sie sich im Brauhaus Jaffel in Köln-Deutz. Es hatte schon eine gewisse Tradition, den Abschluss einer Mordkommission mit den jeweiligen Lebensgefährten zu feiern. Solveig wurde auch eingeladen, sagte aber ab, weil sie angeblich kein Kindermädchen bekommen konnte. Kalle wusste, dass es eine Ausrede war. Er hatte sie bereits vor zwei Wochen angerufen, um ihr seine Entscheidung zu erläutern und sich zu entschuldigen. Sie ließ ihn jedoch gar nicht erst ausreden; sie hätte ihren Spaß gehabt, aber eine Beziehung mit einem Macho-Arschloch eingehen – nein, daran hätte sie nie gedacht! Sie versuchte, herablassend cool zu klingen, doch ihrer Stimme war anzuhören, wie sehr sie noch an ihm hing. Im Grunde genommen war Kalle aber über ihre Absage froh. Alleine der Gedanke, sie würde am Tisch sitzen und sich mit Susanne unterhalten! Sein Angstschweiß hätte ihn mit Sicherheit verraten.

Für Senna war diese Abschlussfeier in Köln eine willkommene Abwechslung, da sie sich sonst nur selten aufraffte und in die Stadt fuhr. Wenn, dann ging sie mit ihrer Freundin Luzie bummeln.
Nach einigen Diskussionen mit ihr und Kid hatte sie ihren Standpunkt über gesunde Ernährung und Sport deutlich revidiert. Hin und wieder joggen oder walken und dreimal wöchentlich Gymnastik – damit konnte sie jetzt sehr gut leben. Fleisch stand auch wieder auf dem Speiseplan, wenn auch nicht täglich.
Senna kannte die meisten Kollegen und Kolleginnen ihres Mannes und freute sich jedes Mal auf die lockeren Gesprächsrunden. Sie setzte sich gegenüber einer gut aussehenden, großen Frau, die Kid ihr etwas zögerlich als seine Kollegin Teresa vorstellte. Was hatte das zu bedeuten? Diese Unsicherheit in seiner Stimme machte sie misstrauisch. *Eine wirklich sehr attraktive Frau und mindestens zehn Jahre jünger als ich*, dachte sie und schaute skeptisch in Kids Richtung.

„Hallo, Frau Moritz! Ich bin Teresa Szymanski, eine Kollegin von Ihrem Mann. Ich hospitiere hier beim Kriminalkommissariat 11."
„Nett, Sie kennen zu lernen", antwortete Senna immer noch voller Argwohn.
Das Gespräch fand keine Fortsetzung, da Fisch in diesem Moment das Wort ergriff und traditionell allen Anwesenden das Ergebnis der Ermittlungen präsentierte. Nicht ohne Stolz berichtete er über die Aufklärungen von vier Gewaltverbrechen in einer so kurzen Zeit.
Nach dem Essen und einigen Gläsern Kölsch kamen Teresa und Senna, die sich mittlerweile duzten, erneut ins Gespräch.
„Wieso bist du nach Köln gekommen?", fragte Senna.
„Das ist eine lange Geschichte. Aber um es kurz zu sagen, nach meiner Scheidung wollte ich Abstand gewinnen und nicht mehr mit meinem Ex-Mann in einer Behörde arbeiten."
Aha, und dann aber meinem Mann schöne Augen machen!, dachte Senna und lächelte sie freundlich an.
„Oh, ich muss mich mal entschuldigen", rief Teresa völlig überraschend, sprang auf und lief zur Eingangstür. Senna und Kid schauten ihr hinterher. Sie umarmte überschwänglich einen Mann, der keine Zeit fand, seine Jacke auszuziehen. Erst nach einigen Minuten kamen beide zum Tisch zurück und Senna staunte – der Mann sah aus wie Kid in jungen Jahren! Er hatte seine Figur, die gleichen Gesichtszüge und auch so einen Dreitagebart. Unglaublich, diese Ähnlichkeit!
„Darf ich Euch vorstellen, Andrzej, ein sehr guter Freund von mir. Wir haben uns Jahre nicht mehr gesehen und weil er heute Abend nach Köln kam, habe ich ihn eingeladen, hierher zu kommen."
Während Andrzej jedem seine Hand gab, wandte Teresa sich an Senna und Kid.
„Du kannst dir gar nicht vorstellen, wie überrascht ich war, als ich Kid kennengelernt habe. Er erinnerte mich sofort an Andrzej. Kid, du musst mir verzeihen, falls ich dich manchmal so intensiv gemustert habe. Andrzej war jahrelang eine wichtige Person in meinem Leben."
Kid dachte an die vielen Momente, in denen sie ihn angelächelt hatte. Da hatte er wohl die falschen Schlüsse daraus gezogen. Ein wenig enttäuscht war er schon, ließ sich das aber nicht anmerken.

***

Jeden Tag hatte Trude an seinem Bett gesessen und ihm die Hand gehalten. Paul wurde zwischenzeitlich immer wieder aus dem künstlichen Koma geholt, war aber niemals ansprechbar. Einmal, als seine Mutter gerade gegangen war, flüsterte er jedoch der Schwester auf der Intensivstation ein Wort zu. Sie kam aus dem Iran und arbeitete schon seit zwei Jahren auf dieser Station. Obwohl sie sich sehr bemühte, hörte sie nur zwei undeutliche Silben, aus denen sie auf kein Wort schließen konnte. Sie rief den Oberarzt, der sein Ohr an Pauls Lippen legte. Man hörte und sah es Paul an, mit welcher Anstrengung er versuchte zu sprechen. Schweißtropfen bildeten sich auf seiner Stirn, sein Brustkorb vibrierte leicht und trotzdem hörte der Arzt nur zweimal ein gehauchtes „A".
Dann fiel Paul wieder in Ohnmacht.
Nach vier Wochen gab Paul erneut ein Lebenszeichen von sich. Es war am frühen Morgen und mehrere Ärzte standen im Rahmen ihrer Visite an seinem Bett. Wieder nuschelte er etwas und der Oberarzt trat ganz nahe an ihn heran. Diesmal kamen die Silben etwas deutlicher aus seinem Mund. Er hörte ihn „Mama" sagen.
Gegen Mittag kam Trude, wischte ihm mit einem feuchten Tuch die Stirn ab, hielt ihm seine Hand und erzählte ihm Geschichten aus seiner Kindheit.
Eine Stunde später starb Paul Schmittgen.

Anhang

Erster Dialog (Seite 50 – 55) zwischen Teresa/ Kid und Hauseigentümer Hennes Frings ins Hochdeutsche übersetzt:

„So, Herr Frings, Sie haben jetzt einen Überblick über die Ereignisse in der Severinstraße. Als Zeuge müssen Sie die Wahrheit sagen. Ich erkläre Ihnen jetzt ihre Rechte. Sie brauchen sich nicht selbst belasten, das bedeutet…“
„Entschuldigung Herr Kommissar, was soll dieser Quatsch. Ich habe nichts zu verbergen, Sie können mich Fragen, was Sie wollen. Ich kenne meine Rechte, schreiben Sie das auf. Ich will doch selbst wissen, was da passiert ist, also fragen Sie mich.“
„Was ist Ihnen durch den Kopf gegangen, als Sie von dem Unglück erfuhren?“ Kid eröffnete eine Vernehmung gerne mit einer allgemeinen Frage. Manchmal ergaben sich aus den Schilderungen der Zeugen neue Ansatzpunkte.
„Zu der Leiche oder der Explosion?“
„Beides, erzählen Sie einfach, wir werden Ihnen anschließend detaillierte Fragen stellen.“
„Also, mit der Gasleitung im Keller gab es schon länger Probleme. Da bin ich aber nicht der einzige in der Severinstraße. Der Jupp zwei Häuser weiter zum Beispiel hatte vor zwei Jahren ganz neue…“
„Herr Frings, beschränken Sie sich bitte auf Ihr Haus“, wies Kid ihn zurecht, während Teresa vollkommen konzentriert neben ihm saß. Sie musste sehr aufmerksam zuhören, um zumindest einige kölsche Wörter zu verstehen.
„Ist ja gut. Also die Gasleitungen in dem Haus sind schon älter und da war auch schon mal jemand von der Köln-Energie wegen eines Lecks da gewesen. Der riet mir dringend neue Leitungen verlegen zu lassen. Bis dahin sollte ich bei Gasgeruch sofort den Entstördienst anrufen. Mein Hausmeister, den haben Sie ja schon vernommen, hatte vor ein paar Tagen Gas im Keller gerochen und sofort bei der Köln-Energie angerufen. Den Rest kennen Sie ja. Es ist alles so schrecklich.“
„Herr Marek wurde von unseren Brandermittlern vernommen“. Nach einer kurzen nachdenklichen Pause fuhr Kid fort: „Ein wirklich tragi-

scher Unfall. Wann wollten Sie denn neue Gasleitungen verlegen lassen?"

„Ach Herr Kommissar, Sie kennen ja das Problem mit den Handwerkern. Ich habe mir von vier Betrieben Kostenvoranschläge schicken lassen. Geantwortet hatten nur drei, einer hatte es anscheinend nicht nötig. Den geht es allen zu gut. Jedenfalls als ich mich dann für den günstigsten entschieden hatte, teilte der mir mit, er könne erst in zwei Monaten mit den Arbeiten anfangen. Das hat sich ja nun erledigt." Ein Handy klingelte. Aufgeschreckt fischte Herr Frings es aus seiner Jackentasche und machte es aus.

„Mein Haus, nur noch ein Haufen Schutt und dann auch noch eine Leiche in meinem Keller. Ich kann mir wirklich keinen Reim darauf machen."

„Was machen Sie denn beruflich?" fragte Kid, der die Vernehmung erstmal in eine andere Richtung lenken wollte.

„Ich bin gelernter Industriekaufmann, arbeite aber nicht mehr in meinem Beruf. Meine Eltern haben mir vor sieben Jahren fünf Häuser vererbt, die verwalte ich zurzeit."

„Wie hoch ist Ihr Einkommen?"

„Was tut das denn zur Sache? Muss ich diese Frage beantworten?"

„Herr Frings, wir ermitteln hier in einem Mordfall. Alles könnte unter Umständen von Bedeutung sein. Wenn Sie darauf nicht antworten wollen, notieren wir das, entscheiden Sie selbst." Kid sah sein Gegenüber ernst an. Einkommensverhältnisse waren für die Ermittler wichtige Informationen, denn Schulden waren ständig das Motiv für die Begehung von Verbrechen.

Herr Frings wirkte verunsichert.

„Wie bereits gesagt, ich habe nichts zu verbergen. Ich lebe von den Mieteinnahmen. Auf den Häusern sind zwar noch Schulden, das muss aber so sein, wegen dem Finanzamt. Da bleibt monatlich immer noch ein fünfstelliger Betrag für mich übrig."

„Was können Sie zu den Mietern in dem Haus in der Severinstraße sagen?"

„Nicht viel, ich mache mit denen nur die Mietverträge und sehe sie ab und zu, wenn ich mal im Haus bin. Das sind alles nette Leute, gerade in diesem Haus hatte ich noch nie Probleme."

„Okay." Kid blätterte in der Akte bis an die Stelle, wo das in der Ge-

richtsmedizin aufgenommene Foto der Leiche abgeheftet war und zeigte das Bild dem Zeugen.
„Kennen Sie diese Person?“
„Oh Gott, ist das die Leiche aus meinem Keller?“
„Haben Sie diese Person schon einmal gesehen?“ Kid ging auf die Gegenfrage nicht ein.
Herr Frings nahm die Akte in die Hand und studierte das Foto genauer.
„Nee. Den kenne ich nicht. Da bin ich mir sicher.“
„Sie haben ja gehört, dass der Leichnam in ihrem alten Revisionsschacht einbetoniert war. Was können Sie uns dazu sagen?“
„Diese alte Grube hatte mich schon immer gestört. Da wurde also die Leiche gefunden.“ Herr Frings fixierte bei diesen Worten das Strafgesetzbuch auf dem Regal hinter Kid.
„Ich weiß, wer ihn einbetoniert hat. Ja, ich kenne den Mörder.“
Kid und Teresa sahen sich erstaunt an. Sollte der Fall so schnell geklärt sein? Herr Frings löste seinen Blick von dem Bücherregal und wandte sich wieder Kid zu.
„Herr Kommissar, da gibt es ein Problem. Ich weiß nicht, wie ich Ihnen das erklären soll.“
„Wo ist das Problem? Nennen Sie uns den Namen des Mörders oder ist der mit Ihnen verwandt oder verschwägert?“
„Nein, um Gottes Willen, wie kommen Sie denn darauf? Aber darf ich Sie mal etwas, sozusagen unter vier Augen fragen, also was Sie nicht mitschreiben?“
Kid und Teresa wechselten einen kurzen Blick und schauten den Zeugen dann fragend an.
„Ich wollte ja nur wissen, weil ich mich vielleicht selbst… Also, Sie sagten, ich bräuchte mich selbst nicht zu belasten.“
„Okay, wir schreiben jetzt nicht mit. Wo liegt das Problem?“
Herr Frings blickte verlegen auf seine Schuhe, als er dann kleinlaut antwortete:
„Schwarzarbeit.“
„Wir suchen einen Mörder, Herr Frings. Wir sind hier nicht bei der Steuerfahndung oder bei der Finanzkontrolle für Schwarzarbeit. Verstehen Sie, es geht hier um Mord. Sie wollen sich doch nicht einer Straf-

vereitelung schuldig machen. Wer hat nun die Leiche in ihrem Keller einbetoniert?“ Kid war geladen.
„Ich werde Ihnen alles sagen. Ich habe, äh, ich meine, ich hatte in dem Haus in der Severinstraße noch einen Kellerraum mit Naturboden, in den anderen lag überall Estrich. Ich weiß nicht, warum meine Eltern diesen Raum so gelassen hatten. Vielleicht wegen dieser blöden Grube. Egal, ich hatte hier jedenfalls alte Dachpfannen und einige Bruchsteine gelagert. Als mich letztes Jahr ein Mieter auf einen größeren oder zusätzlichen Kellerraum ansprach, überlegte ich mir, diesen Raum zu renovieren und ihn zu vermieten.
Damals liefen auf der Severinstraße wegen dem U-Bahn-Bau so viele Bauarbeiter rum und ich habe mir einfach einen geschnappt und ihn gefragt, ob er mir in den Raum Estrich legen könne. *Frechheit siegt,* hatte ich mir gedacht, und ich hatte Glück. Er hatte sich den Raum angesehen und war einverstanden. Er hatte mich noch auf den Schacht, der mit einer Betonplatte abgedeckt war, angesprochen. Da laufen nur noch alte, nicht mehr benutzte Rohre durch. Ich habe ihm gesagt, er könne den Estrich über die Platte verlegen, in die Grube müsse keiner mehr rein. Eine Woche später hat er dann angefangen und war am nächsten Tag fertig.“
„Haben Sie seinen Namen, Adresse oder Telefonnummer?“
„Da sagen Sie was. Wir haben uns gesiezt, er hat mir seinen Namen nicht genannt.“
„Haben Sie ihn nicht danach gefragt?“
„Das ist schon so lange her. Ich weiß es gar nicht. Der wollte kein Geld im Voraus, ich musste auch keine Materialkosten vorstrecken; also, ich hatte mir nichts dabei gedacht. Der war ja von der Baufirma und nicht so ein… Sie wissen schon, was ich meine. Ich hatte ihm sogar einen Hausschlüssel gegeben, damit er unabhängiger war. Er wollte am Wochenende arbeiten und vorher schon Werkzeug, Zement und so in den Keller bringen. Das hatte alles auch wunderbar geklappt, der hatte ordentlich gearbeitet.“
„Sie haben also nichts, noch nicht einmal einen Vornamen?“
„Nein, tut mir leid.“
„Können Sie wenigstens das Datum eingrenzen?“ Kid drehte sich zu Teresa und fragte sie nach einem Kalender vom letzten Jahr.
„Schon gut, wir brauchen keinen Kalender. Das war am letzten Wo-

chenende im Februar, eine Woche nach Karneval. Dienstags hatte ich ihn angesprochen und Samstag war alles erledigt."
„Ich gehe davon aus, Sie haben den Mann bar bezahlt."
Ein kurzes Nicken.
„Okay, für welche Baufirma hat er gearbeitet?"
„Oh, das weiß ich nicht. Sie können ja fragen, wer die Baugrube für die U-Bahn ausgehoben hat. Für die Firma hatte er gearbeitet. Da fällt mir ein, der trug eine orangefarbene Jacke und einen gelben Helm, auf der Jacke stand ein Firmenname."
„Immerhin etwas. Beschreiben Sie uns den Mann bitte."
„Kräftig, mindestens 1,80 m groß."
„Das ist alles?" Kid sah den Zeugen verwundert an.
„Er hatte bei mir im Blaumann gearbeitet und dabei immer ein Käppi getragen."
„Irgendwelche Auffälligkeiten, wie Brille, Bart oder Tätowierung? War es ein Deutscher? Wie alt schätzen Sie ihn? Sie müssen sich doch noch an irgendwas erinnern."
„Ein Deutscher, so um die dreißig Jahre alt. Der sprach mit einem Akzent, nicht kölsch, aber so ähnlich. Ich schätze aus der Aachener Gegend kommend. Kann sein, dass er einen Schnurrbart hatte, ich bin mir nicht sicher."
„Würden Sie ihn auf einem Foto wieder erkennen?"
„Sie meinen, auf so einem Verbrecherfoto? Ich bin mir nicht sicher, ich habe ihn ja meistens nur mit Helm oder Käppi gesehen. Obwohl, jemanden auf einem Foto wiedererkennen fällt mir einfacher, als eine Person zu beschreiben, wenn Sie verstehen, was ich meine."
„Ich verstehe, wir versuchen es einfach, vielleicht haben wir ja Glück. Ich bringe Sie zu einem Kollegen, der Ihnen einige Ordner mit Lichtbilder vorlegen wird."

Zweiter Dialog (Seite 63, 64) zwischen Teresa/ Kid und Hauseigentümer Hennes Frings ins Hochdeutsche übersetzt:

Kid sinnierte gerade darüber, ob die rote Couch und das pinkfarbene T-Shirt des Hauseigentümers harmonierten, als er aus seinen Gedanken gerissen wurde.
„Sie sagten, Sie hätten Fotos mitgebracht, die ich mir ansehen soll?"

„Äh, ja. Wir haben hier eine Lichtbildmappe zusammengestellt. Wenn Sie bitte so freundlich wären, die acht Fotos in Ruhe zu studieren und uns dann sagen, ob einer der dort abgebildeten Männer den Estrich in ihrem Keller verlegt hatte." Kid quälte sich aus dem tiefen, eng geschnittenen Sessel und reichte ihm die Mappe. Teresa verhielt sich dezent zurück. Sie verstand nicht alles in dem kölschen Dialekt und wollte sich in einem Gespräch nicht blamieren.
Kid hatte sich schwerfällig wieder in den Sessel fallen lassen und beobachtete nun den Zeugen voller Spannung. Gleich wird er sagen *Der war es!*, der Rest war dann Routine. In Gedanken sah er schon, wie sie ihren Mörder auf einer Baustelle festnahmen und ihm den Tatvorwurf erläuterten. Noch zwei Fotos, bisher hatte er alle Fotos nach kurzer Prüfung selbstsicher weitergeblättert. *Es wird doch nicht das letzte Foto sein? Ich hätte auf den vierten getippt, aber egal.*
„Nein, der ist nicht dabei."
Das hatte gesessen. Auch Teresa hatte diese Worte verstanden. Sie sahen sich mit fragenden Blicken an, als wollten sie sagen: *Habe ich mich da verhört?*
Kid brauchte einige Sekunden, um sich zu sammeln, ehe er sprach.
„Herr Frings, sind Sie sich sicher? Wollen Sie nicht lieber noch einmal genauer gucken, Sie hatten recht schnell weitergeblättert. Das sind jetzt nur Portraitaufnahmen, wir könnten Ihnen auch Ganzaufnahmen besorgen."
„Nicht nötig, der Mann der bei mir den Estrich verlegt hat, ist nicht dabei. Ich bin mir sicher, es hätte sonst bei mir *klick* gemacht. Die auf diesen Fotos abgebildeten Männer haben keine Ähnlichkeit mit dem Mann, den Sie suchen."
Kid grübelte einen Moment. Hatten Sie die Fotos mit den Bauarbeitern möglicherweise zu großzügig aussortiert? Vielleicht war ihr Mann unter 25 Jahre oder über 45 Jahre alt?
„Herr Frings, wir haben Ihnen hier nur die Fotos von den Bauarbeitern vorgelegt, die Ihrer Beschreibung entsprachen. Wir könnten Ihnen noch Bilder von den über 50-Jährigen oder kleineren Personen zeigen."
„Der Mann war um die dreißig, auf jeden Fall jünger als 40 Jahre. Ich bin 185 cm groß und er hatte etwa die gleiche Größe."